U0565358

江苏高校哲学社会科学重点研究基地基金资助
（基地批准号：2015ZSJD010）；

江苏省高校品牌专业建设工程资助项目
（英文标志：Top-notch Academic Programs Project of Jiangsu Higher Education Institutions，英文标志简称：TAPP）；

江苏省重点建设学科中国语言文学学科经费资助；

淮阴师范学院优势学科文化传承与文化创意学科经费资助。

淮安人文风物诗歌选评注

周薇 著

上海三联书店

序　言

　　京杭大运河是世界上开凿时间最早、规模最大、流程最长，并且仍在使用的人工河流，淮安是大运河沿线一座重要的历史文化名城，从公元前486年吴王夫差开凿邗沟开始，淮安就和运河相伴相生，且一直为运河要津。

　　公元前486年，吴王夫差为北上争霸，运用人力开挖了南接长江，北入淮水的运河邗沟。这是我国历史文献中记载的第一条有确切开凿年代的运河，其北端入淮处就在淮安区的末口。

　　隋朝，隋炀帝迁都洛阳，为了使河北、山东、长江三角洲等地区的丰富物资运往洛阳，先后开凿了"通济渠"（605年）、"永济渠"（608年）、"江南运河"（610年），同时对山阳渎（605年，原邗沟）进行改造，形成了以隋都洛阳为中心，西通长安、北抵蓟城、南达杭州的庞大的运河工程系统。它由北向南，沟通了海河、黄河、淮河、长江、钱塘江五大水系，对隋唐时期南北经济往来、文化交流、维护中央集权制，都起到了促进作用。当时运河上"商旅往返，船乘不绝"，淮安是沿着黄河、淮河南下，和沿江南运河、邗沟北上的必经地。

　　元代定都大都，一是开凿济州河（济宁至东平）、会通河（自东平到临清），使旧运河的中段东移至山东境内，二是开凿通惠河（北京市中心什刹海到东南部通州），连接了京、津河道。元代运河最大的特点，是以最短的距离，直线纵贯当时最富饶的东部。从北端的通州起，经过天津、德州、临清、济宁、徐州、淮安、扬州、镇江、常州、无锡、苏州、嘉兴、湖州、杭州等著名城市。淮安在元代以后堪称处于运河中段的枢纽地位。

虽然历代都城多在北方，但是江南物产富饶，一向为朝廷经济命脉所在。为了满足都城大量人口和军队供给的需要，每年必须从南方将额定大米、手工业产品及其他经济作物运往都城。自隋唐时期起，大运河即因贯通南北，成为漕粮及其他物品运输的主要路线，淮安亦成为漕粮及其他物品的必经地和中转地，经济繁荣，城池扩大。不仅如此，淮安还是南来北往的官员和文人骚客的必经地和中转地。隋代的杨广，唐代的李白、白居易、刘禹锡、韦应物、温庭筠、刘长卿，宋代的梅尧臣、苏轼、王安石、杨万里、文天祥，元代的陈基等都经过此处，留下了吟咏淮安的大量诗篇。

而至明清，漕运达于鼎盛阶段，淮安由于处于漕运要道，交通便利、商贸活跃，导致城市人口增加、城市规模扩大、财政收入增长、政治地位提高、文化教育发达。城市发展，催发人文荟萃、诗人云集盛况，一时间，官员、商人附庸风雅，邑人、流寓争艳诗坛，可谓诗人诗作灿若星辰，成就显赫。

《山阳诗征》列从汉到元仅 14 个诗人，明清则有 378 人。《山阳诗征续编》列明清诗人 803 人。《江苏艺文志》淮阴卷提到的淮安诗人的诗歌集就有 440 多种，数量蔚为壮观，以至于顺治十三年前后，邱象随编了《淮安诗城》一书。应该说，《淮安诗城》，是对于淮安明清诗歌繁盛状况的准确描述。

淮安人文荟萃、诗人云集的盛况与运河的枢纽地位密不可分。从淮安的诗歌总集中可见，淮安的诗人中，为进士、举人者，人数很多，这是由于当时运河的枢纽地位促进了淮安经济的发达，经济的发达又促进了当地文教的兴旺。文化水平基础的普遍增高，自然提高了诗歌创作能力与水平，使诗歌繁荣成为可能。

众多的著名外籍诗人,曾经过淮安,留下了抒写淮安的精彩诗篇,众多的淮安本地诗人,生于斯长于斯,常常触景生情、即景抒情,他们的诗歌,或详或略地反映着淮安的地理、历史、人文、教育,涉及到淮安的运河物质遗存如桥梁堰坝、船闸码头、古城名镇、园林别墅,折射出淮安的儒风民俗、市民生活和精神状态,彰显淮安诗歌独有的内涵与艺术风貌。

但到目前为止,尚没有一部体系完整的关于淮安诗歌的评注类著作。对于淮安本土诗人和外籍诗人有关淮安文化的抒情与表达也欠缺深入的分析与研究。

鉴于此,本专著选择一批能够反映淮安地方文化不同方面的诗歌进行注释与评析,在了解诗人诗歌的同时,力图透过诗歌去关注淮安的人文历史、地方风物,最终使专著能够起到揭示淮安诗歌繁盛原因,凸显淮安诗人成就和文坛地位,勾勒淮安曾经的繁华,重现在淮著名诗人影像的作用。由此,亦起到了弥补学界相关研究不足的作用。

从体例来说,本书主要包含诗歌选录、作者简介、题解、注释与评析几个方面。第一,对于诗歌进行选录。近代以前,淮安本地诗人和流寓诗人有关淮安的诗歌主要集中收录在《山阳诗征》《山阳诗征续编》《淮安府志》《淮关统志》《钵池山志》《淮关小志》等文献材料中。近年来,不少学者也陆续整理了历代著名诗人游历淮安的诗歌。本书将选择关涉淮安人文风物的最具代表性的诗歌共 100 余首,分成不同类别,进行评析。无论诗歌作者是淮安人,还是外籍人,无论是借诗歌存诗人,还是借诗人之笔呈现名人,总之,本专著以揭示诗歌所反映的淮安特定时期的人文历史、地方风物为目的。第二,作者简介部分尽量做到用简洁的语言对于诗人生平尤其诗歌成就予以揭示。第三,题解部分力求做到对本诗的题旨及诗歌创作背景进行适当解释,以有助于对诗歌整体的理解。第四,对诗歌进行注释,要求达到二个层次,一是解释难懂的字词,二是找出诗歌的本事、今典,以消除文字障碍并达到对诗歌整体的理解。第五,对于诗歌进行评析。分析诗歌所具有的思想内容及艺术特色,尤其重视对于诗歌关涉的人文风物特色、地方文化内涵的揭示。部分诗歌根据需要,文末还附有背景资料补充。

随着国家城市化进程的发展,各个城市为了提高知名度与美誉度,正在大力挖掘城市历史文化内涵,弘扬地方特色,以求赋予城市灵气、个性和品位。淮安也已抓住契机,欲依托运河,彰显"历史古城、文化名城、生态水城"的城市特色。本书透过诗歌关注淮安地方文化,亦是在抛砖引玉,期待能引发更多的相关研究,透过诗歌去深入挖掘运河城市深厚的历史文化内涵,揭示城市内在精神品质,凝练城市文化风格,如此,可为当下淮安开展城市文化建设提供理论资源与现实参考。

周　薇

于淮阴师范学院文化创意产业研究中心

2019 年 5 月 18 日

目　录

第六篇　名寺

第七篇　淮安名人

第八篇　诗社

第九篇　名菜

第十篇　外籍诗人过淮

第一篇 名城名镇

秦王政二十四年（前223年），秦灭楚，始设淮阴县，淮阴县治所设在甘罗城（在今淮安市淮阴区码头镇东北一里许，相传为秦上卿甘罗所筑）。汉武帝元狩六年（前117年），置临淮郡，淮阴、富陵为其属县。三国时曹魏置盱眙为临淮郡治，并移广陵郡治于淮阴（今淮安市淮阴区码头镇）。东晋义熙七年（441年）广陵郡还治今扬州，分置山阳郡，并设山阳县（今淮安市淮安区），郡治山阳城。南朝宋泰始二年（466年）又侨立兖州，治淮阴，齐又更名为北兖州。梁太清三年（549年）东魏改北兖州置淮州，又分置淮阴郡，州、郡皆治怀恩县（又淮恩县，后周改为寿张县），淮州领盱眙、山阳、淮阴、阳平四郡。隋开皇元年（581年）置楚州，辖淮阴、山阳、阳平等县，治所在淮阴县。隋开皇十二年（592年）移治山阳县。隋炀帝大业初年（605年），废楚州，淮阴县并入山阳县。不久又划出，如此并划数次。唐朝武德四年（621年），冠东楚州，辖山阳、淮阴、安宜（今宝应县）、盐城四县，州治山阳。唐武德七年（624年）楚州再废除。唐武德八年（625年）又改东楚州置，仍治山阳县。唐天宝元年（742年）改楚州为淮阴郡，乾元元年（758年）再称楚州。宋绍定元年(1228年),改山阳县为淮安县,并升为淮安军。元至元二十年(1283年),设淮安府路,并淮安、新城、淮阴三县入山阳县,辖山阳、盐城、清河、桃源四县。明改淮安路为淮安府,治山阳县,辖山阳、清河、盐城、安东、桃园、沭阳六县,海州、邳州二州。永乐十三年(1415年)平江伯陈瑄疏浚沙河,由淮安管家湖至鸭陈口入淮,起名清江浦。清乾隆二十五年(1760年)移清河县治清江浦。民国三年(1914年)清河县改名淮阴县,山阳县改名为淮安县。民国三十四年(1945年)9月新四军分别攻克两淮,在清江浦建立清江市,为苏皖边区政府驻地。1958年8月清江市、淮阴县合称淮阴市。1964年复置清江市与淮阴县。1983年清江市更名为淮阴市,升省辖市,下辖清河、清浦两区。1987年撤销淮安县,设立县级淮安。2000年12月21日,淮阴市更名为淮安市,撤销县级淮安市,设立淮安市楚州区,撤销淮阴县,设立淮安市淮阴区。2012年经国务院批准,楚州区复名为淮安区。

由上可见,淮安城镇名称及其地位在历史上经历了几番变迁,下面数篇诗题即集中于抒写历史与现实中的淮安名城名镇。

赠楚州郭使君

白居易

淮水东南第一州,山围雉堞月当楼。
黄金印绶悬腰底,白雪歌诗落笔头。
笑看儿童骑竹马,醉携宾客上仙舟。
当家美事堆身上,何啻林宗与细侯。

作者简介

白居易(772—846),字乐天,晚号香山居士,原籍太原(今属山西)人,祖上迁居下邽(今陕西渭南),他出生于新郑(今属河南)。贞元十六年(800年)进士,元和二年(807年)授翰林学士,历左拾遗、杭州刺史、苏州刺史、刑部侍郎、太子少傅等职。我国唐代伟大的现实主义诗人,与李白、杜甫齐名。白居易与元稹共同倡导新乐府运动,世称"元白",与刘禹锡并称"刘白"。他的诗歌题材广泛,形式多样,语言平易通俗,有"诗魔"和"诗王"之称。写下了不少感叹时世、反映人民疾苦的诗篇。有《白氏长庆集》传世,代表诗作有《长恨歌》《卖炭翁》《琵琶行》等。公元846年,白居易在洛阳逝世,葬于洛阳香山。

题　解

楚州(今淮安市淮安区),隋开皇元年(581年)设置的州,至唐代,已属繁盛。唐开元中,定天下州府为"四辅、六雄、十望、十紧","四辅"为京城四面之州郡,楚州被列入十大紧州之一。盛唐以后,紧州名录虽经数次调整,但楚州始终包括在内。唐代楚州繁盛有几个重要因素。一是隋炀帝开通京杭运河,运河在淮安入淮,使淮安成为漕运要津。运河的便利,也为楚州的贸易发展创造了条件;二是楚州的盐业兴盛,涟水和盐城所产盐,都在楚州集散,朝廷在楚州设有盐监;三是唐帝国重视对外经济文化交流,唐室开辟了海上丝绸之路,无论是到东南亚等地的南线,还是到东北亚的北线,都要在楚州中转。四是农业和手工业的兴盛。由于楚州地理位置重要,朝廷多派重臣任楚州刺史,著名的有宋璟、李泌、李听等,后来均位至宰相、国公。(参考陈凤雏《历史上淮安在全国的地位考略》)

郭使君:名行余,元和进士,太和初官楚州刺史,也即楚州的最高行政长官。由于楚州的交通要道地位,唐代许多著名诗人都逗留过此地,留下过诗作,如李白、白居易、刘禹锡、崔国辅、吉中孚等。白居易曾和刘禹锡一起游赏楚州古城,受到郭使君的热情接待。这首诗是白居易赠送给郭使君以表达自己赞美之意的一首诗。

注 释

(1)淮水东南第一州:淮河由西向东,楚州在淮河下游,故曰"淮水东南"。在唐代,楚州被列入十大紧州之一,颇具规模,较为繁荣。据《重修山阳县志·卷二》载:唐上元二年(675 年)对楚州城进行了一次修葺,又于唐大中十四年(860 年)进行了局部维修,重修南门,包以砖壁,并建城楼,御史中丞李荀为此撰写了《修楚州城南门记》。故"淮水东南第一州"也是对当时楚州繁盛的描述。

(2)雉堞(zhì dié):古代城墙的内侧叫宇墙或女墙,而外侧则叫垛墙或雉堞,雉堞是古代城墙的重要组成部分。

（3）印绶（shòu）：印信和系印的丝带，可佩带在身，也借指官爵。

（4）白雪歌诗：《白雪》即《阳春白雪》，古代歌名，曲调高雅，和者甚少，见宋玉《对楚王问》。后常用"白雪"赞誉他人的文学作品。

（5）笑看儿童骑竹马：东汉郭伋，字细侯，出任并州牧①时，常施行恩惠仁德，后来他进入州界，所到县邑，老幼相携而迎，到西河更有儿童数百，各骑竹马，迎拜于途。后常作为赞扬官吏到任受人欢迎的典故。

（6）醉携宾客上仙舟：东汉郭秦，字林宗，家世贫贱，早孤，到成皋跟随屈伯彦学习，后游学洛阳，第一次见到河南尹李膺，李膺认为他非常与众不同，就相互友好，于是名重京师。不就官府征召，党锢之祸起，闭门教授，生徒以千数。后归乡里，衣冠诸儒送至河上，车数千两。林宗唯与李膺同舟而济，士宾望之，以为神仙焉。

（7）何啻（hé chì）：何止，岂止。林宗与细侯：东汉郭秦，字林宗。东汉郭伋，字细侯。

评　析

诗歌第一联赞美郭使君所在的楚州之地位和总体状貌。在唐代，楚州被置为州后，城市得到修缮，诗人禁不住赞美起城市的规模、建构及皓月当空的景色。尤其是"淮水东南第一州"，因写出淮安楚州的繁华，成为指代淮安繁华历史的经典名言。第二联描摹郭使君自身的风采，一方面作为楚州刺史，腰悬黄金印带，权力在身；另一方面，能够吟诗作赋，风流洒脱。显然郭使君是诗人非常欣赏的儒官形象。三四联为用典，借历史上的两个人物来衬托郭使君。一个是东

① 并州牧：并州的最高官员。古代以九州之长为"牧"，"牧"是管理人民之意。汉武帝时设十三州部，每部设一刺史，汉成帝时，改刺史为州牧。

汉郭伋,字细侯,有政绩,又善施行恩惠仁德,故受人拥戴;一个是东汉郭秦,字林宗,能果断辞官,远离政事,闭门教授,仙风道骨。第四联则明确进行对比,表示不止是林宗与细侯美名等身,进退自如,郭使君同样能监察一方,受人敬重又进退自如。

《赠楚州郭使君》这首诗歌为赞美郭使君之作,全篇或环境渲染,或正面描写,或侧面衬托,皆起到烘托郭使君作用,写出了一个拥有建功立业心态,因功受赏,并与民同乐的官员形象。同时,诗歌真实反映了楚州特定时期繁华与美好的状貌。特别是起句"淮水东南第一州",对淮安的城市作了既是美誉又很客观的定位,从此成为评价淮安的经典名言。

忆山阳

赵 嘏

家在枚皋旧宅边，竹轩晴与楚波连。

芰荷香绕垂鞭袖，杨柳风横弄笛船。

城碪十洲烟岛路，寺临千顷夕阳川。

可怜时节堪归去，花落猿啼又一年。

作者简介

赵嘏（约 806—约 853），字承祐，楚州山阳（今江苏淮安市淮安区）人，唐会昌二年（842 年）进士，官渭南尉。为诗长于七律，《长安秋望》中"残星几点雁横塞，长笛一声人倚楼"一联，最为有名，因此获"赵倚楼"称号。有《渭南集》。

题 解

山阳：古县名，即今江苏淮安市淮安区，隋唐时期，山阳县是楚州的治所所在地。（参考《赠楚州郭使君》题解"楚州"）楚州，中国隋朝时设置的州，在今江苏省境内。汉武帝元狩元年（前 117 年）置射阳县，当时淮安区的前身山阳县（包括北辰堰）为其境内的一个大镇。东晋义熙七年（411 年）时始分立山阳郡，山阳县与射阳县并立。隋开皇元年(581年)废除山阳郡。置楚州,治所在寿张县(后改淮阴县,今江苏淮安市淮阴区西南),隋开皇十二年(592年)移治山阳县(今江苏省淮安市淮安区)。隋炀帝大业初年(605年),废楚州,淮阴县并入山阳县。隋朝末年,天下大乱,臧君相占据江都郡的山阳县和安宜县地,号东楚州。唐朝武德四年(621年),臧君相投降唐朝,唐武德七年(624年)楚州再废除。唐武德八年(625年)又改东楚州置。仍治山阳县(《重修山阳县志·卷一》)。唐上元二年(675年)对楚州城进行了一次修葺,又于唐大中十四年(860年)进行了局部维修,重修南门,包以砖壁,并建城楼,御史中丞李荀为此撰写了"修楚州城南门记"(《重修山阳县志·卷二》)。

该诗为赵嘏回忆家乡山阳县城之作。

注 释

(1)枚皋(gāo)旧宅:枚皋:西汉辞赋家枚乘之子。《续纂淮关统志》卷十二"古迹"云:"枚皋宅,在淮阴故里。按:《山阳县志辨伪》云:城西北三里湖嘴,俗称枚皋故里。《史记》载,乘在梁娶皋母为小妻,及乘东归,皋母不肯随,分皋数千钱,留与母居。年十七,事梁孝王。及至长安,武帝善之,拜为郎。即是皋为乘子,未(常)[尝]至淮阴。即有故里,亦属乘不属皋。而乘有故里,亦当在淮阴,不在今山阳县。土人以赵承祐有"家在枚皋旧宅边"之句,遂以名其里,其实诗人寄兴之词,原不必实有所据也。"

(2)竹轩:用竹子建造的房屋。楚波:泛指楚地的江河湖泽。《续纂淮关统志》卷十二"古迹"云:"嘏《忆山阳》诗云'家在枚皋旧宅边,竹轩晴与楚波连。'今无可考。然诗中有'芰荷杨柳'、'烟岛夕阳',当在湖村河渚间也。"

(3)芰(jì)荷:指菱叶与荷叶。垂鞭袖:执着垂鞭的长袖(指代手)。

（4）杨柳风：春天的风。弄笛船：飘着笛声或有人吹笛的船。

（5）十洲：指祖洲、瀛洲、玄洲、炎洲、长洲、元洲、流洲、生洲、聚窟洲、凤麟洲。传说都在八方大海中，为神仙居住的地方。烟岛：烟波中的岛屿。

（6）千顷（qǐng）：极言其广阔。顷：百亩为顷。川：像流水般连续不断。

（7）可怜：表示可惜、怜悯之情。堪：能够，可以。

（8）猿啼：本意为猿类的叫声，北魏郦道元《水经注》中曾引渔者歌曰："巴东三峡巫峡长，猿鸣三声泪沾裳。"后来诗人常在诗词中，借助于猿啼表达一种悲伤的感情。如杜甫《登高》："风急天高猿啸哀，渚清沙白鸟飞回。"

评 析

该诗为赵嘏回忆家乡山阳县城之作，诗歌前四句是对山阳县城家门前景物和往日生活的追忆。首联中"家在枚皋旧宅边"点明其居所在汉代著名辞赋家枚皋的旧宅边。"竹轩晴与楚波连"强调这里是泽国，竹轩之外便是楚波，晴空下，住宅四周水、竹似乎与楚波已经连成一片。首联两句营造出住处深厚的历史渊源和开阔的境界。颔联中"芰荷香绕垂鞭袖"写手执垂鞭，长袖上萦绕着菱叶与荷叶的香气。"杨柳风横弄笛船"写春风吹过飘着笛声的船。颔联两句主要写家乡居处的美好，不仅写出景之美，更写出人之乐，可以想见轩前水中，美好环境里，人的行乐，那垂鞭舞袖在荷香之中，行船弄笛在柳风之下的惬意。

后四句写诗人身在异乡之所思。颈联中"城碍十洲烟岛路"写羁身渭南，遥望故乡，如隔登仙之路。"寺临千顷夕阳川"写登上高寺，夕阳之下,浩淼之川映入眼帘。颈联两句极写自己与家乡隔着漫长征途,万顷山川,很难逾越,透露返乡之艰难。由此诗人于尾联慨叹道:"可怜时节堪归去,花落猿啼又一年"。可惜美好的春天很快又要过去了,花落猿啼间又是一年。尾联两句由首联与颔联的回忆落实为近景近情,目前已经处在快要"(春)归去""花落"的时候,面对此景,诗人不仅以"可怜"之词直接抒发不能还乡,又错过家乡好景致的惋惜之情,也通过"猿啼"等浸润悲凉之意的典故间接抒发远在他地的悲苦。

该诗时间上涉古及今,空间上由远而近,情绪上悲喜交错,通过描摹家乡居处之美好,渲染身处遥远异乡之伤感,抒发了有家难回的深层慨叹,显得气象阔大,情韵浓厚。

吟清江

范　冕

袁浦名邦记胜游，依稀风景似扬州。

洋桥东接西流水，越闸南通北草楼。

斗姥宫前都府巷，奎星阁下状元沟。

无边风景芦花荡，九省通衢石码头。

作者简介

范冕（1841—1923），字丹林，淮阴县（今属淮安市）人，居清江浦。近代学者、诗人。幼年颖异，七八岁对联就很工整。曾就试于淮安丽正书院，数千人中得第一名，声名大噪，学者丁晏等称许备至。同治十二年（1873年）拔贡，后屡次朝考不中，遂以时艺教授乡里。精制谜，工诗文，晚年任《续纂清河县志》总纂，崇实书院山长。有《清河续志余稿》2卷、《尚书杂论》1卷、《左传隽林》4卷、《淮韵略》5卷、《联存》1卷、《集谚联》1卷、《古赋》1卷、《律赋》1卷、《杂文》6卷、《杂诗》4卷、《制义》10卷、《试帖诗》6卷、《范氏家训》4卷、《范氏隐书》10卷等。

题　解

这是一首吟咏清江浦的诗歌。

清江浦原本是清河码头至山阳城（今淮安区）之间的运河名。永乐十三年（1415 年），任漕运总兵官的平江伯陈瑄，开沙河故道为清江浦河，在清江浦河上建清江等四闸控制水位，漕舟因此可以省却水陆路转换，而直达淮河。清江浦河疏凿之后，成为南北交通的枢纽之地，清江浦河的两侧兴起了新的城镇，便以河名"清江浦"命名。（大致范围是今江苏省淮安市清江浦区文庙以西、里运河以南、古清江浦楼以东、环城西路以北的区域）由于漕运、河务的繁荣，江南河道总督、淮扬道、淮扬镇总兵等国家机构先后进驻清江浦，清江浦政治、军事地位凸显。四大名仓之一的淮安常盈仓、全国最大的内河漕船厂——清江督造船厂、铜元局等皆设在清江浦。清江浦遂迅速崛起成为黄、淮、运河交汇处的重镇，到了明朝中叶，清江浦一带成为淮安的中心，人口达到了五十四万之多，超越同期的汉口、南京。因古末口而兴的淮安府城，地位逐渐为清江浦所取代。

注　释

（1）袁浦：《续纂淮关统志》卷十二"古迹"载："袁浦，在淮阴故县西二里。郦道元《水经注》云：淮阴县城西二里，有公路浦，昔袁术自九江东奔袁谭，路出兹浦而得名。非清江浦也。"但是也有人将袁浦当作清江浦，范冕此诗即认为清江浦别称袁浦。

（2）洋桥：松公桥，在吴公祠东。光绪二十四年（1898 年）漕督松椿建，以机轴启开，俗称洋桥。

（3）越闸：明永乐十三年（1415 年），平江伯陈瑄建清江大闸，万历十七年（1589 年），在清江闸西北建越闸一座，两闸相距 79 米，闸墙及底板均为条石结构，现为京杭大运河沿线仅存的保存完好的明代古闸。今正闸高 11.5 米，闸门宽 7.3 米。越闸闸口比正闸窄许多。正闸与越闸之间的半岛，称为中洲。光绪十七年（1891 年）因清江闸正闸石缝窜水,堵闭启用越闸。宣统元年(1909 年)修理完好,仍闭越闸启用正闸。北草楼:在越闸旁,是一座有名的茶楼。

(4)斗姥宫:道教宫观,始建于明朝天启年间,到清乾隆年间渐具规模。现在东大街北面职工学校教学楼前,就是原来斗姥宫旧址,每年农历九月初九斗姥神诞之日,道教信众多来此祭拜求福。新建的斗姥宫位于轮埠路 141 号。总占地面积 1000 平方米,分前、中、后三院。

(5)奎星阁:内塑主宰文运与文章兴衰之神像,在清江浦楼北岸,道光七年(1827 年)建。

(6)石码头:在今承德路南北段,北起健康东路,南至御码头桥,这一段路南端曾建有石级码头,故称为石码头。石码头街始建于清雍正六年(1728 年),当时,往来南北各省的官员、商人和旅客,从水路乘船都要在此舍舟登陆,取道北上,故石码头有"七省咽喉""九省通衢"之称。

评 析

这首诗歌重点介绍清江浦疏凿之后,繁盛一时,成为南北交通的重要枢纽地,并且拥有各种著名景观。诗歌首联总写清江浦的名胜地位,是有名的游览胜地,这里的风景可与扬州媲美。如此比较,足见清江浦作为新开发地发展之迅速,盛况之空前。颔联写清江浦上著名的桥梁与闸坝,诗人以一桥一闸,代表了清江浦一路更多的桥,更多的闸。以一斑窥全豹,反映出当时清江浦上水利工程的伟大。颈联重点写清江浦代表性的寺庙和街巷,以此折射更多的寺庙和街巷。之所以叫都府巷,因为有些街巷为都府所据;之所以叫状元沟,是因为这里是状元集中居住地。街巷名称反映出这里实际上既是政治中心,也是文化昌盛之地。尾联又以总写,揭示出清江浦风景之美好,及南北交通要道的地位。该诗歌精选鼎盛时期清江浦拥有的各种著名景观,勾画出清江浦全景图,亦将清江浦一时的繁盛写出。

清江浦

顾炎武

此地接邳徐，平江故迹余。

开天成祖代，转漕北京初。

闸下三春尽，湖存数尺潴。

舳舻通国命，仓廪恃军储。

陵谷天行变，山川物态殊。

黄流侵内地，清口失新渠。

米麦江淮贵，金钱帑藏虚。

苍生稀土著，赤地少耰锄。

庙食思封券，河防重玺书。

路旁看父老，指点问舟车。

作者简介

顾炎武(1613—1682)，字宁人，号亭林，江苏昆山人，明末清初杰出的思想家、经学家、史地学家和音韵学家，被誉为"清学开山始祖"。与黄宗羲、王夫之并称为明末清初三大儒。主要作品有《天下郡国利病书》《日知录》《肇域志》《音学五书》《亭林诗文集》等。

题　解

参见上一首范冕《吟清江》之题解。

注　释

（1）邳：邳州，隶属于江苏省徐州市，古称邳国、下邳、东徐州。徐：徐州，古称彭城，地处江苏省西北部。

（2）平江：指明代陈瑄，他曾被封为平江伯。故迹：指陈瑄在清江的祠庙及创建的闸坝、船厂、仓库等遗迹。

（3）开天：开国。成祖代：指明成祖朱棣通过"靖难之变"，取代建文帝做了皇帝。朱棣于建文四年（1402 年）攻下帝都应天（今江苏南京），做了皇帝，1403 年改元永乐，改北平为北京。1421 年，迁都北京，称北京为京师，南京为留都。

（4）转漕北京：转运漕粮至北京。朱棣即位为明成祖后，永乐元年（1403 年）封陈瑄为平江伯，任漕运总兵官，总督海运，输粟四十九万余石，饷北京及辽东。淮安是漕粮中转地，故曰转漕：初。开始。

（5）"闸下三春尽，湖存数尺潴（zhū）"两句：意思是，每当春末时，清江浦运河需要储蓄足够的水，以利漕船北上。永乐十三年（1415 年），平江伯陈瑄，下令开沙河故道为清江浦运河，在清江浦河上建移风、清江、福兴、新庄四闸控制水位，保证运船所需要的一定的储水量。漕舟因此可以省却水陆路转换，而直达淮河。清江浦之四闸通常根据需要启闭。每年粮船于春天北上，夏初闭闸，以防黄河水倒灌运河。秋汛后于九月开闸，放行回空漕船。闸内所储之水，皆由高邮、宝应诸湖南来。三春：春季三个月，即孟春、仲春、季春。潴（zhū）：水积聚。

（6）舳舻（zhú lú）：指首尾衔接的船只。国命：国家的命脉。

（7）仓廪（lǐn）：贮藏米谷的仓库，此指陈瑄于清江浦所置的常盈仓。恃：依赖。军储：指粮秣等军需物资。时漕粮由军丁承运，部分亦供军食。

（8）"陵谷天行变，山川物态殊"两句：意谓世事变迁，高下易位，山川万物，随之发生巨大变化。"陵谷天行变"句化用成语"陵谷变迁"，比喻世事变迁，高下易位。

（9）"黄流侵内地，清口失新渠"两句：意即由于黄河水的倒灌，清口附近新开的漕渠淤塞了。

（10）"米麦江淮贵，金钱帑（tǎng）藏虚"两句：意思是由于黄河为害频繁，江淮地区的米麦价格昂贵，朝廷为了治河，使得国库空虚。帑藏：古时收藏钱财的府库。

（11）"苍生稀土著，赤地少耰（yōu）锄"两句：意思是频繁的灾害导致人口大量流徙，江淮之间土著居民很少，致使土地荒芜，无人耕种。苍生：指百姓、一切生灵。土著：指一个地方的原住居民。赤地：指灾荒后土地寸草不生，一片荒芜。耰锄：古代的一种农具，作弄碎土块、平整土地用。亦指耕种。

（12）庙食：谓死后立庙，受人奉祀，享受祭飨。封券：封建时代皇帝赐给功臣、重臣的一种带有奖赏和盟约性质的凭证。

（13）玺（xǐ）书：在封口处盖有皇帝印章的诏书。《明史·列传第四十一》载：仁宗即位后，览陈瑄上疏陈七事（即"重国本、择贤能、苏民力、兴学校、整军伍、谨边防、走漕运"等七条政治主张），寻赐券，世袭平江伯。（指表彰奖励，封陈瑄为平江伯，食禄一千石，子孙世袭此职事）

（14）"路旁看父老，指点问舟车"两句：指治理河道的官员结队而来的舟车阵仗，引得路旁父老观望指点。

评 析

纵观全诗，"此地接邳徐，平江故迹余"，写清江浦的地理位置是与邳、徐接壤。"开天成祖代，转漕北京初"，写清江浦的开凿时间和开凿原因。清江浦开凿的时间是在朱棣即位为明成祖定都北京，封陈瑄为平江伯总督海运，输粟饷北京及辽东的时期。这联实际也反映了开清江浦的原因，是运输皇粮需要。"闸下三春尽，湖存数尺潴"，反映了清江浦河的开凿和实际启用状况，即陈瑄开沙河故道为清江浦运河后，又建四闸蓄水控水，定时启闭，使漕舟最终省却水陆路转换，而直达淮河的事情。"舳舻通国命，仓廪恃军储"，写清江浦开通后的作用，是维系了国家命脉，并且也成为了军需粮仓重地。"陵谷天行变"八句主要写黄河夺淮入运给清江浦带来的问题。由于黄河夺淮，清口淤塞，导致土地不耕，而治河费力，导致国库空虚的史实。同时，由于黄河改道，夺淮入运，维持清江浦运道畅通，已经成为棘手难题。最后"庙食思封券"四句写陈瑄由于治河有功受到上至皇帝下至百姓的认可。因为陈瑄提出的包括治河在内的政治主张受到皇帝认可，皇帝因此下诏书封其为平江伯，并让其子孙世袭其位。这是莫大的荣耀，同时他也受到百姓的拥戴，每当他所率领的浩浩荡荡治河大军来此地，都会吸引大批百姓夹道观看。该诗是陈瑄当年开清江浦治理河道的情景再现。铺陈了陈瑄开清江浦的时间、缘由、过程、作用、黄河夺淮后清江浦的困境，他积极治河受到皇帝诏书表彰的种种历史史实。该诗用语客观冷静，无过多情感渲染，句句关涉历史真相，所谓以诗证史，该诗之谓也。

夜泊淮阴

项　斯

夜入楚家烟，烟中人未眠。

望来淮岸尽，坐到酒楼前。

灯影半临水，筝声多在船。

乘流向东去，别此易经年。

作者简介

　　项斯(810？—？)，字子迁，临海郡乐安县(今浙江台州市仙居县)人，项斯年轻时喜好读书吟诗，有济世之心却并不得志。唐会昌三年(843年)，项斯听说国子祭酒杨敬之平素喜爱读书之人，善于提携后辈，便带着自己的诗作前去谒见。杨敬之对项诗及人品道德甚为赞赏，赠诗云："几度见诗诗总好，及观标格过于诗。平生不解藏人善，到处逢人说项斯。"项斯因此诗闻长安，并于第二年登进士第，授润州丹徒(今江苏镇江)尉。后世因称为人扬誉或说情为"说项"。有《项斯诗集》一卷传于世。

题　解

　　项斯所说的淮阴，指淮阴故城，即今码头镇附近。秦王政二十四年(前223年)秦灭楚,始设淮阴县,淮阴县治所设在甘罗城(在今码头镇东北一里许,相传为秦上卿甘罗所筑)。东晋永和八年(352年),荀羡以北中郎将徐州刺史镇守淮阴,在秦汉故城(即甘罗城)之南一里许,营造新的城池(即淮阴故城,今码头镇附近),自此淮阴为南朝国防要地。

注 释

(1)楚家:淮阴原属楚地,故曰楚家。烟,指夜晚笼罩在城市上空的烟霭。

(2)"望来淮岸尽"两句:意思是举目望时,船儿刚刚到达淮水口岸,于是上岸坐上酒楼休息。淮安地处黄淮运交汇口,由北而来,沿着黄淮相接的水道,往南去则是利用运道,因诗人当时由北而来,需要由淮河入运河,故云"淮岸尽"。

(3)临水:映照水中。

(4)筝:又称古筝、秦筝,古老的汉族弹拨乐器。

(5)经年:经过一年或若干年。

评 析

诗歌第一联首先交代诗人来淮的时间地点,是夜半时分坐船来到淮阴,此刻,烟霭笼罩的城市中人们尚未入眠。一句"烟中人未眠",揭示出这里的氛围,这是一个夜已很深却很多人未眠的地方。一方面诗人自己兴奋未眠。另一方面,发现当地很多人也未入眠。由此折射出这里是一处崇尚休闲娱乐的繁华地。这一联也为下一联描写未眠之人的夜生活行为作了铺垫。第二联,写出了淮安独特的地理位置和淮安人独特的生活方式,这里在淮水岸边,坐船在淮水边上岸，即可到达淮阴。而在这里哪怕是深夜，酒楼仍在营业中，仍在欢迎造访之人。这一联中的"坐到酒楼前"也是承接了第一联的"人未眠"。第三联正面写出此地的繁华与不眠，尽管已经是夜晚，但酒店鳞次栉比，灯火辉煌，一半的灯光映照在水里，船上遥遥传来悠扬的筝声，不绝于耳。第四联，写酒饭之后，自己乘上船沿着运道向东而去，离开这里，很快一年就会过去。传达出一种怅惘情绪：时光匆匆，不知何时能够再来。

　　该诗生动地描述了诗人夜泊淮阴时的所见所感，让我们充分领略了这个淮水岸边不夜城的城市特色和繁华景象。诗歌用语朴质，但韵味悠长，实为咏淮名篇。

秋杪重至王家营

查慎行

十日征尘滞故乡，大河西北又严装。

千家转徙留三户，万柳荣枯在一霜。

断岸无桥频待渡，涸沙有犊尚犁荒。

惊心八月归舟路，夜下崔符百里黄。

作者简介

查慎行（1650—1727），字悔余，号他山，赐号烟波钓徒。浙江海宁人，清代诗人，为"清初六家"之一。康熙四十二年（1703 年）进士，官翰林院编修。曾随康熙出游，康熙五十二年（1713 年），乞休归里，家居 10 余年。雍正四年（1726 年），因弟查嗣庭讪谤案，以家长失教获罪，被逮入京，次年放归，不久去世。有《苏诗补注》《敬业堂诗集》《敬业堂文集》等。

题　解

秋杪（miǎo）：暮秋，秋末。王家营，即现在的王营镇。诗人来过王家营数次，1696 年，诗人即来过王家营，并留下诗歌，此诗为 1700 年秋，诗人再次经过王家营时所作。

　　王家营即现在王营镇的旧名,地处废黄河与盐河之间。明代设兵卫于各行省,淮安府之大河卫,于黄河沿线建兵营十数,王家营即为其一。明清之际,清江浦河为节制水位,沿河置四闸:移风闸、清江闸、福兴闸、新庄闸。漕船过闸艰难,加上淮河(黄河)①风急浪高,商人行旅和三品以下的官员到清江浦之后便舍舟登陆,经过石码头,渡过浪急水阔的淮河(黄河),到王家营换乘车马沿通京大道北上达北平。由北向南者,到王营镇弃车马渡淮河(黄河)到清江浦登舟南下。这就是"南船北马"的由来。乾隆二十六年(1761年),清河县治迁到清江浦,清口驿迁至王家营,所谓"自镇至京,凡1864里,为站有18",清口驿为"通京御道第一驿站"。乾隆五十八年(1793年),朝鲜、琉球诸国来贡,使臣均于此处下榻而后转道赴京。琉球国朝京都通事郑文英(正使)即道卒葬此。郑文英墓为该镇重要古迹。

　　同治元年(1862年)漕督吴棠为防备捻军之乱,筑王家营土圩,南北以河堤以为障碍。圩里南北走向有三条大街。皆街道宽广,可容五马之车方轨并行,顾炎武曾有诗曰"行人日夜驰,此是长安道"。1972年起,淮阴县政府驻此。今为淮安市淮阴区政府所在地。

注　释

　　(1) 征尘:指战斗时扬起的尘土;形容旅途奔波,忙碌劳累。

　　(2) 严装:整顿使有条理。

　　(3) 转徙:辗转迁移。

　　(4) 渡:渡船,渡河。

　　(5) 犊:小牛。

　　(6) 萑符(huán fú):一说泽名,《左传·昭公二十年》:"郑国多

---

① 由于黄河夺淮入海,淮安清河以下形成淮河、黄河合流现象,也即淮河(黄河)。

盗,取人于萑苻之泽。"杜预注:"萑苻,泽名。"一说"芦苇",杨伯峻《春秋左传注》:"凡丛生芦苇之水泽皆可谓之萑苻之泽。"

评　析

　　诗歌首联是说经过多日的旅途奔波,终于停留在了故乡。大河西北处正在整治河道。反映出黄河夺淮、河决王家营、官兵正在治理河道的现实。第二联描述王家营小镇现状是:千家居民移走只剩下少数几家。运河边上通常会种柳树,而经过了严霜,数万株柳树亦已干枯。显然,由于水患,王家营小镇目前呈现的是一派荒凉景象。第三联是写水患之后镇外渡口和田地的现状。由于黄河泛滥,屡次冲毁堤坝,桥梁,行旅到此是欲渡无路。农田里,黄河泛滥携来的泥沙堆积,只有一些小牛犊在那里犁着荒地。显然,由于水患,居民搬迁,这里已是人迹罕见,牛马稀少,一派冷寂。最后一联回想来时的一路,八月的黄河河面上浊浪滚滚,可谓惊心动魄。到了夜里,极目望去,百里之内,丛生的芦苇已经泛黄。

　　这是一首反映王家营遭受黄河水决后人烟稀少,土地荒芜,一派萧条景象的诗歌。王家营虽为淮安的繁华重镇,但因为黄河夺淮,夏秋之交,常常黄淤水高而岸决,地处黄河边的王家营不能幸免,成为黄河水决的受害地。如康熙二十七年(1688年)黄河决王家营,知县管巨迁镇于东,招抚流遗,杨穆①参与其事,为立石作记《重迁王家营碑记》:"与袁浦②对峙,所谓王家营者,盖清东壤之冲道,滨河而处,凡二千余家,五十年间已三迁矣。独康熙二十七年秋大水,日崩崖数十

① 杨穆:字西牧,清康熙间增贡生,以中书通判归德,治水听讼。善为诗,著有《柳溪诗略》《芸香草》若干卷。
② 袁浦:这里指清江浦。参见范冕《吟清江》中注释(1)。

丈,市井房舍尽入蛟宫①,妇子茕茕,向波而泣。其民中宵露处者有之,鸟飞兽散者有之,葱郁之区,几成旷野。"史料记述了王家营遭受水灾的残象。该诗主要写诗人回乡沿途中所见所感,同时真实记录了王家营遭受水患的现实,起到以诗证史的作用。

附:背景资料补充

淮安扼南北要冲,是查慎行从家乡出发游学京师,或自京师归里,南来北往的必经之地,从 1684 年起,直至 1727 年查慎行人生中的最后时刻,40 多年间查慎行来到淮安达十余次。留下了像《清江浦》《漂母祠》《淮上晓发》《自盱眙北界沿洪泽湖西北行晚至高家堰》《淮安上船》等一批咏淮诗歌。而且留下了几首写王家营的诗歌,如《丙子王家营旅店迟杨次也家东亭不至》(1696 年)、《秋杪重至王家营》(1700 年)、《中元后三日渡河题王家营旅壁》(1701 年)。可想而知,如此多次经过淮安,已经对淮安非常熟悉。故本诗首句中,他将多次经过并逗留的王家营称为故乡。

---

① 蛟宫:蛟龙之宫,即河湖水泽。

甘罗城

于奕正

是否甘罗宅，淮流万古经。

说行因赵地，拜赐自秦庭。

断碣磨新翠，余钱带旧青。

维舟上荒阜，岸草昼冥冥。

作者简介

于奕正（1597—1636），字司直，宛平县（今北京市）人，崇祯间诸生，喜好山水金石，著有《天下金石志》，并与刘侗合撰《帝京景物略》一书。

题　解

甘罗（约公元前247—?），战国时期秦国名臣甘茂之孙，著名的神童政治家。自幼聪明过人，初拜入秦国丞相吕不韦门下，任其少庶子。十二岁时出使赵国，使计让秦国得到十几座城池，甘罗因功得到秦始皇赐任上卿（相当于丞相）、封赏田地房宅。其后事迹史籍无载。关于甘罗城有不同说法，《正德淮安府志》卷十四载："甘罗城，在旧淮阴治北，或云即淮阴故城。今属清河界，去马头巡检司一里许。相传秦甘罗筑。"《续纂淮关统志》卷十二"古迹"云:"甘罗城,《山阳旧志》云:在淮阴县治北。今属清河界,去河口马头司里许。相传为秦甘罗筑……当甘罗用事时,淮阴尚属楚地,何缘筑城?宋徐仲车《登淮阴古城》序云:'以《传》考之,所谓甘罗城者,非也。谓之淮阴故城,可也。'其言必有所据,以旧说相沿,故仍存之。"

注 释

(1) 淮:淮河。

(2) 断碣(jié):断碑。刻有"秦上卿甘罗"的石碑。

(3) 余钱:指甘罗钱。明万历中,曾于甘罗城掘得古钱二锤。钱长寸余,状如风钟,上有孔,下有篆书,俗称为"甘罗钱"。这些钱后来被熔铸为关羽像。①

(4) 维舟:系船停泊。阜(fù):土山。

(5) 冥冥:幽深昏暗。

评 析

诗歌第一联写出了传说中甘罗城所在的位置,意思是,据说甘罗

---

① 正德《淮安府志》卷十四云:"甘罗城在旧淮阴治北,或云即淮阴故城。今属清河界,去码头巡检司一里许。相传秦甘罗筑。雨后,常土中得小钱,篆文,不可识。"清吴玉搢《山阳志遗》卷一"遗迹":"明万历中,于甘罗城掘得古钱二穴,以铸关壮缪像,今在高加堰。钱犹及见,其长一寸余,形如风钟,有孔,有篆,历岁久,丹翠斑驳可观,俗呼为甘罗钱。朱竹垞《曝书亭集》载所见甘罗钱薄而小,文止一字,不可辨识,下穿一小孔,如鹅眼、綖环、榆荚、荇叶之类。按,甘罗城即古淮阴县地,掘得二穴钱,不知其名,后人就掘地名之,非甘罗自铸钱如邓通、沈充比也。至其形模各异,或当时掘地所得有二种软?抑竹垞别有所见也。"薛超有《甘罗钱》诗曰:"淮阴城下一里许,荒城寥落河之浒。忽起零星秦制钱,土花剥蚀风钟古。此钱遗失当何时?欲问居人人不知。通神妙喜有灵爽,全身铸入关公祠。钱兮钱兮今已逸,行人犹记甘庶子。郑重宜阳战绩多,名传不是钱能使。"

城在古淮水旁，万古以来，淮水汤汤，在此经过。但是否真的是甘罗所居地，并没有定论。第二联追忆历史记载的关于甘罗的事迹，即甘罗十二岁时出使赵国，使计让秦国得到十几座城池，甘罗就此因功在秦都咸阳得到秦始皇赐任上卿（相当于丞相）。第三联，描写甘罗城尚存的历史遗迹及其现状，目前，刻有"秦上卿甘罗"的石碑掩映在一片新绿的植物中，当地人掘得的古钱带着些许铜绿。第四联，描写甘罗城现在的实际风貌及所激发的诗人的感受，即系船停泊登上土山，岸上草色白天看去，也显得幽深昏暗，由此描摹出一派古城荒凉的气象。

　　诗歌短短数句，写出了甘罗城的历史与现实，真实和传说，也写出了自己对甘罗城的认知与疑惑。甘罗城作为淮安的古城池，因为历史久远，遗迹难辨，故而令现代人有种似真亦幻情怀，面对甘罗城在漫长岁月之后，在荒地上用零星的遗留彰显古老历史的状貌，诗人在自豪之余，更多了一种悲凉之感。

吊板闸

程步荣

锦里摧残凤不飞，榷关楼阁失崔巍。

万金帑藏全资寇，合镇妻奴总去帏。

富有赀财流水易，惨无家室让人归。

爱莲亭畔三篙水，化作桃花血浪肥。

作者简介

程步荣，字桓生，号桥门，道光丁亥诸生，廪贡，著有《味书草堂诗集》。

题　解

"吊"，即怀着痛惜的心情悼念逝去的人和物。这里有痛惜板闸衰落之意。板闸为明代平江伯陈瑄开挖运河时所建四闸之一。这里以前叫凤里，自明永乐二年（1404 年）陈瑄在这里建移风闸，次年又在移风闸西二里建筑板闸，从此板闸代替了凤里。

注　释

（1）锦里：传说中是西蜀历史上最古老、最具有商业气息的街道之一,早在秦汉、三国时期便闻名全国。这里用来指代板闸曾经富裕一方。摧残:指遭受严重损失或破坏。凤:传说中的鸟王。"锦里摧残凤不飞"一句意思是板闸这个地方由于遭到破坏,现在已经无法让好的事物及人在此停留。这句其实也是拆分并化入了凤里二字,板闸以前叫凤里,自明永乐二年(1404年)陈瑄在这里建移风闸,次年又在移风闸西二里建筑板闸,从此板闸代替了凤里。

(2)榷关楼阁:板闸榷关(又称淮关,户部钞关)始建于明朝宣德四年(1429年),为全国七大税关之一,榷关主要由两部分组成:一是淮关监督署衙门,二是淮安大关。特别是淮关监督署衙门,楼阁层叠,巍峨壮丽。崔巍:形容山、建筑物等高大雄伟。

(3)帑(tǎng)藏:古时收藏钱财的府库。资:资助;供给。

(4)合镇:全镇。去帏:失去优渥的生活和保护意。帏:帐幕,帐子。

(5)赀(zī)财:钱财,财物。

(6)三篙水:三篙之深的水。篙:撑船的竹竿。

(7)血浪:混和着血的浪涛。

评 析

诗题曰"吊",即怀着痛惜的心情悼念逝去的人和物,故诗歌从一开始就直接切题,写板闸之衰落。首两句主要写板闸街道和榷关的没落现状,过去曾经繁华的商业街道,因遭受严重损失或破坏,现在已经人迹稀少,过去榷关巍峨壮观的高楼现在已经失去其巍峨之姿。一个城镇之繁华的外观已经消失殆尽。第二联,写板闸财富的消失、富人豪奢生活的不再。板闸曾经拥有的巨大的库藏钱财被盗寇抢劫而空,全镇的富人曾经拥有的豪奢生活一去不返。第三四联是诗人生发的感慨,财富的消失像流水一样容易,那些曾经富有的人现在已经凄惨到无家可归。这里包含着对曾经繁盛一时的板闸的追忆，也有对板闸衰落的深深的痛惜。最后一联用夸张之法写爱莲亭畔的水，泛着桃花色泽的血浪，则是充分表达了板闸衰落过程中板闸遭受的无尽之痛，也表达了作者深沉的哀叹。

这首诗反映了板闸衰落之后的情景，句句写其没落之态，但句句又是在折射出它曾经的繁华，句句写其曾经的繁华，但句句又反映着现实的衰落。这里曾经是凤飞锦里、楼阁巍峨、万金帑藏、妻奴有帏，但现在却是凤不飞、失崔巍、全资寇、总去帏。曾经的繁华像流水一样消逝得那样容易，也像流水一样一去不返。其原因是当年板闸遭到贼寇一场惨无人道的洗劫。如此刻意的强烈的今夕对比，怎不令人心生悲哀。故诗题曰吊板闸。

附：背景资料补充

板闸镇位于淮安市淮安区西北十二里处，明清时为南北舟车要道。《山阳县志》卷四载："凡湖广、江西、浙江、江南之粮艘，衔尾而至山阳，经漕督盘查，以次出运河。虽山东、河南粮艘不经此地，亦皆遥禀戒约。故漕政通乎七省，而山阳实咽喉要地也。"板闸镇的崛起与关榷设立有直接关系。板闸榷关（又称淮关，户部钞关）始建于明朝宣德四年（1429 年），为全国七大税关之一，大关具体办理货船的查验、报关、收税等事宜。当时淮关收税的景象极其壮观：每天下午六点多，过往船只开始抛锚，等待第二天验货缴税，这些船只往往能排出两三里路。第二天一早，督检带领扦子手、钞户上船，查验商品与载货量，船只按比例缴纳税金后方可过关。淮关是封建王朝财政收入的极重要的来源。康熙朝开始时全国关税为 100 万两，而淮安关上缴的关税就占一半之多。故板闸有关税"居天下强半"之美誉。当时有民谣唱道："运到山阳扭个弯，凤凰宝地建三关；朝廷财政摇钱树,国富民强运金山。"淮关的地位带动了板闸镇的繁荣:店铺茶馆林立,庙宇寺院众多。《淮关小记》(冒广生著)引卢贞吉《淮阴竹枝词》云:"板闸人家水一湾,人家生计仗淮关;婢赊斗米奴骑马,笑指商船去又还。"这家家依淮关而过活、婢女都能借出一斗米、仆人都以马代步的景致,生动地描写了淮安榷关所在地板闸古镇的繁荣昌盛。淮关整整辉煌了近 400 年。

板闸历来饱经忧患,《续纂淮关统志》卷三"川原":"自清口以至邳、宿几三百里,为南北咽喉之地。板闸居其南,舟航漕贾实攸赖焉。但河舍故道而来汇于淮,二溪相持过郡,溜急波狂,其势汹涌,最为险要。乾隆三十九年,秋水盛涨,即有老坝口之漫溢,板闸适当其冲,关署、民居,悉遭淹浸。"因为黄水倒灌之患,啮堤冲闸,在在堪虞,康熙三十八年,圣祖南巡,阅视河工,特命开挑陶庄引河,俾黄水远避清口,以除倒灌,从此淮、黄两不相竞,永无倒灌之虞。可见一则板闸曾经遭受堤决忧患。二则,板闸遭遇捻军抢掠破坏,诗歌中主要反映此。三则海运开通,铁路兴起,大运河逐渐失去了南北运输主要通道的作用,板闸也逐渐败落,1931 年由民国政府撤销。如今,淮安钞关遗址被国务院命名为京杭大运河江苏段全国重点文物保护单位。

淮关八景(八首)

杜 琳

钵池丹井

山老泉枯石凳痕,丹台犹傍绿芜存。

烟开楚市连城远,沙撼秦淮隔浦喧。

鹤驭多年归洞府,辘轳终古冷荒村。

恩波曾少涓埃报,汗漫云霞未敢论。

韩侯钓台

淮阴古道绝尘埃,留得王孙旧钓台。

柳外残堤漭野涨,沙边废垒入莓苔。

功高空念诸侯贵,身死长余万古哀。

犹幸多情遗片石,令人凭吊几徘徊。

漂母遗迹

一饭情高亘古今,珊珊巾帼倍难寻。

投竿早识无双士,进食宁存望报心。

轶事已忘秦岁月,遗客犹佩汉衣襟。

只怜冷落荒祠旧,还与诗人属细吟。

袁浦千帆

洪波湍急溯遥天,江北江南万里船。

鹢首输将过廪粟,鲛人入贡载蛮烟。

云开沙外樯乌绕,风转林梢翠羽悬。

极目浦边多胜概,不须公路问当年。

山字渔艇

纬萧瑟瑟水纹凉,几处渔蓑挂夕阳。

芦荻傍山飞宿鹭,樯桅隔岸笑鸣榔。

霏微雾色迎秋淡,隐约菱歌入夜长。

宫舍消闲频眺望,起予幽思在沧浪。

花巷晓市

曲巷深深一径斜,画楼高馆亦堪夸。

溪头白舫添鲛客,门外青帘是酒家。

人语雾边寻晓店,屐声雨后乱春沙。

淮阴自古多遗市,不省年来只卖花。

新街夜月

野旷堤平兴自饶,最宜凉月此逍遥。

凄迷古寺离城树,寂寞荒村唤客桡。

吟处几番携蜡屐,醉时不觉过溪桥。

天涯秋思常盈抱,又听飞鸿度沈寥。

景会禅灯

山寺幽闲屿色横,一灯长共暮淮清。

云深细路依仙井,烟咽寒流听梵声。

木榻月来僧入定,石莎雨后鹤常耕。

尘劳未得频过从，署阁遥看佛火明。

作者简介

杜琳，字九迁，直隶密云人。康熙二十四年（1685 年）冬任淮关监督，次年离任，在淮关仅一年，却留下了众多为人称道的事迹。如皋冒广生（1873—1959，字鹤亭，号疚斋）在《淮关小志》中记载："杜琳康熙间任。厘剔奸弊，刊布《则例》，使人共知税额，裁减耗费，代补正供。葺公署，修古道，手订《关志》，成十二卷。"

《淮关八景》题解

板闸镇的崛起与板闸榷关（又称淮关，户部钞关）设立有直接关系。淮关的地位带动了板闸镇的繁荣：店铺茶馆林立，庙宇寺院众多。据《续纂淮关统志》卷三"川原·形胜附"，时有"淮关八景"：景会禅灯、钵池丹井、袁浦千帆、山湖鱼艇、漂母遗踪、新街夜月、韩侯钓台、花巷晓市。它们正是淮关达到极盛时繁华美景的折射。在经济发达、生活富庶、游人如织的时代，人们有更多的休闲娱乐需要，声色享乐，画意诗情，催生了淮安著名景点，而这些景点也变成诗人咏叹不绝的素材。淮关整整辉煌了近 400 年。后来，海运开通，铁路兴起，大运河逐渐失去了南北运输主要通道的作用，淮关逐渐败落，八景也渐渐被人遗忘。

《续纂淮关统志》卷十四艺文录杜琳"淮关八景"。一景一题，将淮关八景整体呈现，并留存至今，令我们有机会凭此去想象当时淮安的兴盛。

冒广生《钵池山志》，谈到康熙《关志》"形胜"时说："又'淮关八景'云：景会禅灯、钵池丹井、袁浦千帆、山湖鱼艇、漂母遗踪、新街夜月、韩侯钓台、花巷晓市。当时咏八景诗甚多,惜余所藏康熙《关志》多缺页,无从甄录矣"。

也即,当时咏八景诗甚多,这些诗歌藉《山阳诗征》《乾隆山阳志》《山阳耆旧诗》《淮安艺文志》《淮安关志》和一些诗歌集得到部分留存,但有很多诗歌也因保存不好而散佚。

钵池丹井

山老泉枯石鳌痕，丹台犹傍绿芜存。

烟开楚市连城远，沙撼秦淮隔浦喧。

鹤驭多年归洞府，辘轳终古冷荒村。

恩波曾少涓埃报，汗漫云霞未敢论。

题 解

《续纂淮关统志》卷十二"古迹"："钵池山丹井在关署西北五里许。冈阜盘旋八九里，形如钵盂。周灵王太子晋，字子乔，炼丹于此，故有丹台、丹井。相传台下旧有七井，后只存道旁一井。及乔仙去，井水日变三色，其味甘美异常。今丹台微有残基，而丹井已渺不可考矣！"

冒广生《钵池山志》载："王棠《游钵池山记》(《知新录》)：'钵池山去淮城十里，钵形，袤延周匝可十里许，环以水，故名。唐杜光庭纪海内福地七十二，钵池其一也。《舆图》云：王子乔烧丹处，传有丹井，当是时，井水日三变。王子闻其胜，与吴子朗仪、叔氏宜村驾小舟往。既至，登岸遐瞩，茫茫若江豕，垒垒如波涛。平坡畅衍，乌睹所谓山者。土阜高约略丈许，土人指为丹灶遗踪云。侧有寺有碑，碑云：晋王子乔丹成饲鸡，鸡僵。乔疑丹不验，弃井中。鸡忽化凤，乔乘凤上升。土阜亦有碑，又引王乔双凫(两只野鸡)事以实之。'"

从上述所记,大致了解钵池山的形状如钵,有水绕之,故名。传为王子乔烧丹处,传有丹井,水一日三变,有王子乔乘凤之说。可以说这些都是充满想象的传说。王棠《游钵池山记》在记了上述传说后,云:"噫!异矣!夫神仙丹灶之事,自秦皇、汉武以还,率皆荒诞不根,儒者不道。"接着又说王子乔之人之事有混,不实。如此而言,目的是使"游钵池者,不致舛谬无",意思显然,此传说不是很可信。

但是正是这些充满传奇色彩的故事,成为诗人咏叹不绝的对象。

注 释

(1) 石甃(zhòu):石砌的井壁。

(2) 丹台:红色的楼台,道教中指神仙的居处。绿芜:丛生的绿草。芜:形容草长得乱。

(3) 烟开:烟散去。

(4) 撼:摇动。

(5) 鹤驭:指仙人。传说成仙得道者多骑鹤,故名。这里指乘凤而去的王子乔。洞府:指神话中神仙居住的地方。

(6) 辘轳(lù lú):安在井上绞起汲水斗的器具。这里代指丹井。终古:久远。

(7) 恩波:谓帝王的恩泽。涓埃:细流与微尘;比喻微小。杜甫《野望》:"惟将迟暮供多病,未有涓埃答圣朝。"自叹惟将迟暮的年光,交与多病的身躯;至今无点滴功德,报答贤明的圣皇。

(8) 汗漫:广大,漫无边际。云霞:彩云和彩霞。

评 析

诗歌首联写钵池山老泉水枯竭,井壁上一道道深深的印子赫然在目。丹台长期不用,沉积上一层厚厚的苔藓。老、枯、绿芜等字词,凸显出钵池丹井的古老历史和废弃荒芜的现状。次联写钵池丹井的具体方位,站在这里,云烟散开的远处可见到毗邻的楚州城郭,而淮河对岸的喧闹声似乎让这里的沙地都撼动了。表明这里临近楚州,也靠近淮河。第三联讲述这个地方曾经的传说,并描摹目前真实的状况,也即传说中在这里炼丹的王子乔最终乘鹤而去,而留下的丹井徒令荒村显得更加冷寂。最后一联是抒发一己的感慨,自谦至今无点滴功德,报答贤明的圣皇,所以对于各种世事,自己也不敢妄加评论。

这首诗前三句侧重写钵池丹井的历史、传说和荒凉的现状,最后一联欲说还休,表面自谦,但实际暗含了自己对世事盛衰转换的无奈与不满。

韩侯钓台

淮阴古道绝尘埃，留得王孙旧钓台。

柳外残堤漾野涨，沙边废垒入莓苔。

功高空念诸侯贵，身死长余万古哀。

犹幸多情遗片石，令人凭吊几徘徊。

题　解

《续纂淮关统志》卷十二"古迹"载："韩侯钓台，旧《关志》载：在满浦坊，汉时建。今有石碑一座。按：《山阳志辨讹》云《史记·淮阴侯传》载：'信尝钓于城下'。'城下'，乃古淮阴城也，去今淮城五十余里，县废城圮。信所游历处，如淮阴市、胯下桥及韩母、漂母诸冢，尽湮于水，久无遗迹可考。今淮城北门外漕河堤壖，有韩侯钓台，乃明万历中淮守刘大文追建，是以唐、宋、元人皆无咏钓台诗，明《潘中丞集》中始见。可知创造未久，焉得漫指为汉时建耶？"

关于韩信的诗歌，淮安人徐亦农已经整理出历代诗人咏韩信、咏的诗歌集。此不赘述。

注　释

（1）绝：隔绝。尘埃：飞扬的尘土，亦指尘俗。

（2）旧钓台：此指韩信钓台。

（3）濚（yíng）：水流环绕回旋的样子。野涨：指上涨的水流。

（4）垒：古代军中作防守用的墙壁。莓苔：即青苔。

（5）片石：此指韩侯钓台遗迹。

评　析

　　诗歌第一联写淮阴古道上历史的遗留已经很少，只有韩信钓台尚存。揭示出韩信钓台是淮阴的重要遗迹。第二联摹写韩信钓台目前状貌，钓台的附近极目所见，柳树成荫，掩映着残破的大堤，残堤内有水流回旋上涨，扑击堤岸。建筑在沙地上的韩信钓台，已成废垒，布满绿苔。对于钓台遗迹荒芜冷寂的描写其实已渗透进一份世事沧桑变换的感知。第三联写韩信虽然贵为淮阴侯，因为被人担心会功高盖主，结果无辜失去了性命。在其死后，他的不幸结局令万古哀叹。这里对韩信充满同情，也是对政治荒诞本质的揭示。最后一联写所幸的是这里后人多情为之建筑了韩侯钓台，还能让人有凭吊之处。虽然尾联表达了一种庆幸之情，但是诗人对于韩信功高盖世却无故惹来杀身之祸的结局还是感到无比悲哀的。诗歌借历史之遗迹，抒思古之幽情，发人生之感慨，显得高古苍凉，情韵悠远。

漂母遗迹

一饭情高亘古今，珊珊巾帼倍难寻。

投竿早识无双士，进食宁存望报心。

轶事已忘秦岁月，遗客犹佩汉衣襟。

只怜冷落荒祠旧，还与诗人属细吟。

题　解

漂母遗迹：这里指漂母祠。《续纂淮关统志》卷十二"古迹"载："漂母祠，旧在淮城西门内。明都御史王暐记。成化初，迁西门外，即今建驿馆地，淮安知府陈文烛记。后移韩侯钓台侧。国朝康熙二十三年，山阳知县王命选捐修。雍正十一年，淮安知府朱奎扬复修。乾隆五年，知府李暲委训导汪克绍、绅士童维祺重修，改造船舫，修葺亭台，并封树陈节妇墓（墓在祠侧）。遂为山阳胜境。"

关于漂母的诗歌，淮安人徐亦农已经整理出历代诗人咏漂母的诗歌集。此不赘述。

注　释

（1）一饭：指一饭千金的典故。亘：空间和时间上延续不断。

（2）珊珊：高洁飘逸貌。

（3）投竿：投钓竿于水，谓垂钓。

（4）进食：指漂母给韩信饭。望报：期望得到报答。

（5）轶事：世人不知道的史事。多指未经史书记载的事迹，正史所不记载的事。

（6）佩：佩戴。

（7）祠：供奉祖宗、鬼神或有功德的人的房屋。

（8）属：连缀，接连。

评　析

诗歌首联明言漂母饭信实属义重情深，故得千古流传，像漂母这样美好仁厚的女性实属难见。点出漂母在历史上的独特地位。第二联写当韩信钓鱼的时候，漂母就能眼光独特，对他抱有信心，而且，漂母给韩信饭吃并没有存期待回报之念想。揭示了漂母慧眼识人的能力，和施恩不图报之品质。第三联，写时光荏苒，尽管现在的人还穿着汉人的衣服，但实际上已经忘却了秦汉时期那一段如火如荼的历史岁月。言语中渗透兴亡更替的历史沧桑感。最后一联意思是，可惜只剩下一些被世人冷落的荒祠，留给诗人去写一些咏史怀古的诗歌了。诗歌前两联侧重于陈述历史上漂母的事迹，后两联侧重于写面对历史遗迹所生发的感慨。诗人不仅赞美了漂母饭信的功德，和不求回报的美德，同时也表达了昔人已去，唯留下荒祠冷落的悲凉之感。

袁浦千帆

洪波湍急溯遥天,江北江南万里船。

鹢首输将过廪粟,鲛人入贡载蛮烟。

云开沙外樯乌绕,风转林梢翠羽悬。

极目浦边多胜概,不须公路问当年。

题 解

《续纂淮关统志》卷十二"古迹"载:"袁浦,在淮阴故县西二里。郦道元《水经注》云:淮阴县城西二里,有公路浦,昔袁术自九江东奔袁谭,路出兹浦而得名。非清江浦也。"但是也有人将袁浦当作清江浦,见范冕《吟清江》注释(1)。这里的袁浦也是指清江浦,板闸属于清江浦的一段。"千帆"既可以说是板闸之景,也可以说是清江浦之景。

注 释

(1)鹢(yì)首,指船头。古代画鹢鸟于船头,故称。后泛指船。输将:运送。廪粟:指公家库藏之粮。

(2)鲛(jiāo)人:指中国神话传说中鱼尾人身的生物。入贡:向朝廷进献财物土产。蛮烟:特指外来的鸦片烟。

（3）樯乌：桅杆上的乌形风向仪。

（4）翠羽：绿色的羽毛。

评　析

　　诗歌首联写袁浦水流湍急，浪涛击天的自然景象，并点出这里是江南江北万里之外船只经过的水上交通要道。第二联交代了来往船只所运输的货物内容，有的是运输皇粮，有的是运输进贡物品，由此也点出由此经过的货物很多是直接供给皇城的。第三联写一队队船只高挂着樯乌似乎从云天沙外绕出，风吹林梢，修饰着翠羽的船只从中呈现，浩浩荡荡驶来。这是专门描写袁浦中千帆竞过的壮观景象。第四联感慨袁浦目前盛景颇多，一派欣欣向荣之气象。

　　在史料中，对于淮安河下镇、板闸、清江浦、码头镇等千帆竞过、商店鳞次栉比景象，多有专门描述，正是凭着诗歌的记载，我们可以想象这些地方当年作为水上交通要道，南北船只满载货物经过的繁华盛景。它们曾因运河而成一方胜概。这里描写的则是清江浦板闸一带千帆竞过的胜景。

山字渔艇

纬萧瑟瑟水纹凉,几处渔蓑挂夕阳。

芦荻傍山飞宿鹭,樯桅隔岸笑鸣榔。

霏微雾色迎秋淡,隐约菱歌入夜长。

宫舍消闲频眺望,起予幽思在沧浪。

题　解

山字:山字湖,也即山子湖。渔艇:打鱼人所划的轻便小船。

冒广生《钵池山志》载:"山子湖亦作山字湖,何希范所谓'河路成山字',厥名甚雅。又据杜首昌诗,亦作山紫湖。"山字湖紧靠邱家湖,二湖的形成是由于三城坝以上积水不泄造成,特别是与运河开通有关。为了防止黄、淮倒灌运河,捍河之堤筑得很高,导致夏秋积潦无所归宿,民间畦垄皆淹没成湖。山子湖也是因此而成。后来因黄河老坝漫溢,二湖俱淤平。

由于山字湖一度是淮之盛境,故亦为诗人咏叹之对象。《钵池山志》录相关诗九人十七首。《钵池山志补遗》录相关诗十三首。这些诗又分别见于《山阳诗征》《淮安关志》和一些诗歌集中。

注　释

(1) 纬萧(wěi xiāo):编织蒿草。这里指蒿草之意。瑟瑟:形容风声或其他轻微的声音。

（2）渔蓑：渔人的蓑衣。

（3）芦荻：又名芦竹，是多年生挺水高大宿根草本，形如芦苇。宿鹭：栖息的鹭。

（4）樯桅：船的帆篷、桅杆，这里代指船。鸣榔（láng）：敲击船舷使作声，用以惊鱼，使入网中，或为歌声之节。

（5）霏微：雾气、细雨等弥漫的样子。

（6）菱歌：采菱之歌。

（7）官舍：官吏的住宅。

（8）起予：启发我。《论语·八佾》："子曰：'起予者，商也，始可与言《诗》已矣。'"《何晏集解》引包咸注曰："孔子言子夏能发明我意，可与共言《诗》。"后因用为启发自己之意。幽思：隐藏在内心的思想感情。沧浪：借指青苍色的水，也指《孺子歌》。春秋战国时期流传在汉北一代的民歌《孺子歌》曰"沧浪之水清兮，可以濯我缨。沧浪之水浊兮，可以濯我足。"

评 析

诗歌前四句写夕阳西下时分之景。首联写山字湖边的蒿草在风中瑟瑟摇动，水波轻摇出丝丝凉意，天色向晚，唯剩夕阳，投射在一些渔翁的蓑衣上，营造出秋天傍晚略有些萧瑟冷清的景象。这联主要写山字湖呈现出的静态之景。第二联写出山字湖中相对活跃的生物及其动静，山崖边的芦荻丛中栖息的白鹭许是被什么惊动，上下翻飞，对岸船上不断发出敲击船舷用以惊鱼的声音。这些动静顿时让山字湖充满勃勃生气。第三联写山字湖夜色降临后的情景，细雨弥漫，薄雾形成，让人不禁体会到淡淡的秋意，夜已深沉，却仍隐约听到不息的菱歌。这种雨雾的若有若无，这种菱歌的若有若无，使夜显得更加永长,也更加冷清,使得诗人不由生出某种心绪。故第四联诗人主要抒发出自己的感想。在官舍中消闲凭栏远眺山字湖,不禁想到了那首沧浪之歌,内心也因此产生了出幽远情绪。

整首诗中,诗人着力描写官舍中消闲凭栏远眺所得山字湖的全景,纬萧、湖水、芦荻、鸥鹭、樯桅、烟霏、雾色、菱歌,勾画出一幅既宁静美好灵动,又略带萧瑟凄清的秋天的山字湖画面,同时也表达了自己在这样的景色中产生了一种豁达自足的情绪。

花巷晓市

曲巷深深一径斜,画楼高馆亦堪夸。

溪头白舫添鲛客,门外青帘是酒家。

人语雾边寻晓店,屐声雨后乱春沙。

淮阴自古多遗市,不省年来只卖花。

题 解

花巷:经营各类花,如瓶花、盆花、妇女头饰花、过年花等的巷子。晓市:早市。该诗折射了当年淮安商品经济功能齐备,街市热闹繁盛的历史史实。

注 释

(1)画楼:雕饰华丽的楼房。高馆:高大的馆舍。

(2)白舫:白木的船。鲛客:犹鲛人。鲛人:指中国神话传说中鱼尾人身的生物。

(3)青帘:旧时酒店门口挂的幌子,多用青布制成。

评 析

诗歌第一联,写曲巷深深,有小径斜着穿过,而小径两边的画楼高馆，从外表看去，壮观漂亮，令人忍不住要夸上几下，这是在写花巷令人称道的建筑格局。第二联，一句写旅人，他们坐着画舫而来，在溪头上岸；一句写酒家，那门外挂着青帘的是酒店，由此也点出，这里在运河岸边，因而有很多往来的船只、旅人，及其因此而兴盛的酒店。第三联写花巷特有的生活情景，早晨雾气未散，就听到有人询问买花的店铺，听到木屐在春天雨后沙上凌乱踏过的声音。这联突出买花之人之早之多，之声音嘈杂，之步履杂乱，花巷之繁盛特征呈现。最后一联生发感慨，是说淮安自古有许多街市，但没有想到有一种街市一年到头专用来卖花。

花巷究竟指哪条巷，没有见到明确记载。关于花巷的诗歌也偏少，潘德舆三子潘亮熙的诗歌《送春诗寄伯兄仲兄于清口》中有"飞絮桥边迷暮霭，卖花巷口几斜晖。"不知是否指八景之一的花巷。不过杜琳的《花巷晓市》是专写花巷之诗，而且记录下了当时花市的格局、游客，及花市的热闹繁华。

特别是"淮阴自古多遗市，不省年来只卖花"一联，是说淮安自古有许多街市，但没有想到有一种街市一年到头专用来卖花。可以想见，由于运河，淮安的交通枢纽地位日趋突出，南北货物纷至沓来，出现了许多专业性商业街巷和市场，如米市、柴市、牛羊市、驴市、猪市、海鲜市、鱼市、莲藕市、草市、盐市等。八景之一的花巷，也是随着运河兴盛起来的无数巷子之一。诗人的惊讶，恰恰是对淮安当时街市贸易种类之繁多，需求之丰富的折射。

新街夜月

野旷堤平兴自饶，最宜凉月此逍遥。

凄迷古寺离城树，寂寞荒村唤客桡。

吟处几番携蜡屐，醉时不觉过溪桥。

天涯秋思常盈抱，又听飞鸿度泬寥。

题 解

《淮关小志》载："新街夜月，为淮关八景之一。"关上关下的人们常在月明星稀之时到新街或大关运河堤上赏玩圆月。这也是当时著名一景。

注 释

(1) 饶：富足，多。

(2) 桡(ráo)：桨，楫。

(3) 蜡屐：涂蜡的木屐。

(4) 盈抱：满怀。

(5) 飞鸿：飞行着的鸿雁。泬寥(jué liáo)：清朗空旷貌。

评 析

诗歌首联写夜月下游览新街的动机,因为看见运河边上野旷堤平,故而产生游兴,尤其一轮凉月,更觉得特别适合闲步逍遥。第二联写游览过程中一路所见小镇景色,有凄迷古寺、城外树林、寂寞荒村、等客之舟,可以想见,虽然运河兴盛促进了城镇的繁荣,但这里毕竟是一个小镇,夜晚的小镇,总体笼罩在凄清萧瑟的氛围中。第三联写诗人游览时的忘我之态,充满游览兴致,数次脱下木屐高歌行吟,诗人且醉且走,浑然不觉间已经走过溪桥。最后一联抒情,写出自己作为异乡人,身在他乡,常常秋思满怀,本质上如飞鸿漂泊无定,思乡之情甚浓。诗歌将一个异乡人的游兴初起,游览过程,游览情态,游览后心境,依次写来,既写出了他的游兴甚浓,也写出了内心深处的思乡情绪。一如这新街夜月,清新宁静又荒凉寂寥。诗歌较好地表达了异乡人漫步新街夜月时流露一种凄清寂寞情绪。

景会禅灯

山寺幽闲屿色横，一灯长共暮淮清。

云深细路依仙井，烟咽寒流听梵声。

木榻月来僧入定，石莎雨后鹤常耕。

尘劳未得频过从，署阁遥看佛火明。

题 解

景会：景会禅寺。禅灯：寺庙灯火。景会禅寺，又叫景慧禅寺。始建于北宋干德元年（963 年），由高僧玉海在钵池山发起兴建。当时名叫洪福寺（景会寺前身）。元明之时，香火鼎盛。明英宗朱祁镇（天顺帝）御赐"敕封景会禅寺"6 个大字，一时有江淮名刹之称。景会禅寺历经沧桑，几度兴衰。《续纂淮关统志》卷十二"古迹"："景慧禅寺，关署西北六里许，钵池山之阳，背淮面湖，境最清旷。相传建自宋季，至明正统戊午年重建。国朝乾隆癸未年，先大夫司榷时，复经捐资修整。甲午，河溢被淤。"

《钵池山志》载吴棠《钵池山游记》："淮安郡城西北有钵池山……寻山而下，约数百步，有释氏之选佛［道］场，曰'景会禅寺'，古刹也。重建于元，复兴于明，历代以来，或毁于兵，或没于河，兴废曾不知凡几。今僧所建殿宇，虽未见壮丽，其精修梵行、暮鼓晨钟，堪为清净之丛林。因以《金经》'应如是住'语，书为匾额。复题楹联曰：'清磬谁敲？点缀钵池风景；法轮常转，保全福地河山。'盖兹寺能渐臻兴盛，实足为钵池生色焉。"

作为名寺，文人墨客题咏极多。《钵池山志》录与景会禅寺相关的诗八人九首。《钵池山志补遗》录相关诗六首。这些诗歌又分别见于《山阳诗征》《乾隆山阳志》《山阳耆旧诗》《淮安艺文志》《淮安关志》和一些诗歌集中。

杜琳的《景会禅灯》是写景会禅寺的佳作。

注 释

（1）山寺：山中寺院。屿：小岛。横：宽阔、广远。

（2）一灯：佛教用语，谓灯能破暗，以喻菩提之心，能破烦恼之暗。淮：淮河，淮水。

（3）仙井：钵池山丹井。

（4）咽（yè）：填塞；阻塞。声音因阻塞而低沉。梵（fàn）声：念佛诵经之声。

（5）木榻：一种狭长而较矮的木床，可供坐卧。入定：入于禅定。定为三学、五分法身之一，能令心专注于一境。

（6）莎：多年生草本植物，地下的块根称"香附子"，可入药。

（7）过从：指来访；相互往来。

（8）署阁：官署楼阁。

评 析

诗歌第一联是远景描写，点出景会寺所处的幽静环境，和禅灯不息的特点，"山寺""屿色"，突出景会寺立于山中，"淮清"二字，又点出景会寺的地理位置在淮水边，可谓依山傍水无疑。一个幽字点出景会寺氛围的静默。而"一灯长共暮淮清",更是揭示出景会寺的佛教特征,并且,灯火不息,如同长淮之水。第二联是近景描写,更细致地写出景会寺的周围环境,这里浓云深罩,沿着狭窄的道路而上,可以看到钵池山上子乔炼丹留下的仙井,山边的钵池,如笼薄雾,呜咽流淌,回荡着梵声。第三联写景会寺佛僧参禅情景。月下木榻上,有高僧参禅入定。最后一联写自己因为忙于政务,很少入寺,唯有在官署中遥看禅灯。既表达了一种自责,也传递出对景会寺的尊重。

诗歌由寺及人,再及己,层次清楚,对偶工整,意象密集,用语考究,表达细致。

泊舟盱眙

常 建

泊舟淮水次，霜降夕流清。

夜久潮侵岸，天寒月近城。

平沙依雁宿，候馆听鸡鸣。

乡国云霄外，谁堪羁旅情？

作者简介

常建（708—765），字、号不详，唐代诗人，长安（今陕西西安）人，唐开元十五年（727 年）与王昌龄同榜进士。仕途不得意，遂放浪诗酒，来往山水名胜。曾任盱眙县尉。天宝间卒。其诗多为五言，善写田园风光、山林逸趣，意境清迥，语言洗炼自然。殷璠《河岳英灵集》首列其诗，今存《常建诗集》3 卷和《常建集》2 卷。

题 解

泊舟：停船靠岸。盱眙，县名，为隋唐宋时期大运河上的重要城市。盱眙在先秦时期一度为楚国的核心区域，秦时置盱眙县。秦末项梁、项羽起义，拥立楚怀王熊槐之孙熊心为王，仍号楚怀王，以盱眙为都城，后又以彭城为都城。据盱眙县旧志载，盱眙境内有汉王城、楚王城、小儿城等古城遗址。隋到唐宋期间,四渎之一的淮河,贯通南北,衔接东西,是著名的黄金水道。汴水入淮之口,既称淮口,也称汴口,就在今盱眙城对岸。这里山清水秀,景色清幽,为羁旅行人重要的留连之所。此诗当为作者某次在盱眙停船住宿时即景抒情之作。

注　释

(1) 次:旅行所居止或途中暂时停留之处所。
(2) 夕流清:日落时分的河流显得非常清澈。
(3) 平沙:指广阔的沙原。
(4) 候馆:驿馆。
(5) 羁旅:寄居异乡。

评　析

诗歌前六句主要是写景,写泊舟之处的环境氛围。第一句为点题,但是诗人并没有直接写"泊舟盱眙",而是写"泊舟淮水次",起到了不仅点题,还交代盱眙地理位置的作用,即盱眙在淮水岸边。"霜降夕流清"写泊舟之处所见景色是,因为处于霜降时分,河流显得非常清澈。第二联是进入岸上旅馆后所见所感的景色,夜已深沉,潮水拍岸的声音却不断回响;秋夜冷寂,一轮寒月低悬,在城头洒下一片凄清的余晖。诗人写出了淮水岸边停宿所见闻到的独特景色,也写出了一个异乡人乍到陌生地难以入眠的状态。首两联选择霜、潮、月等典型的意象,用了清、寒等修饰词,描绘出了淮河边霜降、流清、潮急、月寒的凄清的景色。

第三联写已近拂晓时的所见所闻。大雁栖息在平静的沙湾,驿站里听到鸡叫声。诗人视听结合,写出近拂晓时在旅馆所看到的景物和听到的声音。这联看似写雁、鸡,实际也是写人,体现出作者因思念家乡,一夜无眠的状态。最后一联以直抒胸臆的方式表达了诗人浓厚的思乡之情。家乡在遥远的地方,谁能够忍受寄居异乡的情绪?

　　诗歌题目是泊舟盱眙,但通篇未见盱眙二字,而是通篇写淮水岸边泊舟处及岸边旅馆的景色氛围,短短几句诗歌,经历了时间的变化,即由傍晚,到夜深,到拂晓;有诗人见闻的景色的变化,由泊舟时的岸边水流,到宿馆所见闻的潮水、寒月,到拂晓时见闻的沙雁、鸡鸣;有诗人情绪的变化,因身处异乡难以入眠,听闻着异乡的一切,最终生出强烈的思念家乡之情。由此也写出了盱眙的特别之处和自己此次停宿的独特感受。诗歌看似清淡朴实,实质情韵浓厚。

第二篇 名 湖

　　河湖交错的淮安，有"水乡"之誉。淮安因水而得名，"淮安"即"淮水安澜"之意，水是淮安的灵气所在。淮安境内，有京杭大运河、里运河、古淮河、盐河穿城而过，有洪泽湖、射阳湖、白马湖、高邮湖、宝应湖、勺湖、萧湖、月湖、管家湖、山子湖等镶嵌其中，湿地资源在全国名列前茅，故被称作是一块"漂浮在水上的土地"。随着时代的发展，河流湖泊及其周边生态环境有的仍保持原貌，有的已经发生了很大变化，这里评析几首反映湖泊的诗歌，借以照见淮安一些自然生态环境的历史与现在。

萧湖曲

丁 晏

萧湖瑟瑟春波绿，中构名园曲江曲。飞檐架阁笋凌霄，水榭回廊三十六。自从吏部起新楼，金管词人擅胜游。萧山赋就明河曲，皓月连湖万顷秋[1]。园东对峙分林壑，观察兰岩开舫阁。翩翩公子亦风流，迭石玲珑香雪萼。梁园宾散铜铺关，一坏[2]犹说黄家山。沈池寥落琴台在，裴第凄凉月牖残。岑山着姓来淮土，闻道名园易新主。玉山雅集延英流，放棹凭衿命俦侣。琴南太史忻周旋，水南道人雅相与。苇间画笔浩亭诗，白民素老高文许[3]。拍肩歌啸若神仙，觞咏流连自千古。旧游歇绝如云烟，醵贾营构纷连骈。绮疏绣栨穷雕镂，馔玉炊金极毳鲜。获庄元赏开游宴，春秋无日无华筵。龙舟竞衍深泅戏，鹊架争输下聘钱。晚钟已动犹未歌，宵深草露遗花钿。画船箫鼓笼纱蜡，金谷笙歌炫锦缠。可怜奢荡官盐坏，岂有台高能避债。瓦鳞鼠窜幕栖乌，舞榭倾摧蛛网挂。

---

[1] 有小注："毛西河《赋明河篇》有'明河将水荡为烟，皓月连湖泻成镜'之句。"

[2] 坏：音 pī，同"坯"，指没有烧过的砖瓦、陶器等。音 pēi，土丘的意思。这句取土丘意。

[3] 有小注："园中，联吟角蓺，有程沆琴南、程嗣立水南、边维祺苇间、邱谨浩亭、周振采白民、王家贲素修诸老"。

阮厨遗迹灶觚欹,日落阴房鸱鸟怪。雍门零涕曲池平,老妪悲啼居宅卖。划除砺砾剺土中,惟剩荒畦莳韭薤。祗今茂草走秋磷,更有何人杯酒酹。富商别墅今颓垣,祚薄门衰不忍言。请君看取淮南北,不独萧湖一废园。

作者简介

丁晏(1794—1875),字俭卿,号柘堂,晚号石亭居士,清代中后期著名的经学家、文学家。道光元年(1821年)举人,内阁中书。历嘉庆、道光、咸丰、同治四朝,享年八十二岁。据《山阳丁氏族谱》载:八世祖丁国信,原籍山东济南,于明万历年间,"因贩布帛来淮贸易,遂占籍山阳"。丁晏《柘翁七十自叙》云:"十科蕊榜,甲第传家,七代芹香,丁公衍绪。"丁家后成为淮安"世代书香,诗礼传家"的望门大族,到清代已成为当时"丁、何、韦、许"四大家族之首。丁晏性嗜典籍,勤学不辍,著作甚丰,为"当世之冠"。著有《颐志斋丛书》《山阳诗征》《颐志斋诗文集》。国史馆、府志皆有传。

题 解

《淮安河下志》引《县志》:"萧湖,亦名珠湖,在城北里许,运河东岸。"萧湖是因运河改道而形成,《淮安河下志》记载:"淮郡旧城之北,新、联城之西,有萧家湖,亦称萧家田,又称东湖。当运道经由城东之时,此湖盖与城西之管家胡、城北之屯船坞,溪巷交通,而波澜未阔。自联城东建,运堤西筑,中间洼下之地,乃悉潴而为湖,以成一方之胜概。"萧湖鼎盛时,湖中有私家园林十余处。如荻庄、曲江园、梅花岭、止园、华平园、岭云阁、听山堂、晚甘园、依绿园、柳衣园等,名士之名园、名楼与名湖构成一体,成为人们游览观赏咏叹的对象。然而,"诸遗迹今皆淹没无存。唯树色溪光如旧耳"。诗歌本有小序:"萧湖之滨有曲江楼,始建于张鞠存吏部。中有依绿园、云起阁,楼东为黄兰岩观察止园。舫阁、梅花岭今皆废圮,惟岭形犹存一坏,俗所称黄家山也。楼后归岑山程氏,改名柳衣园,而曲江楼旧额犹存。程氏又对于湖起荻庄,敞厅飞阁,曲榭回廊,园亭之胜甲于吾淮。呜乎!使此园而易主,犹得为游观之所,燕集之区,在彼在此,自达观视之,则一也。乃一旦毁而为墟,以百有余年之名园,不三旬而划尽,过客经此,能无咨嗟!抚今洎①昔,作《萧湖曲》。"基本记录了萧湖的过去与现在,诗歌小序最后一句表明,该诗为作者抚今悼昔之作。

注 释

(1)"萧湖瑟瑟春波绿,中构名园曲江曲"二句:云张氏在萧湖中构名园曲江曲之事。万历年间,进士、礼部郎中张世才,中年弃官归里,建倚楼,以纪念赵碬(取自其成名诗句"长笛一声人倚楼")。其曾孙张新标(鞠存),曾任吏部考功司主事,因某事无辜受牵连,谪为黑水监驿丞。归乡后,在少时读书的东溪草堂附近另构新园,以杜甫《陪郑广文游何将军山林》之"名园依绿水"句,取名依绿园。西南三楹正楼极宏丽,名曲江楼(唐开元名相张九龄,韶州曲江人,有《曲江集》传世,楼名系数典不忘祖之意)。

(2)"飞檐架阁耸凌霄,水榭回廊三十六"二句:云曲江楼楼阁之巍峨壮观,水榭回廊之丰富曲折。

(3)"自从吏部起新楼,金管词人擅胜游。萧山赋就明河曲,皓月连湖万顷秋"四句:云萧山毛奇龄避祸于淮赋就《明河篇》之事。

---

① 洎(jì):到,及。

自从曲江楼建成后，因其周边萧湖环境秀美，及楼自身宏丽不凡，成为文人雅士聚集的绝佳场所。某年中秋，张新标及其子张鸿烈（字毅文，号岸斋），在园中大宴寓淮的鸿儒硕学，饮酒赏月，歌舞焰火杂技竞陈。环湖挤满画舫小艇，彻夜围观者达数千人。适萧山毛奇龄避祸于淮，化名王彦方，乘兴挥毫，写下洋洋洒洒的《明河篇》，大家争相抄写，令两淮一时纸贵。毛奇龄因此被好友施闰章（张新标同年进士）识破行踪。吏部：指张新标。金管词人：泛指有德行而能文之雅士。金管：金管的毛笔。《太平广记》卷二百引孙光宪《北梦琐言》："梁元帝为湘东王时……笔有三品，或以金银雕饰，或用斑竹为管。忠孝全者，用金管书之；德行清粹者，以银管书之，文章赡丽者，以斑竹管书之。"萧山：指毛奇龄。名河曲：即《明河篇》。"皓月连湖万顷秋"句后有小注："毛西河《赋明河篇》有'明河将水荡为烟，皓月连湖泻成镜'之句"，说明该句化用毛西河赋就的《明河篇》中句子。

诗歌首 8 句讲的是曲江楼及其中秋节曲江楼大会之事。

（4）"园东对峙分林壑，观察兰岩开舫阁。翩翩公子亦风流，迭石玲珑香雪萼"四句：是说在依绿园曲江楼东面，隔着树林和山谷，是黄兰岩观察的止园。这里假山石精巧细致，掩映在盛开的鲜花中。因为主人生性豪迈，喜交游，故园中常多风流潇洒之客穿梭其间。林壑：树林和山谷。观察：清代对道员的尊称。兰岩：即黄宣泰。舫阁：仿照船的造型建在园林水面上的建筑物，此指黄宣泰（兰岩）的别业止园。丁晏在《萧湖曲》中序曰："萧湖之滨有曲江楼，始建于张鞠存吏部。中有依绿园、云起阁，楼东为黄兰岩观察止园。"黄兰岩观察的止园和张新标父子的依绿园一样，是萧湖名园胜景。《山阳诗征》录黄兰岩观察之子黄之翰[①]诗后引吴揖堂语云："先生性豪迈，喜交游，折节下士。家有止园，亭馆台榭，居东湖之胜，停骖投辖宴赏无

---

① 黄之翰：字大宗，黄兰岩先生仲子，康熙中邑诸生。著有《止园诗集》。

虚日。尝刻《止园宴集诗》数卷,今皆散佚。"雪萼(è):雪花。萼:本义是花朵盛开,特指花瓣下部的一圈叶状绿色小片。

(5)"梁园宾散铜铺关,一坏犹说黄家山。沈池寥落琴台在,裴第凄凉月牖残"四句:是概述一些历史遗迹的残存状况。梁园、沈池、裴第,这些当时盛极一时的园林、池塘、宅第,现在都已经荒芜,只剩下黄家山、废弃的琴台、凄凉月下残破的窗棂。"梁园宾散铜铺关":汉代梁孝王刘武(? —前144年,汉文帝刘恒嫡次子,汉景帝刘启同母弟)曾建过一座很大的梁园,即睢园,并经常在这里狩猎、宴饮,大会宾朋。天下的文人雅士如枚乘、严忌、司马相如等皆为梁园集会的座上宾。本诗当以梁园喻萧湖上的舫阁、止园、梅花岭等。它们曾经繁华一时,但现在皆已人散门关,萧条冷寂。"一坏犹说黄家山":意思是只剩下一座小山,大约就是当时所谓的黄家山。《萧湖曲》序云:"萧湖之滨有曲江楼,始建于张鞠存吏部。中有依绿园、云起阁,楼东为黄兰岩观察止园。舫阁、梅花岭今皆废圮,惟岭形犹存一坏,俗所称黄家山也。""沈池寥落琴台在":是说沈坤家曾经显赫一时,但现在家园萧条,唯有琴台还在。沈坤,字伯载,号十洲。今江苏淮安市淮安区河下竹巷街梅家巷人,明嘉靖二十年中进士一甲第一名,钦赐状元及第。历官南京国子监祭酒,升北祭酒。后遭奸臣诬陷,拷死于狱中。"裴第凄凉月牖残":意思是裴姓宅地曾经园林美好,但现在月光下那些残窗旧户显得那样凄凉。裴:具体人名不详。牖(yǒu):窗户。

(6)"岑山着姓来淮土,闻道名园易新主"两句:意思是程秀峰为了光大族姓,来到淮安,后接管了依绿园,依绿园至此有了新的主人。岑山:代指程秀峰。程秀峰,名钟,字学博。性至孝,不远游。善诗,皆和平中正之音。于淮人掌故多留意,著有《淮雨丛谈》。程秀峰讲学处称为"岑山草堂"。之所以叫岑山,是因为其安徽老家在徽州岑山渡,示不忘其祖也。着姓:有声望的族姓。

（7）"玉山雅集延英流，放棹凭衿命俦侣"两句：写卞思义与一批英才，呼朋引伴，放情山水，相互酬唱的雅士生活。玉山雅集：代指有《玉山雅集》的卞思义。卞思义，字宜之，浙西宪府以其才贤辟为属掾，任满，转建德录判，未任，庸田制司又以其通敏再辟为掾史，有《宜之集》。《山阳诗征》引《耆旧诗》云：宜之气宇疏旷，早年有诗名，能苦吟。对客谈诗，终日不绝。尝寓陵阳，与刘有之、吴起李、王子山、吴子彦、胡成之辈相唱和。上元杨翮称其词"宏丽华妙，可以追配古之作者"。惜诗多失传，仅存《玉山雅集》，十之一二耳。延英流：邀请才智杰出的人物。放棹（zhào）：乘船。凭衿（jīn）：寄托胸怀。命：结盟。俦侣：伴侣，朋辈。

（8）"琴南太史忻周旋，水南道人雅相与。苇间画笔浩亭诗，白民素老高文许"四句：是说在萧湖上的这些园亭中，像程沆、程嗣立、边维祺、邱谨、周振采、王家贲这样的名流高士经常往来其中。琴南太史：指程沆。萧湖中"荻庄"是程镜斋先生别业，程沆，号晴岚，是程镜斋先生四子。他由举人官内阁中书，军机处行走，乾隆癸未成进士，改翰林院庶吉士，充方略馆纂修官。程沆太史告归后，于此宴集大江南北名流，拈诗刻烛，一时称盛。忻：同"欣"。水南道人：程嗣立（1688—1744），字风衣，号水南，一号篁村，安徽歙县人。举博学鸿词，辞不就。工诗，善书能山水，所居曰菰蒲曲。或求其书，则以画应。相与：（与友人）同时同地做某件事。苇间画笔：边维祺（1684—1752），字颐公、渐僧，号寿民、苇间居士等。楚州人。以画芦雁著名，有"边芦雁"之称。为扬州八怪之一。在楚州，边维祺常与家乡文士唱和泼墨，聚会于河下"曲江楼"，为"曲江十子"之一。浩亭诗：邱谨：字庸谨，号浩亭。雍正中拔贡生，六合县教谕。邱曙戒先生孙，邱迩求先生子，著有《浩观堂诗集》。《柘塘脞录》："浩亭先生累叶名家，所居桐园储书极富，四方名流过从啸咏无虚日。淡于荣利，生平入场祗一完卷，乃榜揭他人姓名，闻者皆为不平，而先生意泊如也。

诗亦风流潇洒,如其为人。五言如:'碧泉喧古涧,红叶绚霜林'……
七言如:'千株柳亚山塘雨,百顷荷翻水溆风'……气韵萧疏,轶于尘
壒之外。"白民:周振采(1688—1756),字白民,号葌畦,清山阳人,雍
正七年(1729 年)拔贡。字画古劲,诗不多作,矫矫拔俗。有《清来室
诗存》。素老:王家贲,字素修,淮安本邑的名宿之一。"白民素老高
文许"后原有小注:"园中,联吟角藝,有程沆晴岚、程嗣立水南、边维
祺苇间、邱谨浩亭、周振采白民、王家贲素修诸老。"

(9)"拍肩歌啸若神仙,觞咏流连自千古。旧游歇绝如云烟,醝
贾营构纷连骈"四句:为承上启下段落,前两句是对张新标依绿园及
以前时代的一个总结,是说萧湖上自古而来,为官员硕儒宅地,多少
文人雅士在此流连觞咏,恍若神仙。后两句写盐商兴盛后,这里开启
了盐商建构豪宅的时代。歌啸:高声歌唱。觞(shāng)咏:谓饮酒赋
诗。歇绝:消失;衰谢。醝(cuó)贾:盐商。营构:建构。连骈:聚集
在一起,形容为数众多。

(10)"绮疏绣桷穷雕缛,馔玉炊金极毳鲜。荻庄元赏开游宴,春
秋无日无华筵。龙舟竞衍深泅戏,鹊架争输下聘钱。晚钟已动犹未
歇,宵深草露遗花钿。画船箫鼓笼纱蜡,金谷笙歌炫锦缠"十句:极
写盐商雕梁画栋之住宅,馔玉炊金之饮食,无休无止之游宴华筵,穷
奢极欲之婚丧用度,画船笙歌之醉生梦死生活。绮疏(qǐshū):指雕
刻成空心花纹的窗户。桷(jué):方形的椽子。雕缛:雕刻,涂以彩
色。馔(zhuàn)玉炊金:即炊金馔玉,形容丰盛的菜肴。炊:烧火做
饭;馔:饮食,吃。毳(cuì):鸟兽的细毛,毛皮制衣。元赏:元夜赏
灯。华筵(yán):丰盛的筵席。衍:延长,开展。泅:游泳。下聘:
旧时称男家向女家致送订婚的财礼。花钿(diàn):古时妇女脸上的
一种花饰。箫鼓:吹箫击鼓。蜡:动物、植物或矿物所产生的某些油
质。金谷:指钱财和粮食。锦缠:即"锦缠头"。古代歌舞艺人演毕,
客以罗锦为赠,置之头上,谓之"锦缠头"。

（11）"可怜奢荡官盐坏，岂有台高能避债"：如果说前面极写盐商之豪奢，这两句为承上启下句，交代了因为清末纲盐改票，盐商纷纷走向债台高筑，衰败破落。奢荡：奢侈放纵。官盐坏：国家对食盐征税和专卖权禁的各种制度遭到破坏。盐商之所以富有，是因为官盐制度的保障，一些盐商可以世袭卖盐，赚取高额利润，后来由于盐业制度改革，私盐盛行，盐商失去了固有的保障，纷纷衰落。台高：即债台高筑，形容欠债很多。

（12）"瓦鳞鼠窜幕栖乌，舞榭倾摧蛛网挂。阮厨遗迹灶觚敧，日落阴房鸱鸟怪"四句：通过鼠窜乌栖、房倾灶斜、蛛网挂、鸱鸟怪，细数盐商楼阁佳苑的败落惨象。瓦鳞：铺迭如鱼鳞的屋瓦。鼠窜：老鼠惊惶逃窜。幕：幕布。栖乌：晚宿的归鸦。舞榭：供歌舞用的楼屋。阮：指阮氏一门。阮氏自明初由江西清江以武功隶大河卫迁至山阳，经过几代人的拼搏，成为当地显赫的大家族，尤其是在科举考试中取得的巨大成功使这个家族闻名遐迩。阮氏祠堂的门上写着对联"一门三进士，七世两乡贤"。灶觚（gū）：灶突，灶上烟囱。敧（qī）：倾斜，歪向一边。阴房：阴凉的房室。鸱（chī）鸟：指鸱鹰。

（13）"雍门零涕曲池平，老姬悲啼居宅卖。划除砎砾刿土中，惟剩荒畦莳韭薤"四句：是说城池日衰，妇人因居宅被卖而凄惨啼哭，那些原本豪奢的宅院日渐破落布满瓦砾，荒芜的田园中只长着一些勉强糊口的野菜。这四句继续写清末由于纲盐改票，盐业衰落后，萧湖上人们生计困难的状况。雍门：城门名。春秋齐国城门。《左传·襄公十八年》："十二月戊戌，及秦周，伐雍门之获。"杜预注："雍门，齐城门。"《战国策·齐策一》："军重踵高宛，使轻车锐骑冲雍门。"高诱注："雍门，齐西门"。这里借以说淮安城门。零涕：下雨，落细雨。曲池：曲折回绕的水池。悲啼：哀伤啼哭；哀鸣。划除：铲除，废除。砎砾：石头。刿（zì）：（用刀）刺。畦（qí）：田园中分成的小区。古代称田五十亩为一畦。莳（shì）：移植。薤（xiè）：多年生草本百合科植物,叶细长,开紫色小花,鳞茎和嫩叶可以吃。

（14）"祇今茂草走秋磷,更有何人杯酒酹。富商别墅今颓垣,祚薄门衰不忍言。请君看取淮南北,不独萧湖一废园"六句:为抒情,"祇今茂草走秋磷,更有何人杯酒酹":意为如今萧湖丛草间仍有磷火,但有谁还在萧湖上为曾经贵盛一时的人物而祭酒一杯呢。磷:磷火,又称鬼火,通常会在农村,于夏季干燥天出现在坟墓间。酹:把酒洒在地上表示祭奠或起誓。"富商别墅今颓垣,祚薄门衰不忍言":意为曾经的富商豪奢至极。清末由于纲盐改票,铁路的建造,海运的兴起,萧湖周围的园林,逐渐萧条败落了。如今富商门庭衰败,福祚浅薄,连后人都不愿再提及过去。颓垣:坍塌的墙。祚(zuò)薄门衰:即门衰祚薄,指门庭衰微,福分浅薄。祚:福,赐福。"请君看取淮南北,不独萧湖一废园":这两句则宕开一笔,意思是其实又何止萧湖,淮安曾经有六七十座园亭,经过盐业衰落,捻军破坏,铁路兴起后运道运输锐减等影响等全面衰落。甚至,又何止淮安,扬州、苏州,南北各地都是如此。

评 析

该诗讲述了萧湖的历史变迁,园亭主人的更替,亭台楼阁的兴废,其间,对于极盛时期园亭的华丽景象,园亭主人的显贵,往来园中的名人风流,作了具体详细的铺陈描述,同时,对于衰落的原因及衰废的惨象也作了交代和叙写。诗歌基本是写真人,记实事,从而为我们保存了关于萧湖的一幅幅真实的历史画卷。所谓以诗存史,当指丁晏《萧湖曲》这类诗也。而对于萧湖及淮安一代园亭的兴废,不止诗人为之唏嘘,今天的我们,同样不胜感慨。

勺湖看雨

丁恩诰

出门看雨雨满湖，湿云罩树如烟铺。

水鸟轧轧芦中呼，荷盘乱落龙宫珠。

红莲绰约花放初，亭亭洁立娇欲扶。

居人半掩湖上庐，我来四顾清双瞳。

天光云影不可摹，谁写米家烟雨图。

作者简介

丁恩诰，字砚香，顺天大兴监生，同治间寓居山阳，著有《梦松草堂诗稿》。

题 解

勺湖在楚州城西北隅，濒古运河，以"水面弯曲如勺"得名，清乾隆年间，阮学浩任湖南学政，请求辞职回家奉养父母，即其地为草堂，讲课其中，遂为勺湖草堂。阮学浩故去后，门下士在塾中设位奉祀。同治年间，顾云程督学湖南，亦请求辞职回家奉养父母，其时勺湖草堂故址仅存茅屋数椽，租赁给人作酒肆，顾云程乃以高价赎回，增建水阁于厅后，别设享堂，岁一致祭。顾云程卒后，并祀之，称"阮顾二公祠"。

注 释

(1) 烟铺：旧时供吸鸦片者所用的店铺。

(2) 轧轧(yà)：象声词，一种嘈杂声。

(3) 龙宫：传说中龙王居住的地方。

(4) 绰约：女子体态柔美的样子。

(5) 矑(lú)：瞳人；亦泛指眼珠。

(6) 摹：仿效，照着样子做。

(7) 米家烟雨图：米芾(1051—1107)，北宋书法家、画家，宋四家之一。曾任校书郎、书画博士、礼部员外郎。祖籍山西，后迁居湖北襄阳，又曾定居润州(今江苏镇江)。书画自成一家，特别其山水画，烟雨蒙蒙、江波浩渺、气韵风格独特。

评 析

诗歌第一句中"出门看雨"，以口语化的句子点题，并总领全篇。接下来诗人一一列出所看到的雨中勺湖景色。"出门看雨雨满湖，湿云罩树如烟铺"两句，描摹雨中的勺湖湖水和树木景象。由于下雨，湖水骤涨，水位很高，几与地平。湖边树上笼着一层湿雾，就像烟雾缭绕的烟铺。营造出勺湖烟雨迷蒙的氛围。"水鸟轧轧芦中呼，荷盘乱落龙宫珠"两句，写水鸟和荷叶。水鸟栖身在芦苇中，偶尔扑闪着，发出呼呼的叫声，荷叶上水珠滚动，闪亮如龙宫中的珠玉。这两句以水鸟的叫声和露珠的滚动写出勺湖的灵动和生机。"红莲绰约花放初，亭亭洁立娇欲扶"两句重点摹写莲花。一句侧重写莲花花朵，刚刚开放，花为红色，绰约多姿；一句侧重写花朵俏立于茎上的形态，亭亭玉立,娇美而令人欲扶,从而用美丽的莲花衬托出雨天勺湖之美丽。"居人半掩湖上庐"两句是写人。筑庐湖上的居民因为下雨,虚掩上了本来敞开的门,来勺湖看雨的自己在四顾间仿佛双眼因之变得清澈。语句朴质,引人遐想。最后"天光云影不可摹"两句为抒情。诗人感慨道:这样的湖光山色太美,难以描摹。像米芾那样能画出米家山水图的能有几个呢。也即这样的山水之美,只可意会,不可言传。

　　这首诗,语言朴素,给我们描画出由树木、水鸟、芦苇、荷叶、荷花、草庐构成的雨中勺湖全景图,并通过一些修饰词,写出勺湖的迷蒙、灵动与美丽,正如诗人所评价的,"天光云影不可摹",从而使勺湖的历史影像重现眼前,同时,也会令今天游勺湖之人发出年年岁岁湖相似,岁岁年年人不同之感慨。

西湖烟艇

顾 达

船载香醪乐趣多，暖烟深处酌金螺。

萍开白鹭窥苍沼，荷动红鳞跃碧波。

清颖风光真可并，古杭时景未能过。

醉归不用喧丝竹，自有渔人送棹歌。

作者简介

顾达（1439—1523），字居道，号贯初子，晚号养浩居士，山阳（今江苏省淮安市淮安区）人。明成化十四年（1478 年）进士，历官宜阳知县、兵部员外郎、陕西行太仆寺卿。顾达不善华饰，性孝友，外和内刚。工诗文，其文渊深宏博，其诗豪放明健，声律铿锵。著有（正德）《淮安府志》《眺丰亭记》《题锦屏山二十咏》《存道诗集》等。

题 解

西湖：据《续纂淮关统志》卷十二记载："西湖故迹即管家湖。"又载："今运河西岸，淮城西门以北，历湖嘴至板闸，皆西湖故迹也。"永乐十三年（1415 年），陈瑄下令从山阳城西管家湖，凿渠二十里，引湖水通至鸭陈口（今码头附近）入淮，这条漕河被称为清江浦河（清以后称里运河),贴湖东侧垒筑长堤,以便纤夫挽舟,行人走马。运堤以西水面则称西湖。管家湖烟波浩渺,野趣横生。明代三百年间咏景诗词极多。河下镇紧临末口,古时叫满浦坊,最早是山阳池形成的沙洲,其探入湖中的沙嘴上,形成了繁华的商业区湖嘴大街,永乐十四年后,始称西湖嘴。烟艇:烟波中的小舟。

注 释

（1）香醪(láo):美酒。

（2）酌:斟酒。金螺:用鹦鹉螺或红螺壳做成的酒杯的美称。

（3）棹(zhào)歌:渔民的歌。棹:本义船桨,棹歌即指渔民在撑船、划船时候唱的渔歌。

评 析

诗歌首联写诗人和友人以船载酒,共饮西湖浩渺烟波之上,此等生活何其潇洒,故诗人直接用"乐趣多"点评此生活。第二联写西湖中浮萍荡开之处,有白鹭正立在沼泽地中伸首观望;荷叶颤动间,有红鲤从碧波中跃出。这两句,对偶工整,色彩明丽,用词生动,写活了西湖中的各种生物。第三联以杭州作比,认为这里风光清新美好,古杭州的现在的景色未必比这里好多少。略带夸张,赞美了淮安西湖之风光美丽。第四联言一帮友人无需在乘醉而归之时借丝竹助兴,因为湖上自会飘来渔人棹歌,既写出西湖的渔歌之美,也暗含归隐西湖的愿望。该诗写景明丽,写物生动,用词温暖,情绪惬意,特别以与古杭州作比,再现淮安西湖曾经的繁华及人们生活之闲适。

其实,不止这首诗歌,当时,还有其他将淮安西湖比作杭州西湖的诗歌。

蔡昂^①咏《西湖烟艇》云:"三年京国纷尘鞅,十里西湖劳梦想。披图一见已欣然,况复移家对萧爽。杭州颍州天凿开,渔舟远泛苍烟来。倚棹回看天欲雨,鲤鱼吹浪声如雷。"将淮安西湖与杭州、颍州的西湖相提并论。

尤其是成化年间,大学士邱浚《夜泊淮安西湖嘴》称:"十里朱旗两岸舟,夜深歌舞几时休。扬州千载繁华景,移在西湖嘴上头。"(诗前小序云:"唐时'扬一益二'是天下繁华地,扬州为最,其地阛阓人烟之盛,视淮阴反若不及焉,有感书此。")更是写出了西湖嘴堪比扬州的歌舞升平繁华景象。

----

① 蔡昂(1480—1540),字衡仲,号鹤江,淮安府山阳县(今江苏省淮安市淮安区)人。明武宗正德九年(1514年)甲戌科进士第三。除编修,历官礼部左侍郎兼翰林侍讲、翰林学士兼詹事。于嘉靖十九年(1540)八月病逝。赐祭葬如例,赠礼部尚书。著有《颐贞堂集》。

万柳池消夏

王　潜

绿柳阴阴昼似年，炎蒸最是恼人天。

水磨菱角终嫌刺，风荡荷珠那得圆。

但解韬光成隐豹，莫因好静忌鸣蝉。

此间绝胜蓬莱境，放浪何妨学散仙。

作者简介

王潜，字渔门，嘉庆间增生，曾居石塘（今淮安市淮安区石塘镇）二十年。著有《绿荫山房诗存》。

题　解

万柳池又称月湖，目前是淮城三湖（萧湖、月湖、勺湖）胜景之一。万柳池乃古名，原是由西水关通于城外管家湖的一泓野水，唐开元五年（718 年），唐玄宗赐额，在池东半岛的废道观上建开元寺，后又在池心小岛上建了一座紫极宫，遍植芰荷桃柳。紫极宫门外，湖心有亭名"万柳"，素为郡人游宴之地，唐宋间甚有名气，常见于陆游、周密等文人笔记中，万柳池随之亦名闻遐迩。明代称云水清环，或南池，清末民初以其形如半规改称月湖。据称，万柳池曾有八景：月映仙桥、雪封鹤井、柳堤烟雨、茆茨灯光、野寺晚钟、芦汀雁集、远浦归渔、疏林霁雪。消夏：消除、摆脱夏天的炎热的方式。该诗为诗人在万柳池避暑时有感而作。

注　释

（1）阴阴：幽暗貌。昼似年：白昼很长之意。

（2）炎蒸：暑热熏蒸。

（3）荷珠：荷叶上的水珠、露珠。

（4）韬光：敛藏光采，隐藏声名才华。隐豹：比喻爱惜其身，隐居伏处而有所不为。

（5）放浪：指浪迹；放纵不受拘束。散仙：道教名词。天界中未被授予官爵的神仙。

评　析

诗歌首联写景抒情，表达对夏日时分万柳池的印象是：绿柳阴阴，白昼很长，炎热难熬。绿柳阴阴，是万柳池独特的风景，昼似年、炎蒸恼人，则是写出了诗人对夏天炎热难耐的感受。第二联形象地描写了荡漾的水中菱角带刺，吹拂的风中荷珠难圆的景象。根据志书记载，遍植芰（菱角）荷桃柳，是万柳池名闻遐迩的缘由，故这两句实是写出了万柳池的特色美景。

也正是万柳池的美景，让诗人起初烦乱的心境忽然有种变化，故第三联自勉，要韬光养晦，任其自然。应顺应夏日鸣蝉，不要因为喜欢静就讨厌鸣蝉。

第四联直接评价说万柳池景色胜过传说中的蓬莱仙境，不如无拘无束地学做神仙。

　　该诗短短的八句,情绪大开大合,本身是难耐的夏天,心很烦躁,但却因为看到万柳池芰荷柳蝉,从而有了顺应自然,享受美景的想法。诗歌先抑后扬,不仅写出个人心境的变化,也折射出万柳池的美好。

第三篇 名闸名坝

　　京杭大运河是世界上开凿时间最早、规模最大、流程最长,并且仍在使用的人工河流。淮安是大运河沿线水系最为复杂、水利工程设施最多、管理机构最齐全的地区。淮安地区是京杭运河的关键地段,运河河道、堤坝、涵闸、码头等水利工程遗址众多,运道如泗水故道、邗沟北段、码头镇 U 形河道、废黄河、里运河等等。堤坝如高家堰、杨庄头二三坝、天妃坝石工、清口五坝、清江坝、三义坝等等。涵闸有清江大闸、码头三闸遗址、王营减水坝遗址(西坝)、三河闸、二河闸等等。实可誉为中国水工历史博物馆。有很多水利工程仍在使用,也有很多失去原有功能而被废弃,它们客观地体现着淮安地区运河发展的轨迹。

　　诗歌中也存留着不少关于淮安堤坝、涵闸的抒写,兹举几首,亦为淮安之作为水利工程丰厚的运河重镇之见证。

洪湖决(二章)

汪　桂

第一章

长淮失故道,汇为洪泽湖。湖流何浩荡,东岸抵山盱。筑成高家堰,蓄水清漕渠。壅遏久必决,岂曰无忧虞。维时仲冬月,波浪若奔趋。烈烈西北风,应候为吹嘘。岸石掣以坠,堵塞莫能图。长堤亘百里,漱啮无完肤。𣊻然十三堡,冲决淹田庐。又闻周桥坝,亦溃百丈余。

第二章

汊河为巨镇,连延数十村。突逢水暴至,男妇无处奔。哀哉陨躯命,其数不可论。业随波卷去,谁为偿冤魂?或跻高屋脊,竟日饥肠扪。遇舟始救出,多聚武家墩。亦有来城内,鬻瘦带啼痕。骨肉既亏折,鸡犬岂尚存。余虽居郡郭,危栗度朝魂。官保新河堰,惧水来城门。

作者简介

汪桂,字子成,号粟园,道光中岁贡生,著有《晚禅庵诗草》。

题　解

　　洪湖即洪泽湖。说到洪泽湖，不得不说到洪泽湖大堤，以前被称为高家堰。高家堰堪称是明清两代"蓄清刷黄、治黄保运"治水方略的重要工程。原诗有长序："自潘印川增筑高家堰，后遵循之。而泗陵被淹，印川旋为言者攻去。川壅而溃，至今为患者屡矣。且湖深始能潴水，乃遇湖水小时，漕舟不行，从徐睢放河注湖，催湖水下出济运，名曰黄淮交济。盖自靳文襄始，曾未虑湖之渐淤浅也。在明人治河，务浚清口，以淮刷黄。今因黄高于淮，筑拦黄坝，惟恐黄水灌淤运河，局势与前大异。甲申之夏，开坝过漕舟。司河惜费缓塞，旋致运河淤垫，遂多蓄湖水，备刷运河。然而湖浅易涨，宣泄为宜。仲冬十三日，暴风鼓荡，湖堤大决，百里之间，被淹者万家，其高宝诸州县不具论。爰作诗二章以纪事焉。"汪桂的诗歌反映的正是高家堰堤坝溃决造成灾难的史实。

第一章

　　长淮失故道,汇为洪泽湖。湖流何浩荡,东岸抵山盱。筑成高家堰,蓄水清漕渠。壅过久必决,岂曰无忧虞。维时仲冬月,波浪若奔趋。烈烈西北风,应候为吹嘘。岸石擎以坠,堵塞莫能图。长堤亘百里,漱啮无完肤。¥然十三堡,冲决淹田庐。又闻周桥坝,亦溃百丈余。

注　释

　　(1)"长淮失故道,汇为洪泽湖"两句:黄河夺淮河下游河道入海,淮河失去入海水道,在盱眙以东积水,原来的小湖扩大为洪泽湖。

　　(2)东岸抵山盱:洪泽湖的东岸直抵拥有第一山的盱眙。北宋哲宗绍圣四年(1097年),书画家米芾赴任涟水知军,由国都汴京(今开封)经汴水南下就任,一路平川。入淮时忽见奇秀的南山,诗兴勃发:"京洛风尘千里还,船头出汴翠屏间。莫论横霍撞星斗,且是东南第一山",并大书"第一山"三个大字。故盱眙有"第一山"之称。

　　(3)"筑成高家堰,蓄水清漕渠"两句:淮安为黄、淮、运的交汇处,黄河夺淮入海,淮河失去入海水道,在盱眙以东积水,原来的小湖扩大为洪泽湖。又因黄河挟沙,造成淮河下游河床不断淤垫增高,湖底日升,河水倒灌运河,威胁到维系国家经济命脉的漕运。于是,明万历六年(1578年)第三次出任河道总督的潘季驯,为综合解决黄河、淮河、运河交会地区的问题,提出"蓄清刷黄"计策,即修筑"高家堰"大堤三十公里,用抬高洪泽湖水位的办法,把淮水清水蓄起来,借以冲刷黄河的浑水。因为只有增筑高堰不使淮水东溃,人工蓄积的淮水方能"尽出清口",清口及下游不淤,运道才能通畅。

(4)"壅遏久必决,岂曰无忧虞"两句:是说高家堰可拦住湖水,但是,每逢黄河汛期,河水暴涨,河堤会溃决,故岂能说无忧虑。壅遏:阻塞;阻止。决:决口。忧虞:忧虑。

(5)"维时仲冬月,波浪若奔趋"两句:是说某年冬天,高家堰决堤淹没一些村舍之事。根据诗歌序中"甲申""仲冬",则汪桂所记当为道光四年(1824年)十一月十三日事。史载,"道光四年(1824年)冬十一月,湖水决十三堡,运河西大水,漂没人庐舍。"

(6)"烈烈西北风,应候为吹嘘":指当时天气恶劣,西风劲吹。烈烈:寒冷貌。应候:即顺应时令节候。吹嘘:指风吹。

(7)"岸石掣以坠,堵塞莫能图"两句:掣(chè):拉,拽。堵塞:阻塞(洞穴、通道)使不通。图:谋;计划。

(8)"长堤亘百里,漱啮无完肤":亘:空间和时间上延续不断。漱啮(shù niè):侵蚀;冲荡。

(9)"¥然十三堡,冲决淹田庐":史载,"道光四年(1824年)冬十一月,湖水决十三堡,运河西大水,漂没人庐舍。"¥:为无法辨认的字。

评 析

诗歌第一章详细地描绘了黄河夺淮成湖,迫使筑成高家堰,但壅久必决,诗人详细地描述了西风劲吹,波涛奔涌,长堤不坚,终至溃决,淹没田庐,冲毁桥坝的情况。

第二章

汉河为巨镇,连延数十村。突逢水暴至,男妇无处奔。哀哉陨躯命,其数不可论。业随波卷去,谁为偿冤魂?或跻高屋脊,竟日饥肠扪。遇舟始救出,多聚武家墩。亦有来城内,黧瘦带啼痕。骨肉既亏折,鸡犬岂尚存。余虽居郡郭,危栗度朝魂。官保新河堰,惧水来城门。

注 释

（1）男妇：男与女。

（2）陨：古同"殒",死亡。

（3）业：从事的职业,财产。

（4）跻（jī）：登,上升。

（5）扪：按,摸。

（6）武家墩：运河堤坝的一处。

（7）黧瘦：又黑又瘦。黧：黑里带黄的颜色。

（8）亏折：指损失本钱。

（9）郡郭：郡城的郊野。

（10）危栗：恐惧战栗。

评 析

第二章详细描述了水灾来临时数十个村镇居民仓皇奔逃,难躲厄运,或葬身波涛,或侥幸生还却缺衣少粮,骨肉亏折的惨状。真实地记录了淮安历史上因黄淮泛滥,洪泽湖决堤给人们带来的灾难。这两章诗歌完全是高家堰河决的纪实。

附:背景资料补充

淮安为黄、淮、运的交汇处。宋朝以后,黄河南徙经泗水在淮阴以下夺淮河下游河道入海,淮河失去入海水道,在盱眙以东积水,原来的小湖扩大为洪泽湖。又因黄河挟沙,淮河下游不断淤垫造成湖底日升,使洪泽湖最终形成了一个"悬湖",官民盛传"倒了高家堰,淮扬不见面"。每年夏秋之交,黄、淮之水泛滥,往往导致河堤决口,殃及百姓。明万历八年(1580 年),潘季驯开始修筑石工堤,砌石地点北起自武家墩南,南端止高良涧北,始名"高家堰"。但每逢黄河汛期,河堤岌岌可危,一旦湖堤大决,百里之间,万家被淹乃时常事。特别是泗陵被淹,潘季驯为人攻击。

康熙十六年(1677 年),靳辅莅任河督时偕同治水专家陈潢,对黄、淮、运形势进行调查分析后展开护堤工程,以糯汁、石灰作为胶砌材料,并将石块之间全部用铁锔衔接,以增强石工堤的稳固性。同时在堤坝外又加修坦坡,防止外水浸入减少抗力,起到了很好的护坡作用。但是为了防止运河淤垫,洪泽湖往往多蓄湖水,备刷运河,而湖浅易涨,湖堤仍然易决。

乾隆执政后,更为重视高家堰大堤的保护,每年下拨上百万帑金作为护堤之用,自己还亲自来淮督查河道治理情况,令百姓深感圣恩隆厚。直至乾隆十六年(1751 年),洪泽湖大堤石工才全部告竣。

鸟瞰百里古堰,蜿蜒曲折,雄伟壮观,犹如"水上长城"。

　　总之,治黄保运,维系着漕运命脉,也关系到淮安市民的命运。深受自上而下各级人士的重视,同时其不断决口泛滥给人们带来了灾难,成为朝廷治理的难题,而每一次解决,也成为工程史上的壮举。这一切,让人们对高家堰及其治黄保运充满复杂情绪,这些在诗歌中得到了表达。

　　以高家堰为题或内容涉及此堰的诗歌,《山阳诗征》录有 8 首:吴承恩《瑞龙歌》、杨于臣《山阳》、沈柿《过高堰》、靳应升《十月水》、邱象升《高堰歌》、张鸿烈《銮舆巡视南河洪湖安澜恭纪圣德》、杨开泰《春阴杂感》、汪桂《洪湖决·并序》;《山阳诗征续编》录有 4 首:苏国美《高家堰》、丁晏《暮春寒甚》、王潜《乙酉春,观黄河作》、窦筠生《孟冬望日高堰旅馆大风纪异》。冒广生《淮关小志》录了《高家堰》诗四首:沈柿《过高堰》、苏国美《高家堰》、邱象升《高堰叹》(即《山阳诗征》所录的邱象升的《高堰歌》)、窦筠生《孟冬望日高堰旅馆大风纪异》。《续纂淮关统志》卷十四艺文录李如枚《洪湖篇》《碎石坦坡行》、铁保《乙丑五月河口防汛感怀二首》。

　　此外,还有许多不以高家堰为题,但是涉及治黄保运内容的诗歌。

　　这些诗歌大多描述了黄河风急浪高,导致高家堰堤决崩溃,沿岸居民流离失所的惨状,诗歌真实记录了历史上淮安人民因黄淮泛滥所遭受的灾情。

清江闸

吴伟业

岸束穿流怒,帆迟几日程。

石高三板浸,鼓急万夫争。

善事监河吏,愁逢横海兵。

我非名利客,岁晚肃宵征。

作者简介

吴伟业(1609—1672),字骏公,号梅村,江苏太仓娄东人。明崇祯间进士,官左庶子。弘光朝任少詹事,入清后官至国子监祭酒。顺治十三年(1656 年)底,以奉嗣母之丧为由乞假南归,此后不复出仕。作为明末清初著名诗人,与钱谦益、龚鼎孳并称"江左三大家",又为娄东诗派开创者。长于七言歌行,内容上多以明清易代之际的史实为题材,艺术上,将李商隐色泽浓丽的笔法与元白叙事善于铺张的特点结合,又自成一格:讲声律,多用典,结构跌宕,辞藻缤纷,世称"梅村体"。明亡后诗多激楚苍凉之音。有《梅村家藏稿》《梅村诗余》等。

题 解

清江大闸始建于明永乐十三年(1415 年),由平江伯陈瑄所建。

通过闸门的关闭和开放,可以起到拦截水流,控制水位、调节流量、排放泥沙等的作用。清江大闸是京杭大运河沿线仅存的保存完好的明代古闸,闸下的里运河东西贯穿淮安市区。

注　释

（1）束：控制,限制。

（2）帆：借代船。

（3）监河、横海：指管理河道、河运的一些差吏。

（4）岁晚：年末。肃：通"速",敏捷。宵征：夜行。

评　析

　　该诗首联第一句写运道水面本来宽阔,到了清江闸附近,由于两岸变得狭窄起来,导致奔涌而来的水流在清江闸前互相激荡,形成怒涛,汹涌澎湃,发出怒吼。揭示出清江闸前川流激荡的特征。第二句写因为这一带船路艰险,比起原来的计划,路上延迟了几天。不仅表明自己是借水道而行之旅人,同时也说明了清江闸一带船路艰险,容易导致行旅延滞的特殊性。第二联"石高三板浸"句,写清江闸两边石岸高耸,下面水流湍急,淹没了数块石阶。"鼓急万夫争"句,写因为清江闸下水险流急,船过闸时闸工要依据锣点快慢控制绞关,众多民夫根据锣点快慢而拉纤。锣声特别紧时就是船要过闸了,几个绞关须一鼓作气地拼命地绞,纤夫也要合力拉。这两句实写运船过闸时的情景,给我们展现了一幅惊心动魄的画卷。第三联"善事监河吏,愁逢横海兵",是说运气好时,遇到监管的闸官,很好地对待他们,过闸能容易些。运气不好,在运道上,是会遇到骄横的官吏,无事生非,这是很令人发愁的。揭示了差吏的蛮横和运船之人的痛苦。最后一联"我非名利客,岁晚肃宵征",言明自己不是追求名利之人,只不过在年末,急着夜行赶路而已。照应开头,叙述自己需要过清江闸的事情,同时也表达了自己的个性和人生态度。

该诗真实反映了特定时期清江闸的景象和当时的人事,特别是二、三两联,将清江闸地理位置的险要,和船人的苦难写出,极具保存历史真实的价值。

附：背景资料补充

清江大闸始建于明永乐十三年(1415 年),由平江伯陈瑄所建。万历十七年(1589 年),在清江闸西北建越闸一座,两闸相距 79 米,闸墙及底板均为条石结构。光绪十七年(1891 年)因清江闸正闸石缝窜水堵闭,启用越闸。宣统元年(1909 年)修理完毕,仍闭越闸启用正闸。正闸桥面原是可启闭拉动的木桥,越闸是固定的木桥。现在均是钢筋水泥桥。今正闸高 11.5 米,闸门宽 7.3 米,越闸闸口比正闸窄许多。清江大闸是目前京杭大运河上仅存的维护得最好的一座古闸。闸下的里运河东西贯穿淮安市区,闸上的若飞桥连接淮安市的清河、清浦两区。正闸与越闸之间的半岛,称为中洲。

正闸的前后均有闸塘,迎水的上水闸塘小,出水的下水闸塘大。曾经闸下溜塘深广,水险流急。上水船过闸最为艰难,必须用绞关。绞关是固定在两岸的高坡上,用硬木做成的绞盘,拉船用的钢丝缆绕在绞盘上。当时大运河的南岸和北岸各有两处绞关。钢丝缆栓船的一头均系上软绳,由闸工掌握,上水船过闸前由闸工把钢丝缆抛给船工,将缆套在船桩上。上水船过闸时负责绞关的闸工要听从闸上锣声指挥。锣声调度南岸和北岸的绞关动作,绞关闸工依据锣点确定北岸还是南岸的绞关着力,锣声特别紧时就是船要过闸了,几个绞关须一鼓作气地拼命地绞。每条船过闸后,纤夫就必须马上给上水船拉纤，须臾不得松懈。大闸西边两旁闸墙上至今还留着多年来被绞关的钢丝缆和掂船的缆绳勒出来的多道深深的凹痕。

剧作家陈白尘有更生动的描述："大闸原来半里宽的河面，除了越闸分去不足三分之一的河水，其余的都奔向这狭窄的闸门而来……你冲我撞……于是互相激荡，形成汹涌澎湃之势，而两岸石壁，回声相应，发出震天的怒吼。当这些怒流在约莫五丈长的狭窄的闸堂中被两岸巨石束缚得互相撞击、左右翻腾之后，终于挤出大闸的后门……在大闸塘里形成无数的漩涡。在几十丈宽广的闸塘中回旋之后，它才以一泻千里之势直奔长江而去。"（《陈白尘文集》第六卷《寂寞的童年》）

淮阴竹枝词二首(其一)

郭　瑗

百子堂前湾复湾,天妃闸下浪如山。

篙师鳞次踏霜立,小吏披裘放早关。

作者简介

郭瑗(1773—1823),字景蘧,号蘧蘧、芋田。淮安车桥人,嘉庆中诸生,有《寓庸室遗草》。《山阳诗征》卷二十五收其诗二十题,并录《柘塘脞录》语曰:"芋田居车桥镇,贫而工诗,与潘四农(即潘德舆)明经衡宇相望,亦最契密,刻烛拈题,唱酬无虚日。自芋田殁后,而四农索居无聊,孤吟独唤,自此无和者矣。郭氏世习为诗,毁齿成童,解识声韵;闺秀多才,亦能咏絮;一门风雅之盛,里人竞称之。"

题　解

竹枝词是一种诗体,是由古代巴蜀民歌演变过来的。唐代刘禹锡将民歌变成文人的诗体,对后代影响很大。竹枝词在漫长的历史发展中,大体可分为三种类型:第一类是由文人搜集整理保存下来的民间歌谣;第二类是由文人吸收、融会竹枝词歌谣的精华而创作出有浓郁民歌色彩的诗体;第三类是借竹枝词格调而写出的七言绝句,这一类文人气较浓,仍冠以"竹枝词"。郭瑗的《淮阴竹枝词》属于第三类。

注 释

(1)百子堂:旧时妇女求子的庙宇,建筑在天妃闸附近。

(2)天妃闸:总理河漕潘季驯创行了"蓄清刷黄"之策,并在码头镇黄、淮、运交汇处创建了"之"字形河道,这段"之"字形河道上有惠济、通济、福兴三闸,三闸依次联通,逐渐升高水位。通济闸的左岸有天妃庙,故又名天妃三闸。

(3)篙师:熟悉撑船技巧的船夫。鳞次:像鱼鳞那样密密排列。

(4)裘(qiú):毛皮衣服。放早关:一般傍晚时分关闸,过往船只抛锚靠岸,第二天一早,放船过关。

评 析

诗歌第一句写出百子堂前,也是天妃闸下之字形河道之曲折艰险。第二句写出天妃闸巍然耸立之姿和闸下声若巨雷浪高如山之势。第三四句写天妃闸早上放早关时情景:船只依次排列,撑船的人一个个立于船头。小吏披着保暖的衣服出来放关。诗歌前两句勾画出天妃闸所在的环境与氛围,后两句着重通过对船只与人的描写反映天妃闸船只出关的热闹情景,折射出了运河枢纽城镇当时的繁盛状态。该诗语言写实,画面感极强,曾经的天妃闸曲折的河道和闸的巍峨之姿及大浪滔天的影像通过该诗得以重现。

附：背景资料补充

从明朝万历初年开始，总理河漕潘季驯创行了"蓄清刷黄"之策，并在码头镇惠济祠旁的淮、黄、运河交汇处创建了"之"字形河道，这段"之"字形河道与惠济、通济、福兴三闸及高家堰等工程构成十分复杂艰巨的水利枢纽工程。

这段"之"字形河道是里运河的组成部分，现存的河道总长约6公里。通济闸的左岸有天妃庙，故又名天妃三闸。三闸依次联通，逐渐升高水位。漕船沿运河北去必须经过三闸，过闸犹如登上三级阶梯，完全靠人力拉纤，把漕船拉到水位高于黄淮交汇处的清口（淮河口）的运口（运河之口），然后才能由高向低从运河进入淮河，再进入黄河或中运河北去。据说，船过惠济三闸，一般下水三天，上水七天，由于从运口入清口水位落差大，甚为危险，驾长（舵手）、水手过闸，都去闸旁天妃庙烧香祷告，祈求天妃娘娘保佑。

这段河道作为明清时期交通枢纽，漕运锁钥，朝廷往往发帑巨万，派遣得力大臣到此督修、督运并设官管理，清康熙、乾隆二帝曾多次亲临阅视。

冒广生《淮关小志》摘引了程禹山《淮上春日竹枝词》、杨笏山《淮阴竹枝词》、郭瑷《淮阴竹枝词》三人诗歌部分，收录了吴廷桢《天妃闸》、周际华《天妃闸》、毛重倬《天妃闸》、王景灏《初到河口过天妃庙》四首。《山阳诗征》收录郭瑷《淮阴竹枝词》、邱象升《高堰歌》。《山阳诗征续编》收录杨笏山《淮阴竹枝词》、王景灏《初到河口过天妃庙》。这些诗歌对天妃闸皆有所描绘。

纵观描写天妃闸的相关诗歌，有的反映了闸的巍然耸立之姿，有的状写了天妃闸河道中流水飞泻之势，有的描绘了天妃闸所处河道之险，有的以紧张的心情写出天妃闸的极度惊魂。天妃闸往日情形正是通过这些诗歌得以保存。

　　新中国建立后,大兴水利建设,在淮安建筑了淮阴闸、杨庄闸等多处船闸,控制了水患的肆虐,码头镇的三闸均筑坝断流,古清口也失去原有的作用。1958 年开挖了淮沭河后,天妃闸、通济闸和天妃庙便偏于一隅,远离了河道,完成了历史赋予的使命,以至于后来先后被毁。

第四篇 名园名宅

关于明清淮安园林、宅第的繁盛，清代李元庚的《河下园亭记》提供了一份较为详细的资料。民国编撰的《淮安河下志》也作了一定的资料整理。

明清时期，河下曾是苏北最大的盐业批验收税之地。明末清初时，江西、福建、安徽、山西、陕西等省大批商人来淮安经营盐业，河下的繁荣也进入了鼎盛时期，出现了一大批世家大族，这些人的住宅均建筑得相当精美，风格各异，远近闻名。四方知名人士，都来到河下，与河下文化名人在园亭中饮酒赋诗，共同切磋琴、棋、书、画等技艺，访古探奇，流连忘返。《淮安河下志》卷六云："河下繁盛，旧媲维扬。园亭池沼，相望林立。先哲名流，提倡风雅。他乡贤士，翕然景从。诗社文坛盖极一时之盛。"

清道光年间，纲盐改票，苏北沿海所产的盐不再运到河下批验收税，河下的盐业之利失去了。到了咸丰年间，黄河改道由山东入海，淮安又失去了河道运输之利。到清后期，津浦、陇海铁路又建成，从此，河下日趋衰败。咸丰十年（1860年）河下曾被捻军占领，捻军撤离时，河下遇劫火，园亭、房屋十存二三，从此，河下失去了昔日的繁华，许多园亭古迹、池台廊榭化为瓦砾废墟。李元庚①宦游武林（杭州）归来，与友人话及桑梓旧事，感慨万分，通过对昔日的所见所闻，认真考辨、核实，广泛搜集资料，走访乡绅名士，仿《洛阳名园记》之体例，于1860年写成了《河下园亭记》一书，记述了从明朝中期到清朝前期的河下园亭65处。

李元庚去世后，其子李鸿年，名钟骏，字笠夫，继承父志，再访当时世居河下的老人，于宣统三年（1911年）完成了《河下园亭记续编》，记录了《河下园亭记》缺漏的园亭29处。近人汪继先，出身于中医世家，酷爱搜集地方史资料。他将多年搜集所得又写成了《河下园亭记补编》，记述了河下园亭18处。

上述112处包括园亭、第宅，合为《河下园亭记、续编、补编》，已经作为《淮安文献丛刻》之一种得到整理出版。

从下面所评析的名园名宅诗歌，即可见出一代园林之盛衰史实。

---

① 李元庚，字莘樵，道光庚寅诸生，咸丰间军功保监运司运同，著有《望社姓氏考》《河下园亭记》《餐花吟馆诗集》。

花朝前三日曲江楼雨中燕集分得七虞

李挺秀

君子多幽兴,园林向水隅。

花情闲里得,鹤影静中娱。

好客忘风雨,行吟入画图。

临轩看不厌,把酒听鹈鹕。

作者简介

　　李挺秀,字颖升,一字青琴,号子苍,山阳人,明天启诸生。生卒年不详,为《望社姓氏考》的作者李元庚的六世祖。据李元庚《望社姓氏考》所载可知,刘谦吉曾在李挺秀80岁时写过一篇"寿序",李氏享年当在80以上。丁晏《柘塘脞录》:"先生少为名诸生,沧桑后托业市阛,藉以遁迹。天性淳闲,不耐持筹,其纤琐一委之贩夫,虽折阅不问也。日与望社诸子相唱和,啸咏自娱"。也即入清后,隐于市贾,专事吟咏,不问生意。在望社诸遗民中,李挺秀年辈较高,与靳应升、邱象升、张新标交往较多。有《惕介山盘剩稿》,今不存。胡天放曾题其集云:"颖升海内豪侠士,或遨游于山水之区,或流连于禾黍之地,感时触绪,发为咏歌,渊穆中寓深秀。"《山阳诗征》卷十录李挺秀诗八首。《秋雨感怀》云:"最是愁人四壁蛩,况兼日暮雨蒙蒙。不堪重忆廿年事,无限伤心花鸟中。"表达了愁怨无限的遗民心态。

题 解

花朝:农历二月十二日为花朝节,这是纪念百花的生日,因古时有"花王掌管人间生育"之说,故又是生殖崇拜的节日。七虞:一种韵脚。古诗格律中上平声 15 韵:一东二冬三江四支五微六鱼七虞八齐九佳十灰十一真十二文十三元十四寒十五删。七虞是其一。

诗题明说该诗是花朝前三日雨中在曲江楼宴集分韵赋诗之作。

注 释

(1)幽兴:幽雅的兴味。

(2)水隈:水边。

(3)娱(yú):快乐或使人快乐。

(4)行吟:边行走边吟唱

(5)临轩:靠在窗前。轩,古代一种有围棚或帷幕的车;有窗的长廊或小屋等。也指门或窗。

(6)把酒:手执酒杯,谓饮酒。鹈鹕:大型游禽。喙长,喉囊发达,适于捕鱼,但不贮存。主要栖息于湖泊、江河、沿海和沼泽地带。

评 析

诗歌第一联的第一句写出聚会的缘由是因为有幽兴,第二句点出聚会地点是水边的园林。第二联"花情闲里得"意思是,在闲时方能体会到花是有情的。"鹤影静中娱"意思是,在静时翻飞的鹤影能使人觉得有情趣。这二句对偶工整,词句精炼,画面优美,诗意浓郁。既写出曲江楼的自然美景,也写出人对自然美景的深切体味和喜爱。

最后两联皆写客人。"好客忘风雨"一联写人的动态,美好的客人在这里尽兴游览,忘却了风雨的存在。他们行吟园中的形象,与美景融为一幅图画。"临轩看不厌"一联写人的静立姿态,他们时而凭窗赏景,把酒听鹈鹕叫声。

这首诗产生于一批诗人在节日前夕曲江楼宴集的美好时刻,园林、水隅、花情、鹤影,构成了曲江楼的美好景致。宾客则充满雅兴,或行吟,或静立,对美景心醉神怡。营造出一种美景娱情的闲适意境。不过细究一下,闲适之下,又难掩世事侵扰,一句"好客忘风雨"其实较为突兀,这风雨也许指实际的风雨,但更是指社会的风雨。遭受了家国巨变的切肤之痛,最好的办法是逃避一切,在美景满目的这一刻,似乎是忘却了世事的侵扰,也反映了望社诗人想借美景忘却世事的愿望。但是,世事的侵扰真能躲避掉吗?

附:背景资料补充

万历年间,进士、礼部郎中张世才,中年弃官归里,建倚楼,以纪念赵嘏(取自其成名诗句"长笛一声人倚楼")。其曾孙张新标(鞠存),曾任吏部考功司主事,因某事无辜受牵连,谪为黑水监驿丞。归乡后,在少时读书的东溪草堂附近另构新园,以杜甫《陪郑广文游何将军山林》之"名园依绿水"句,取名依绿园。西南三楹正楼极宏丽,名曲江楼(唐开元名相张九龄,韶州曲江人,有《曲江集》传世,楼名系数典不忘祖之意)。《茶余客话》载:"张鞠存(张新标)吏部、毅文检讨(张鸿烈,鞠存吏部子)依绿园在萧湖,中有云起阁、曲江楼最宏丽。"曲江楼建成后,因其周边萧湖环境秀美,及楼自身宏丽不凡,成为文人雅士聚集的绝佳场所。更因为望社的大型的宴集活动,曲江楼被赋予了许多文化意味。

某年中秋,张新标及其子张鸿烈(字毅文,号岸斋),在园中大宴寓淮的鸿儒硕学,饮酒赏月,歌舞焰火杂技竞陈。环湖挤满画舫小艇,彻夜围观者达数千人。适萧山毛奇龄避祸于淮,化名王彦方,乘兴挥毫,写下洋洋洒洒的《明河篇》,大家争相抄写,令两淮一时纸贵。毛奇龄因此被好友施闰章(张新标同年进士)识破行踪。丁晏为之写就一篇《萧湖曲》,其中:"萧湖瑟瑟春波绿,中构名园曲江曲。飞檐架阁耸凌霄,水榭回廊三十六。自从吏部起新楼,金管词人擅胜游。萧山赋就明河曲,皓月连湖万顷秋。"即吟诵此事。张新标之子鸿烈有《曲江楼集》,惜今不传。曲江楼因此名声大噪,甚至成为依绿园的代称,出现在许多名人诗文里。

依绿园赏荷次姚太守原韵

程用昌

荷静生微馥，林塘暮霭遮。

翠擎千盖雨，红浸一池霞。

凉气能消暑，秋风未老花。

山公多雅致，光被野人家。

作者简介

　　程用昌(1645—1719)，字克庵，原名陵，字敬仲，康熙间安徽歙县岁贡，著有《亦爱堂诗集》，后入山阳籍。《淮人书目小传》云："克庵业盐，策居于淮，喜为诗。清警真朴，古体尤高。"程钟《亦爱堂诗集跋》云："先高祖克庵公性耽吟咏，著有《亦爱堂集》十二卷，年久散失。同治丙寅冬，里人段君笏林购得残本见示，钟甚欣幸。因缮录副卷，用存手泽，集中有《观振感述》一首，又《运使刘公委振莞渎等八场纪事》八首，又《发振纪事》一首，想见康熙年中淮扬水患之剧。又以知吾祖才望素彰，当事倚任，赞襄振务，矢勤矢公。俾两淮灾黎，均沾实惠。"讲述了存克庵诗的过程，也对其祖辈勤勉努力、治水赈灾的行为深表敬佩。

题 解

万历年间,进士、礼部郎中张世才,中年弃官归里,建倚楼,以纪念赵嘏(取自其成名诗句"长笛一声人倚楼")。其曾孙张新标(鞠存),曾任吏部考功司主事,因某事无辜受牵连,谪为黑水监驿丞。归乡后,在少时读书的东溪草堂附近另构新园,以杜甫《陪郑广文游何将军山林》之"名园依绿水"句,取名依绿园。西南三楹正楼极宏丽,名曲江楼(唐开元名相张九龄,韶州曲江人,有《曲江集》传世,楼名系数典不忘祖之意)。

清初,张氏的"依绿园",为程克庵购得。其实,程克庵成为依绿园的新主人后,依绿园还没有更名,故程克庵所写诗多以"依绿园"为名。后来程克庵后人程埈(字眷谷)将依绿园更名为柳衣园,除了整座园林易名为"柳衣园"外,其余各座亭台楼榭,都仍沿用张氏旧名。而且,程埈的堂弟程垲、程嗣立等常在柳衣园举办文会,园中仍风雅一时。

丁晏《萧湖曲》序曰:"萧湖之滨有曲江楼,始建于张鞠存吏部。中有依绿园、云起阁……楼后归岑山程氏(原在安徽歙县),改名柳衣园,而曲江楼旧额犹存……使此园而易主,犹得为游观之所,燕集之区。"

从本诗诗题可知,该诗为依绿园中赏荷之作,姚太守有赏荷诗一首,此为和姚太守诗。

注 释

(1)馥(fù):香气。
(2)暮霭:黄昏时的云霞与雾气。
(3)翠:指代绿色的荷叶。擎:向上托;举。

（4）红：指代红色的荷花。

（5）老花：让花老去。

（6）山公：古代指代表山神受享祭的男子。《后汉书·宋均传》："浚遒县有唐后二山,民共祠之,众巫遂取百姓男女以为公姬。"唐李贤注："以男为山公,以女为山姬,犹祭之有尸主也。"

评 析

诗歌首联点出赏荷时间是暮霭时分,依绿园荷塘的总体氛围,是暮色笼罩林塘,一池荷花正静静散发出香气。营造出暮色中荷塘的一种朦胧雅致、暗香浮动的情调。第二联一句写荷叶,一句写荷花,翠绿色的荷叶亭亭立着,如同托举着千盖遮雨之伞,粉红的荷花倒影水中,染得一池水宛如红霞。该联对偶工整,比喻生动,色彩明丽,极写了荷叶荷花之美。第三联写依绿园赏荷时的感受,时值秋季,荷塘的清凉之气能够消暑,虽秋风已吹,然荷花正开,仍充满了朝气。这充分表达了诗人对依绿园荷塘的偏爱,主观色彩很浓。最后一联赞美园林雅致,其美好景色,足以惠及一方。整首诗既有总写,又有分写;既有对荷塘荷花状态的细描,也有自己主观感受情绪的抒发。如此就将依绿园荷塘的氛围,荷叶荷花的姿态、色彩、特性、作用写得形象生动。该诗对依绿园盛时美景的描绘,令人读来有身临其境之感。

附：背景资料补充

《淮安河下志》卷六"依绿园"条,程钟(袖峰)《淮雨丛谈》云："先高王父克庵(即程克庵先生用昌)有别业在萧湖之滨,名依绿园。花晨月夕,尝与一时名流宴集于此。克庵公诗集中,题咏及依绿园者不下数十首。"程克庵所写诗,多以"依绿园"为名,可见在他这个时候,依绿园还没有更名。从诗题中大约可见其诗歌内容。首先观灯、赏荷是程氏多写之题，如《七月十六日夜依绿园池上观灯赋此纪胜》《依绿园张灯湖赏荷，复泛湖上，回顾园景弥胜，宾客极欢而罢，因作此诗志之》；其次，程克庵写依绿园诗多为宴集、招邀、依韵唱和之作，如《和苏友燕夏集依绿园》等；再次，从程克庵的诗题中还可知道，因为此园，诗人常常思如泉涌，一题多首，一气呵成，如《题依绿园八首》《九月十日次答张绣裳集饮依绿园四首》《次武邑侯宴集依绿园原韵五首》《依绿园杂诗三十首》等等。可以想见，依绿园太美，景色太丰富，诗人往往会一题多咏，一发不可收。《依绿园赏荷次姚太守原韵》为众多题咏依绿园之诗中一首。

柳衣园废址(二首)

程 钟

其一

阮池北岸本名园,柳色青青压粉垣。

中有曲江楼最古,主人珍重旧题存①。

其二

亭馆如今已就湮,珠湖烟柳几经春。

晚甘曹墅都榛蔓②,胜迹何堪问水滨。

作者简介

程钟(1824—1897),字秀峰,一作袖峰,号讷庵,门人私谥贞介先生。道光间岁贡生,以亲老不肯应省试,筑室课徒,兼以侍亲。癖好稽古之学,于淮之掌故十分留意,搜罗轶事,著有《淮雨丛谈》《讷庵杂著》等。亦曾参与《山阳诗征续编》的资料搜集和校对工作。首位买下曲江楼的程用昌(克庵)是他的第十一世祖。

---

① 有小注:"楼本建设自张氏,后归程氏,匾额仍旧。"
② 有小注:"晚甘园及曹氏别墅皆附近名园也,今同埋没。"

题　解

柳衣园：丁晏《萧湖曲》序曰："萧湖之滨有曲江楼，始建于张鞠存吏部。中有依绿园、云起阁……楼后归岑山程氏（原在安徽歙县），改名柳衣园，而曲江楼旧额犹存……使此园而易主，犹得为游观之所，燕集之区。"其实，程克庵成为依绿园的新主人后，依绿园还没有更名，故程克庵所写诗多以"依绿园"为名。后来程克庵后人程埈更名柳衣园，但院内正楼曲江楼名称依旧，程埈的堂弟程垲、程嗣立等常在柳衣园举办文会。废址：已荒废的建筑物的故址。道光七年（1827 年）纲盐改票，盐运的集散地移到了淮阴西坝，河下的富商巨室均衰落，园亭主人债台高筑，高堂倾颓，人烟凋敝。昔日园亭胜景都一去不返，依绿园也是如此，成为废园，只能引发一些诗人杳茫想象和苍凉悲慨的怀旧情绪了。

注　释

（1）阮池北岸：交代柳衣园的地址，是在联城北门外阮池的北岸。名园：指包括曲江楼在内的柳衣园是著名的园亭。《山阳河下园亭记》"阮池"条曰："池以阮隐翁名，在郭家墩。隐翁号月窗，明成化时人。"《淮安河下志》卷一"阮池"条曰："淮城北郭家墩之旁有池曰阮池。"又在"郭家墩"条下有按曰："郭家池、郭家墩，地联相属，皆在萧湖。"在"萧湖"条下曰："萧湖，亦名珠湖，在城北里许，运河东岸。"显然，阮池和郭家墩和萧湖皆在淮城北。《淮安河下志》卷七"曲江楼"条曰："曲江楼在联城北门外。"

（2）柳色青青压粉垣：这句意思是，柳衣园柳树茂密，青色的枝叶掩住了粉色的矮墙。垣：矮墙，墙。

（3）"中有曲江楼最古"两句：意思是柳衣园中的曲江楼不仅建

筑本身历史最久,且因为主人珍惜曲江楼的题名,使名称得以留存至今。曲江楼自张新标父子依绿园时即是富丽堂皇的正楼,后为程克庵购得,尽管后来其后人程埈先生将园名改为柳衣园,但曲江楼等名称依旧,故云"中有曲江楼最古,主人珍重旧题存"。

(4)亭馆:指柳衣园园内的亭馆。湮:埋没,淹没。

(5)珠湖:指柳衣园所在的萧湖。烟柳:烟雾笼罩的柳林。亦泛指柳林、柳树。几经春:经过了多少年的意思。

(6)晚甘曹墅都榛蔓:该句意为晚甘曹墅现在充满丛生杂草,一派萧条景象。"晚甘曹墅"指两座园林别墅。该句原有小注:"晚甘园及曹氏别墅皆附近名园也,今同堙没。"《淮安河下志》卷七载:"晚甘园,一名南园。《河下园亭记》:晚甘园,程箬江先生别业,在萧湖中,斜对获庄,有土山。"曹墅:未能具体确定是谁之园。榛蔓:榛蔓指杂草丛生缠绕的状貌。榛:落叶灌木或小乔木,或丛杂的草木。蔓:攀引,缠绕。

(7)胜迹何堪问水滨:该句意思是在园亭已经成为废墟之后,怎能忍受再到萧湖这里来探访古迹呢。胜迹:指有名的古迹、遗迹。何堪:怎能忍受。问:询问,寻访。水滨:水边,靠近水的场所。

评　析

《柳衣园废址》其一着重写园亭易主,其二着重写园亭衰废。诗人用"名园""柳色青青压粉垣""胜迹"揭示出依绿园、柳衣园、曲江楼曾经经历过极盛时期,用"湮""榛蔓"揭示出依绿园、柳衣园、曲江楼最终的衰败,篇幅短小,语言简约,但对于一个如今只能站在废址上回忆和想象昔日繁华盛景的后人来说,那份世事沧桑的痛感分明溢出纸面。而对于一般读者而言,寥寥数语,也足够激发我们对于那段历史的探究、想象和感慨。

人日集茶坡草堂

胡从中

节惊人日至,忽忽数东皇。

此日何能改,论人半已荒。

新云低户黯,旧草倚年芳。

莫讶乾坤别,春盘列草堂。

作者简介

胡从中,字师虞,号天放,又号栋居,山阳人。崇祯十五年(1642年)举人,甲申后不仕,隐居乡里。顺治四年(1647年)入望社。人迫之就礼部试,半路遁归。其为人也,外和内介,不事干谒。善书法,长笺短札,遍满人间。放情诗酒,有《藕湖堂诗集》(不存)。《山阳诗征》卷十一录其诗58首。或抒故国旧君之思,或抒易代沧桑之感,或反映乱后景象,皆显苍凉沉郁。另有一些诗酒雅趣之作。

题　解

人日:传说女娲初创世,在造出了鸡狗猪牛马等动物后,于第七天造出了人,所以这一天是人类的生日。旧俗以农历正月初七为人日。茶坡草堂:靳应升的居室名。靳应升(1605—?),字璧星,山阳人,顺治间贡生。顺治四年丁亥(1647 年),与阎修龄(再彭)、张养重(虞山)成立"望社",并合刻《秋心集》,时称"三诗人"。除《秋心集》外,靳应升还有《渡河集》《二子诗初刻》,皆不见传本。靳应升别号"茶坡樵子",居室名"茶坡草堂"。《山阳诗征》引吴山夫语云:"先生初居新城。鼎革后,部堂满兵至下令新城居民尽室远徙,先生移居河北东里,因以渡河名其集。《二子诗初刻》则崇祯戊寅以前诗也。"也即其新居在盐河北,需渡河而至,因以"渡河"名其诗集。茶坡草堂,成为望社成员定期聚会场所,因为此地人烟稀少,门巷阒寂,便于遗民活动与望社集会。每当集会,大家皆头一天下午过河,齐集茶坡草堂,欲醉还饮,连床话旧。故该诗反映了望社成员于人日在茶坡草堂聚会的情形。

注　释

(1) 忽忽,指倏忽,急速;时间快速飞逝的样子。东皇:东皇太一,是《九歌》体系中所祭祀的天帝、至高神。主宰天空星辰。

(2) 荒:严重缺乏。

(3) 黯(àn):昏黑。

(4) 年芳:指美好的春色。

(5) 乾坤:天地,又指国家,江山。

(6) 春盘:唐宋以后,立春之日有食春饼与生菜之俗。饼与生菜以盘装之,即称为春盘。此俗源于汉代,与六朝元旦之五辛盘也有一定联系。故春盘或亦称辛盘。

评　析

该诗写的是一次望社诗人的节日聚会。第一联写人日这个节日到来的时候,诗人惊讶于时间过得太快,于是责怪主宰天空星辰的东皇太一,都怪他让时间过得太快了。节日本身应该引起愉快的情绪,但这责怪让人体会到诗人并无太多喜悦,倒是有点凄惶与不愿接受的感觉。第二联大意是,诗人希望掌管星辰的天神能把日子改掉才好,因为看看身边的人,故去的已经太多,剩下的人已经很少,言语中透露出人世沧桑之感。这一联,让我们明白了诗人不愿过人日的缘由,因为节日,必然要聚会,而聚会,友人已散的事实会立即凸显,而诗人不愿面对这事实。第三联表面上写的是茶坡草堂的氛围,新云低垂,使门户显得昏暗;一些旧草在美好的春色中依然存在。实际上是写望社人在新政权下的生存处境。新云、年芳指向的是新政权,户黯、旧草,指向的是望社诗人。"新云低户黯",在新的政权下,望社的处所变得暗淡,由此见出望社成员在新政权下的压抑感。"旧草倚年芳",在新政权下,望社诗人作为旧草必须去倚靠,能否靠住,内心必定是恐慌不安的。诗歌最后一联是自我宽慰,不要一味去惊讶政权更迭了,还是在草堂里食用春饼吧。

附：背景资料补充

明崇祯十七(1644 年),李自成大顺军入主北京,崇祯皇帝自尽,明朝灭亡,史称甲申之变,又因清兵入关,引发一系列事变,百姓多所死伤,故也称甲申国难。清顺治四年(1647 年),山阳靳应升、阎修龄、张养重等在里结望社,此年合刻《秋心集》。后来望社诗人主体有 30 位。

由于望社多为遗民诗人,内心常怀难以排遣的国破家亡情绪,无论是独自抒情,还是宴集酬唱,每每会表现出国家亡乱、世事沧桑及个人飘零浮沉的悲苦情绪。即使是正常的友人相见,也愁怨满纸。观赏景色已经引不起欣悦的情绪,相反却满目伤心,满耳哀啼。胡从中的这首诗歌也明显地表达了这种状况,传递出一种易代沧桑之感。

宴杨应亭、沈蔼轩、王暤堂、许静亭、马洲蓼、马贲于程氏寿补太史荻庄

李 蒸

芳邻开别墅①，高会离群仙。

沓至情先洽，重逢兴倍颠②。

花溪遥若引，草路近相延。

入座时方早，贪游势正便。

南通沙岸阔，西接水亭偏③。

云路题今额，风衣忆昔贤。

地兼淮浦胜，园似蜀冈连④。

共对芳辰景，频催卓午筵。

佳肴纷进馔，旨酒酌如泉。

共解藏阄谜，频教拇战全。

倾怀方款款，薄醉又趔趔。

直欲烧红烛，还疑坐绿天。

① 有小注："予与寿补太史同里。"
② 有小注："前数日，集一屋云山房。"
③ 有小注："晚甘，一名南园，有柳带沙亭。柳衣，有水西亭。"
④ 有小注："与平山诸园相埒。"

莫嫌归棹促，已是早更前。

客去虚三径，厨空荷一肩。

呼童好收拾，唤渡月轮悬。

作者简介

李蒸：字云岫。有《寿藤山房剩编》。其余情况不详。

题　解

程氏寿补太史：指程沆。程沆（1716—1787），字瀣亭，号晴岚、寿补。乾隆二十八年（1763 年）进士，授翰林院庶吉士，俗称为"庶常""太史"。程钟（字秀峰，曾参与《山阳诗征续编》的资料搜集）曾云："家寿补太史沆，有荻庄别业。"从诗歌题目可知，某日在太史程沆的荻庄宴请了杨应亭、沈蔼轩、王皞堂、许静亭、马洲蓼、马贲等六个友人，故李蒸诗以为记。

注　释

（1）芳邻开别墅：意即好邻居程寿补太史拥有荻庄别墅。此句原注："予与寿补太史同里。"

（2）高会离群仙：高会：盛大宴会。离：通"丽"。附丽，附着。群仙：众多的仙人，这里用来比喻嘉宾风貌气度之美好出尘。

（3）沓至情先洽：沓至：纷纷到来；接连而至。洽：联系，谐和。

（4）重逢兴倍颠：重逢：该句原注："前数日，集一屋云山房"，今日又见，故曰"重逢"。颠：通"癫"，疯狂，放浪不羁。

（5）花溪遥若引：花溪：繁花拥簇下的小溪。引：领，招来。

（6）草路近相延：延：有延长、伸展之意。

（7）贪游势正便：势：情况，局势。

（8）南通沙岸阔，西接水亭偏：该联的意思是，荻庄，南通晚甘，也即南园，那里视野开阔，有柳带沙亭等风景。西接柳衣园中地势略偏的水西亭。该联有小注："晚甘，一名南园，有柳带沙亭。柳衣，有水西亭。"《淮安河下志》卷七载："晚甘园，一名南园。《河下园亭记》：晚甘园，程莼江先生别业，在萧湖中，斜对荻庄，有土山。"安徽歙县籍程氏家族，自明末迁淮。由于其成员多经营盐业，故普遍生活富足。程氏一门，拥有许多园亭。柳衣园、荻庄、南园，这些萧湖上的著名园亭皆属程氏。

（9）云路题今额：云路：青云之路。比喻显达的仕途。这里指显达之人。题额：房屋建成，请名人题写匾额。事实上，曾有很多名人，如赵翼、袁枚等为荻庄题写匾额，迄今一些匾额上留存着珍贵的文人题词。

（10）风衣忆昔贤：程嗣立，字风衣，号水南，是有清一代著名文人。故这句意即，程嗣立曾在此园中追忆先人。柳衣园前身依绿园属于张鞠存父子，后为程克庵所得，再后来，为程克庵后人程埈（字眷谷）易名柳衣园。程埈的堂弟程塏、程嗣立兄弟，常在园中主办文会。

（11）地兼淮浦胜：意思是荻庄地处山阳最好的风景地。

（12）园似蜀冈连：这里园林众多，就像扬州蜀冈园林相连一样。蜀冈：扬州的文化高地，园林众多，吸引来无数的江淮名士，历代许多著名文人如李白、白居易、刘禹锡、欧阳修、苏东坡等曾在此驻足。这句有小注："与平山诸园相埒。"（意思是这里的园林和扬州平山堂等园林相当。相埒(liè)：相等）

（13）频催卓午筵：卓(zhuó)：优秀；出色；超出一般。筵：酒席。

（14）佳肴纷进馔，旨酒酌如泉：进馔(zhuàn)：送上食物。旨酒：指美酒。

（15）共解藏阄谜，频教拇战全：阄（jiū）：为赌胜负或决定事情而抓取的做有记号的纸团或纸卷。拇战：猜拳。汉族民间饮酒时一种助兴取乐的游戏。酒令的一种。

（16）倾怀方款款，薄醉又跹跹：倾怀：尽情吐露情怀。款款：忠实，诚恳。薄醉：稍微有点醉。跹跹（xiān xiān）：形容轻快地旋转舞动的样子。

（17）莫嫌归棹促，已是早更前：归棹（zhào）：指归舟。更：旧时夜间计时单位，一夜分为五更。

（18）客去虚三径，厨空荷一肩：三径：晋赵岐《三辅决录·逃名》："蒋诩归乡里，荆棘塞门，舍中有三径，不出，唯求仲、羊仲从之游。"后因以"三径"指归隐者的家园。一肩：表数量。用于肩荷之物。

（19）呼童好收拾，唤渡月轮悬：渡：过河的地方。月轮：圆月，亦泛指月亮。

评　析

"芳邻开别墅，高会离群仙"两句写宴会的地点和参加宴会之人。地点是程沆家的别墅园亭，人物是一方名人。"沓至情先洽，重逢兴倍颠"写宴会之前人陆续到来时的情景，互相问候，融洽情感，大家颇有再次相逢，情绪高涨的特点。"花溪遥若引"四句写人在席前，因为无所事事，放眼望去的情景，被花簇拥的小溪伸向远方，好像欲引我们去游赏，铺满青草的小路彼此相接，仿佛在延请我们去浏览。既然入座还没到时间，不如前去观赏一下。"南通沙岸阔"四句写游园所见，首先是萧湖上其他类似的自然景观园亭，有南园的沙岸，有柳衣园中的水亭。其次，是为人传诵的珍贵的文人题词。"地兼淮浦胜"

四句,则是在经过一番游览后的定论,荻庄地理优越,其园林众多颇类于扬州的文化名地蜀冈。"共对芳辰景"四句写主客共在,在美好的时辰,品尝佳肴美酒。"共解藏阄谜"两句写极乐之时大家做一些猜谜、划拳的游戏。"倾怀方款款"四句写醉酒之人的状态,互诉衷肠,脚行舞步,不知时间早迟。"客去虚三径"四句写客人走后,自己整理包裹,带着童仆,月夜唤渡回家。这首诗歌如同历史写实,既交代清楚了荻庄地理位置的优势,也真实细致地描写了一次宴会从开始到结束的过程。将客人在席前的无聊,席间的热闹,席后的不省人事描摹的极为生动,至今读来,荻庄辉煌时期主客欢愉的情景如在目前。

附：背景资料补充

程鉴,字我观,号镜斋,附贡生,安徽歙县人,后入安东籍,实住山阳河下,因经营盐务而家境大富。程鉴成为总商巨富后,见萧湖风景绝佳,便在此兴工起造别墅,取名白华溪曲。程沨,程鉴之子,字瀩亭,号晴岚、寿补,清乾隆癸未年(1763年)进士,翰林庶吉士,未待散馆①即辞归,扩园置景,改名荻庄。于此宴集南北名流,拈题刻烛,一时称盛。

荻庄位于萧湖中,门在莲花街。正厅五间,面南依水;东侧接小屋平安馆舍,背临百竿翠竹;东厢有三间带湖草堂,堂外辟水池,回环种荷。西厢三间,山侧有绘声阁。西有船房名"虚游",墙间嵌《五老宴集处》石碑。

园中有土山,上立峰石,临山构数间曰华溪渔隐,山后筑松下清

---

① 散馆:明清时翰林院设庶常馆,新进士朝考得庶吉士资格者入馆学习,三年期满举行考试后,成绩优良者留馆,授以编修、检讨之职,其余分发各部为给事中、御史、主事,或出为州县官,谓之"散馆"。

斋,又有三间小轩名"小山丛桂留人",此外还有岫窗、香草庵、春草闲房等八九处建筑。

此园为河下园林之规模较大者,兼富丽堂皇与精奇典雅于一身。丁晏在《萧湖曲》中序曰:"程氏又于对湖起荻庄,敞厅飞阁,曲榭回廊,园亭之胜甲于吾淮。"

乾隆四十九年(1784 年)乾隆帝南巡,负责接驾的盐务官员曾经打算在此设临时行宫以开御宴,后因诸盐商筹款不足而作罢。

按照邱夻《〈梦游荻庄图〉题后》的记载,嘉庆年间荻庄已经逐渐颓败,嘉庆十六至十七年(1811—1812 年)有潘姓文人为之作《程氏废园记》。嘉庆二十五年(1820 年)程氏后人程蔼人曾对园林进行重修,与乡贤在此雅集酬唱,绘图纪事,但已无法与当年繁花似锦的盛况相提并论。

按《淮壖小记》所记,袁枚的题诗"名花美女有来时,明月清风没处逃"和赵翼的"是村仍近郭,有水山可无"等,都被利用作了荻庄曲江楼之对联。本地大家如潘德舆、李元庚、徐嘉、丁晏等都来游过并有诗歌。

道光初,盐务凋敝,南河袁司马塯,出五百金,意构为公宴之所,程族阻之,旋成废圃。

隰西草堂

万寿祺

老病移淮市,担簦称逸民。

乾坤悲晚岁,山水忆前身。

芳草舟车路,桃花秦汉人。

冥冥射弋者,雁羽在沉沦。

作者简介

万寿祺(1603—1652),字年少,崇祯三年(1630 年)举人。徐州人,明末曾参加抗清活动,与当时志士名流陈子龙、顾梦游等唱酬砥砺,图谋报国。兵败后,流寓山阳。1646 年,遁入空门,自称沙门慧寿,与炉香经卷为伍,却不弃妻室,饮酒食肉如故。清廷会试天下,督师拟解押万寿祺参加会试,万寿祺坚予辞绝。初卜居于菜市桥西山子湖滨,即以"隰西"名其草堂。后徙清江浦之南村,仍名隰西草堂。精书法,嗜印章,善绘画,尤娴古文诗词。遗民故老过淮者,莫不流连草堂,四方慕其名者日接踵至,隰西草堂名噪一时。有《隰西草堂诗》五卷。

题 解

这是一首以自己居所隰西草堂为题的诗歌。万寿祺有多首自题隙西草堂诗,当时许多往来朋友也有不少咏隙西草堂诗,这些诗歌多突出隙西草堂的幽僻处境和万寿祺参禅悟道的的孤隐生活,遗民之精神面貌跃然可见。本诗可见一斑。

注　释

(1) 担簦:背着伞。谓奔走,跋涉。逸民:古代称节行超逸、避世隐居的人。也指亡国后的遗老遗少。

(2) 芳草舟车路:姜夔有词《杏花天》:"金陵路、莺吟燕舞,算潮水知人最苦。满汀芳草不成归,日暮,更移舟向甚处?"姜夔以此词表达国破家亡,无限痛楚,何处是人生归宿的茫然失落之慨叹。万寿祺"芳草舟车路"应是取此意。

(3) 桃花秦汉人:陶渊明有诗《桃花源记》"不知秦汉,无论魏晋"之句,反映了人对于纷争现实的逃避。万寿祺"桃花秦汉人"应是取此意。

(4) 冥冥:高远;渺茫。射弋:用箭猎射禽鸟。弋:用带绳子的箭射鸟。《扬子法言》:"鸿飞冥冥,弋人何慕焉!"张九龄《感遇四首其一》:"今我游冥冥,戈者何所慕。"《扬子法言》和张九龄诗歌原意是大雁飞向远空,猎人没法得到。比喻隐者远走高飞,全身避害。

(5) 沉沦:陷入(疾病、困苦、厄运等不幸境地)。

评　析

诗歌首联写自己在年老多病的晚岁流寓山阳,实际也是在经历了一番人生颠簸后成为遗民。这两句非常真实地反映了诗人的现实境遇,且"老病""逸民"既写出了人生晚景凄凉,也写出了政治前途的失意。"乾坤悲晚岁,山水忆前生"一联,写伫立广阔的天地间,不由为自己的人生晚境悲哀,遨游山山水水之时,常常追忆自己的前生。这两句有居于草堂反思自己人生之意。不管自己所回忆起的前生是辉煌还是蹉跎,但一个"悲"字,令人体会到诗人对自己目前境遇是不甚满意的,自己的晚境是堪怜的。"芳草舟车路,桃花秦汉人"一联,借用典故,反映了国破家亡时代,在现实中找不到归宿,不如隐遁草堂,不问世事的情绪。最后,"冥冥谢弋者,雁羽在沉沦"一联,虽言射猎禽鸟事,但明显是比喻。表面上是雁羽在沉沦,实际是写国家在沉沦。故"冥冥"一句,实际表达了对于祸国殃民者的指责,而雁羽的沉沦,既是在喻指个人的困苦遭遇,也是喻指国家的衰亡。

诗歌情绪暗淡,表达了自己晚岁移淮客居的所思所想。不仅运用老病、悲、沉沦等词汇,直接给诗歌染上一层悲凉色彩,而且第三联"芳草舟车路,桃花秦汉人",看上去字面明媚,但实际却是借典故暗喻国破家亡时代,人对现实的逃离。第四联诗歌原典是用大雁高飞喻隐者远走,全身避害。但是诗人反其意,写雁羽沉沦,用以喻指国家和个人命运的沉沦。由此,诗歌句句皆苦,语语含悲,体现诗人身居草堂,内心排遣不去深重的亡国之恨。遗民之精神面貌明显可见。

抵舍张虞山过草堂风雨留宿夜话诗

倪之煌

三径无尘遍藓痕，草堂风雨易黄昏。

隔江感旧怀瑶瑟，入夜论诗对绿樽。

花落香残蝴蝶梦，春归血老杜鹃魂。

天涯久客疏知己，我正思君君叩门。

作者简介

倪之煌，字天章，号懒庵，亦号钝道人。山东临清人，流寓山阳。为人坦荡简易，不乐仕进。老削发为僧。雅好为诗，诗歌豪迈苍凉。著有《南涉》《北道》《客苦吟》《梅约》《一草亭偶存》《典鹣吟》，今皆不存。《清史稿》有传。《柘塘脞录》云："天章（倪之煌）阅历沧桑，故其诗苍凉激楚，多凄怨之音。暮年漂泊，羁旅无归，一皆发之于诗，如孤雁啼霜，哀猿叫月，欧阳子所谓'穷而后工'也。"

题　解

张虞山：即张养重，望社发起人之一。其生平参见张养重诗歌《阎古古归里饮再彭宅酒酣听曲慨然赋诗用上韵》的作者简介。草堂：即倪之煌所居一草亭和餐菊草堂。《茶余客话》："倪天章之一草亭,在湖嘴。"《淮壖小记》云:倪天章先生之煌,临清人,流寓于淮,构"一草亭",题咏多名人。在一草亭边上还有餐菊草堂。范良《幽草轩集》"天章三十初度"诗云:"秋深窗近才菊餐,冬近长镵又采芝。"注云:"'餐菊',天章堂名。今之知餐菊草堂者少矣。"这首诗记录下了望社主要成员张养重一次到访,为风雨所阻,在一草亭和餐菊草堂留宿,和草堂主人彼此彻夜谈诗的情景及感发。

注 释

(1)三径:晋赵岐《三辅决录·逃名》:"蒋诩归乡里,荆棘塞门,舍中有三径,不出,唯求仲、羊仲从之游。"后因以"三径"指归隐者的家园。藓:苔藓植物的一纲。茎和叶都小,绿色,有假根,常生在阴湿地方。

(2)草堂:指一草庵和餐菊草堂。

(3)瑶瑟:用玉装饰的琴瑟。

(4)绿樽:亦作"绿尊",酒杯。

(5)蝴蝶梦:《庄子》中有语:"昔者庄周梦为蝴蝶,栩栩然蝴蝶也,自喻适志与,不知周也。俄然觉,则蘧蘧然周也。不知周之梦为蝴蝶与,蝴蝶之梦为周与?周与蝴蝶则必有分矣,此之谓物化。"故蝴蝶梦有分不清虚幻和现实之意,也有一种人生如梦之感。

(6)杜鹃魂:据《史书·蜀王本纪》载,春秋时代,望帝称王于蜀,相思于大臣鳖灵的妻子,望帝以其功高,禅位于鳖灵。后望帝修道,处西山而隐,化为杜鹃鸟,至春则啼,呼唤佳人,乃至血出。杜鹃魂有极度思念故国、故人之意。

(7)疏:疏远、疏忽。

评　析

诗歌第一联中"三径无尘遍藓痕"句，写出草堂僻远无尘人迹罕至的地理位置，第二句"草堂风雨易黄昏"，写草堂于黄昏时分受风雨侵袭的荒凉景致。虽然"无尘遍藓痕"描摹出草堂的远离人世，但"风雨"二字，又揭示出草堂并非与尘世完全隔离。"风雨"是草堂经受之自然风雨，但更是望社诗人对世事风雨的感知。

第二联"隔江感旧怀瑶瑟，入夜论诗对绿樽"，写在远离长江的这里，大家聚在一起抚着瑶琴感怀往事，夜深时分对着酒樽纵论诗歌。"感旧"，表达了望社诗人特有的怀念故国的情绪。"论诗对绿樽"反映出诗酒是诗人在乱亡时代最好的生命依赖方式。这两句如同一幅画面，定格了易代之后，高才雅致又欲以酒浇愁的望社诗人的心态。

第三联的"花落香残蝴蝶梦"句，描摹花草凋零时节朋友相聚，自己心中的分不清现实和梦境的状态。朋友相聚本身是开心的，但是却营造出花落香残的背景，这既是季节的更替，也是国家更替的凄凉背景。而蝴蝶梦更是写出这种相聚的欢乐之少见之不可信。"春归血老杜鹃魂"句，借伤感的典故真实揭示出诗人内心极度伤痛之情，这是一份无法挥之而去的伤时感事之痛。

第四联"天涯久客疏知己，我正思君君叩门"，既反映出现在世事动荡，朋友漂泊流离，彼此分隔，疏于往来的现实；也抒发出一种彼此实际牵挂，欣逢客人久别而至的巨大喜悦。而因为是特定的时代，在久别重逢的喜悦中又无法排遣一种深沉的感伤。

倪天章是望社中人。当时一批人在明清鼎革之后，风雨飘摇时代，因为有大致相同的人生经历，使几十位文士，暂借一方净土，定期互倾互诉，借诗酒以消块垒，表达家国覆亡的哀痛。倪天章的一草亭当时也算提供了一方之地，延揽海内名流过淮者，终日唱酬。据《淮安河下志》和《山阳诗征》所录，有靳应升《重九雨中坐一草堂诗》、靳应升《长至日同张虞山过一草亭留饮》、张养重《倪天章剃发为僧暂归一草亭奉访》、邱象升《倪天章招同陈子九、王任公、舍弟季贞,夕饮于一草亭,有忆靳茶坡》、吴珊《冬日集一草亭,时茶坡归自天都,虞山归自琼海,天章归自莱阳,赋三远人诗》、吴进《忆一草亭》、马骏《九日集餐菊草堂,诘旦涛公北去彭城,予亦东临茂屿》等诗,主要为当时望社核心成员及与望社有交往的外籍人士之题咏,记录了一草堂当年接纳望社成员的无数次的小聚。上述诗歌中,留宿、诗酒、感旧,是写一草亭诗的主要元素。

可以说,适中的地理位置,主人接纳友人的好客胸怀,使得一草亭当时成为羁旅诗人渴望投奔得以小憩的地方,几个怀着家国之痛之人需要借酒宣泄的地方,也是他们得以逞才流露诗性的地方,人们心理上需要停留的地方。

正如杜浚《八月八日同天章饮虞山张子斋中,归经一草亭夜谈》:"步出蓬蒿径,还过一草亭。僧扉知不远,客屐恰需停。夜雨传杯静,秋灯说鬼青。征鸿太嘹呖,幸得醉中听。"所谓"客屐恰需停",正反映了一草亭在望社诗人心中,是需要停留也值得停留的地方。

这首诗歌,是一草亭主人自己的诗作,从中能见出,望社中人在明清鼎革之后,风雨飘摇时代,借一方净土,借诗酒以消块垒,表达家国覆亡的哀痛的情状。

夜泊一蒲庵

陆求可

雨积苍崖水欲平，舟依虚阁晚秋横。

灯穿野树惊云迹，波涌禅门送月声。

黄叶榻前僧梦静，白苹湖畔客心清。

空斋残夜闻鸡少，欲曙天光次第明。

作者简介

陆求可（1617—1679），字咸一，又字月湄，号密庵，山阳人。顺治十二年（1655 年）进士。官河南裕州知州，擢刑部员外郎，出为福建提学佥事，转参议，未任卒。贯通经史，工古文词赋。《清史列传》卷六十六有传。今存著作《西湖游记》《茶史》二卷、《陆密庵全集》三十四卷、《陆密庵诗》一卷、《月湄词》四卷。《山阳诗征》录其诗 16 首。《柘塘脞录》："诗才敏妙，五言佳句如'雨收山气静，潮阔橹声迟''夕阳鸦背冷，野水犊蹄深''树影遥团阁，溪流曲抱门''溪声喧石齿，云片补山衣'，可谓秀语夺山绿矣。"

题　解

一蒲庵，为阎修龄居所。阎修龄生平，参见阎修龄诗歌《寓崇福观雨夜怀茶坡》的作者简介。一蒲庵,远离城市,环境幽雅,主人又极富经济实力,为当时望社中人理想的集社场所。又因地处南北往来交通要道,为远游之人的必经之地。故一蒲庵一个特别重要的作用就在于留宿和迎来送往。阎修龄自己常有留宿、送别之诗,如《王默生靳茶坡张虞山过访一蒲庵》《暮春社集一蒲庵兼送李难升之金陵》《送张虞山之江南,用虞山〈渡江留别同社〉韵》等。望社朋友也借造访留宿,在此体会幽情雅致,并赋诗表达自己与友人相会的喜悦和别离之情。如靳应升有《一蒲庵访阎再彭留宿》、陆求可有《夜泊一蒲庵》,胡从中有《同靳三、张二、程二、程三、阎大父子送稽二南行,宿一蒲庵》等。

陆求可和阎修龄皆为望社成员,一次陆求可往返过平桥,在阎家停留,便写下《夜泊一蒲庵》这首诗。

注 释

(1)雨积苍崖水欲平:因为雨水很多,湖面水位很高,几乎与深青色山崖齐平。苍崖:深青色的山崖。

(2)舟依虚阁晚秋横:秋末,几个小舟倚靠着空阔的楼阁横列在水上。虚阁:空阔的楼阁。

(3)灯穿野树惊云迹:野树丛中灯光闪烁间,惊见天上的云彩在迅速地聚散。

(4)波涌禅门送月声:禅门前,水波涌动声中,仿佛听到月亮移动的声音。禅门:僧侣群聚的寺院。

(5)黄叶榻前僧梦静:榻前的黄叶静静地铺满地面,僧人之梦也是如此静寂。黄叶:枯黄的树叶。亦借指将落之叶。榻:狭长而较矮的床形坐具。

(6)白苹湖畔客心清:湖畔白苹飘在水上,客人之心渐清渐定。

白苹：亦称四叶菜、田字草。蕨类植物，多年生浅水草木。

（7）"空斋残夜闻鸡少，欲曙天光次第明"二句：残夜里空斋中很少听到鸡叫，天将晓，日光一点点亮了起来。

评 析

　　这首诗前两句写一蒲庵当时的时间与气候条件，时值晚秋，连续雨天，水位很高，船只不行。营造出晚秋阴雨里舟横苍崖空阁下的苍凉图景。第二联对句工整，营造出动静结合的意境。上句中"穿""惊"二字激活了原本很静的灯、野树、云，下句中用"涌""送"二字让人体会本很寂静的禅门月亮的生机。可谓寂静中富有生气，动态中反衬出寂静。第三联以物之静与人之静互相映衬。第四联两句一方面以"空""少"二字写出人之静和物之静，另一方面也写出夜的时间在静之中的流逝与过渡。

　　诗歌虽动静结合，但又以静为主，横舟、虚阁、黄叶榻前、白苹湖畔、空斋残夜，都让我们体会到一种空、虚、静、清，即便是灯穿野树、波涌禅门，但静立黑暗中偶尔被微弱灯光掠过的树木，那向来隔绝尘世的肃静的禅门，仍然让我们体会到一种静。

　　诗歌中也涉及到人与生灵，但是"黄叶榻前僧梦静""白苹湖畔客心清""空斋残夜闻鸡少"，都在突出人之静、清，鸡之少，所以整首诗是静的氛围，也反映出一蒲庵地处僻远的静的氛围。

　　该诗的特点是对偶工整，语涉禅意，造境空灵，确如李元庚所称的"高洁无烟火气"，颇显禅家机心。

勺湖草堂忆阮裴园太史(二首)

丁 琳

其一

冬青楼下小山青,松石斋中各抱经。

当日勺湖风景异,瓣香多在自吟亭。

其二

修廊敞榭近城西,双枣槎枒枕曲溪。

更忆义山诗句好,丛篁深处水禽啼。

作者简介

　　丁琳,字昆田,嘉庆癸酉(1814 年)优贡,癸酉举人,道光壬辰(1832 年)进士,广西龙州同知,《府志》有传。

题 解

　　勺湖草堂:勺湖是淮安现存的最古老的园林,以"水面弯曲如勺"得名。阮裴园太史:即阮学浩,字裴园,号缓堂,清代淮安府山阳县人,淮安阮氏第十二代人。雍正八年(1730 年)中进士,历官翰林院检讨,《四朝实录》编修,提督湖南学政,主持陕西、山西乡试,任京都会试同考官,赠中宪大夫通政使司参议。乾隆十六年(1751 年),

四十九岁的阮学浩陈情辞官,回乡奉母,建勺湖草堂,读书教学,弟子成才者几百人。这首诗为丁琳在勺湖草堂追忆阮裴园太史所作。

注 释

(1) 松石斋:赵用贤(1535—1596),明著名学者、藏书家。家多藏书,以"松石斋"名楼,藏书达 2000 余种,万余册。这里应该是取其意,指藏书楼的意思。抱经:阅读经典意。

(2) 瓣香:师承;敬仰。自吟亭:阮晋之亭名。这里也以亭名代指阮晋。阮晋:字鹤媄,清顺治秀才,淮安阮氏第十代人。以博学鸿辞征,不赴,为望社主要成员,著有《自吟亭诗集》,辑有《同社唱和录》。

(3) 廊:是指屋檐下的过道、房屋内的通道或独立有顶的通道。榭:建筑在台上的房屋。

(4) 槎枒(chá yá):树木枝杈歧出貌。

(5) 义山:李商隐,字义山,号玉溪生。晚唐最著名的诗人之一。

(6) 丛篁:丛生的竹子。李商隐有《离思》:"气尽前溪舞,心酸子夜歌。峡云寻不得,沟水欲如何。朔雁传书绝,湘篁染泪多。无由见颜色,还自托微波。"水禽:包括鸭、鹅、鸿雁、灰雁等以水面为生活环境的禽类动物。

评 析

《勺湖草堂忆阮裴园太史》为绝句两首。第一首重点在于渲染勺湖草堂是一个读书之地。其中第一句主要写草堂及其所处环境,草堂掩映在冬青树丛中,坐落在小小的青山之上。突出草堂附近的植物与幽远僻静的氛围。第二句写草堂的功用,借用著名的藏书楼名称指称草堂也是一个藏书地，可供大家在此阅读经典。第三句，诗人感慨，这一天勺湖在诗人眼中风景特别美。第四句，赞美勺湖阮氏的文化传承。从望社的阮晋开始，阮氏一族就是文化望族，而阮裴园太史建了这个草堂，也是秉着继承先贤文脉的愿望，在有着文化氛围地方，从事文化之事。

第二首重点写草堂地理位置和周围环境。前两句为实写，这里有修长的走廊，敞开的亭榭，靠近城西，曲折的溪水旁，枣树枝权歧出。后两句为抒情，此情此景，诗人联想起李商隐写竹篁的诗歌，如《离思》，实在是意境绝佳，眼前的丛篁深处水禽啼，被李商隐的诗句写活了。

该诗详细描摹了勺湖草堂的地理位置和自然景物，如修廊敞榭，枣树曲溪，丛篁水禽，勺湖草堂的幽雅得以重现目前，同时，诗歌化用松石斋、自吟亭、义山诗句等典故，突出阮裴园太史勺湖草堂所氤氲的文脉传承与文化追求，诗歌由此具有古雅深幽意味。

清晏园雅集即呈麟见亭先生[①]

陈兆昌

黄河之水瓜蔓通，海波不起潜蛟宫。

阳侯冯夷皆效忠，宣防万福谁之功。

陈潘已往畴望隆，疏凿利导劳我公。

公来都督繁祉洪，喜见清晏歌叟童。

岂惟水利劬厥躬，西园拓地数百弓。

禽鱼花木如画工，公余暇日居其中。

有时作赋声摩空，仕优学优品望崇。

乃奖后进开阁东，遂令入座来春风。

小山留人深桂丛，琉璃屏障嵌玲珑。

登瀛有愿夸才雄[②]，神仙何虑回天风。

是日好雨霏空蒙，同辈消夏看碧筩。

大官饭熟歌年丰，炊金馔玉咀韭菘。

屠门大嚼饮似虹，推敲结构长城攻。

都堂纳卷惭雕虫，会见日出扶桑红。

---

① 诗题有小注："名庆，满洲人，南河河帅。"
② 有小注："同宴者十八人。"

作者简介

陈兆昌,字云乔,号筠翘,道光丁亥(1827 年)诸生,廪贡,著有《分兰吟馆诗》。

题 解

雅集:指文人雅士吟咏诗文,议论学问的集会。呈:恭敬地送上去。麟见亭:完颜麟庆(1791—1846),字伯余,号见亭,满洲镶黄旗人。清代官员、学者,嘉庆十四年进士。道光间官江南河道总督十年,蓄清刷黄,筑坝建闸,后以河决革职,旋再起,官四品京堂。麟庆生平涉历之事,各为记,记必有图,称《鸿雪因缘记》,又有《黄运河口古今图说》《河工器具图说》《凝香室集》。这首诗应为在河道总督署官衙后花园清晏园的一次雅集中,诗人呈送给河道总督麟见亭的一首诗。

注 释

(1)瓜蔓:瓜类植物的茎。这里用来形容黄河之水的曲折纠结。

(2)蛟:古代传说中一种能发洪水的龙。

(3)阳侯:波涛之神,这里用作波涛的代称。冯夷:传说中的黄河之神,即河伯,泛指水神。劾忠:谓竭尽忠诚。

(4)宣防万福:宣防,汉武大帝因指挥治理黄河需要而建的行宫名。这里也借指堵塞瓠子口,治理黄河之事。万福,指治理黄河给人们带来福祉。春秋末期,吴王夫差想与晋国争霸。吴国在江南,而晋国在黄河以北,为了运输军队北上,夫差将菏水深挖疏浚,使之成为东西畅流的航道。公元前 482 年,吴国的军队由泗水入菏水,再由菏水进入济水,到达黄池(今河南封丘西南)与晋定公会盟,这就是历史著名的黄池之会。历史上菏水深受黄河的影响。汉武帝元光三年(公元前132年),黄河在瓠(hù)子口(河南濮阳)决堤,其下游鲁西南地区都被黄水淹没,长达23年之久。直到公元前109年,汉武大帝刘彻亲临指挥,发卒数万,才堵塞了瓠子口,并在塞口上建了一座宣防宫。也即为汉武帝指挥黄河堵决而建的行宫。治理黄河是一件造福于民的大事,汉武帝很高兴,就作了两首《瓠子之歌》,最后一句是"宣防塞兮万福来"。后人把菏水改名万福河,就来源于此。"宣防万福谁之功"句,实以历史上汉武帝治理黄河的典故,赞誉淮安河道总督的疏理之功。

(5)陈潘已往畴望隆:意思是,陈潘二人在过去功劳、声望相等。陈潘:陈瑄、潘季驯。陈瑄(1365—1433),字彦纯,安徽合肥人。明永乐元年(1403年)任总兵官,统辖海运运粮事务。宋礼疏浚会通河后,停海运,行河运,陈瑄督管运河漕运。由于江南漕船到达淮安后,需改为陆路运输,翻过仁、义、礼、智、信五坝,才能逾淮河而达清河,劳费甚巨。永乐十三年(1415年),陈瑄下令从山阳城西管家湖,凿渠二十里,引湖水通至鸭陈口(今码头附近)入淮,这条漕河被称为清江浦河(清以后称里运河)。为节制水位,沿河置四闸:移风闸、清江闸、福兴闸、新庄闸。又沿湖十里筑堤引舟,漕舟因此直达淮河。清江浦疏凿之后,成为南北交通的枢纽之地,史称:南船北马,九省通衢。陈瑄开埠清江浦,肇始了清江浦六百年的辉煌史。

潘季驯(1521—1595),字时良,浙江湖州人。水利专家,官至工部尚书兼都察院右都御使。1565至1592年,潘季驯四次总理河道。在历时二十七年的治水生涯中,他提出一整套"筑堤束水,以水攻沙;以清刷黄,借黄济运;不弃故道,统筹兼顾;顺应河势,巧借天力;建坝减水,分洪防溢"的治水方略,至今被奉为治理多沙性河流的宝典。他提出的"四防"(昼防、夜防、风防、雨防)、"二守"(官守、民守)的岁修防汛法规和制度至今仍在袭用。他创建了一整套堤防河工体系，包括"束水归漕"的缕堤，缕堤外的遥堤，以及二堤之间的格堤（横堤），三堤构成拦阻洪水的三道防线。潘季驯治河保漕、黄淮运兼治的理论与实践，保证了京杭大运河的全线畅通，在水利史上树起一座丰碑。已往：以前，在过去。畴（chóu）：古同"俦"，使相等。望隆：即隆望，指享有很高的声望。

（6）疏凿：疏通开凿。利导：加以引导。公：麟见亭先生。

"陈潘已往畴望隆"两句的意思是，陈潘二人在过去治理河道有功，获得巨大声名，现在则是麟见亭先生率领众人对河道疏凿利导。

（7）都督：指麟见亭先生道光间任江南河道总督事。繁祉（zhǐ）：多福。洪：（福）大。

（8）歌叟童：唱歌的老人和孩子。用来形容百姓过得很快乐。王勃的诗《长柳》："郊童樵唱返，津叟钓歌还。"意思即在野外打柴的少年踏着歌声而归，渡口上钓鱼的老人伴着渔歌而回。

（9）劬厥躬：劬（qú）：过分劳苦，勤劳。厥（jué）：其，他（们）的。躬（gōng）：身体，自身。

（10）百弓：五百尺。弓，丈量土地的计算单位。

（11）画工：指以绘画为终身职业的艺术工人。这句的意思是，绘画禽鱼花木的能力犹如画工。

（12）居其中：沉静于绘画中。

（13）摩空：接于天际。

（14）品望崇：人品好，声望高。品望：人品声望。

（15）奖后进：奖掖后进，推许扶持后进之辈。开阁东：指特地开东门接待贤人，也是是奖励提拔的意思。东阁：古代称宰相招致、款待宾客的地方。《汉书·公孙弘传》："时上方兴功业，屡举贤良。弘自见为举首，起徒步，数年至宰相封侯，于是起客馆，开东阁以延贤人，与参谋议。"颜师古注："阁者，小门也，东向开之，避当庭门而引宾客,以别于掾史官属也。”

（16）入座来春风：取“如坐春风”之意,即如坐在春风中间,比喻同品德高尚且有学识的人相处并受到熏陶。

（17）桂丛：桂树林,多指隐居之地。

（18）琉璃屏障嵌玲珑：屏障上镶嵌着精致小巧的琉璃。玲珑：词语原意为娇小灵活之意,指物体精巧细致。

（19）登瀛（yíng）：登上瀛州,犹成仙,也是清代新进士及第授官仪式之一。

（20）回天风：可送人回天的风。

（21）霏（fēi）：飘扬。空蒙：细雨迷茫的样子。

（22）碧筩（tǒng）：即碧筩杯,亦作“碧筒杯”,一种用荷叶制成的饮酒器。

（23）大官：古时对有一定社会地位的男子的尊称。

（24）炊金馔玉：形容菜肴丰盛。炊：烧火做饭;馔（zhuàn）：饮食,吃。咀韭菘：咀：含在嘴里细细玩味。韭：韭菜。菘：白菜。

（25）屠门大嚼：是一句成语,比喻欣羡而不能得,聊为已得之状以自慰。汉代桓谭《新论》：“人闻长安乐,则出门西向而笑,肉味美,对屠门而嚼。”三国魏·曹植《与吴质书》：“过屠门而大嚼,虽不得肉,贵且快意。”饮虹：喝水的虹。古人迷信,以为虹是有生命的怪物。

（26）推敲结构：构思文章。

（27）都堂：明代称都察院长官都御史、副都御史、佥都御史。又派遣到外省的总督、巡抚都带有都察院御史衔,亦称都堂。纳卷：收缴诗文。雕虫：雕：雕刻;虫：指虫书,一种字体,雕虫喻词章小技。

（28）会见：将会见到。日出扶桑：为“蓬莱十大景”之一,景致壮丽磅礴,别具一格,历朝历代题咏颇多。在蓬莱阁观日出扶桑,是一大美的享受。日出前,东方水平线上一片火红,旭日东升,冲破层层云雾,放出万道霞光,一轮滚滚红日托动在沧波与长天之间。十分辉煌壮丽。扶桑,传为日出之处。

评　析

  诗歌开头"黄河之水瓜蔓通"两句写淮安黄淮运交汇,水道复杂,形势艰险,险象环生的历史状貌。"阳侯冯夷皆效忠"两句,以典故说明在黄河泛滥时中国古代最高统治者曾统帅治河造福一方,以此侧面赞美今天的河道总督实际也是做着同样治河造福于民的事情。"陈潘已往畴望隆"两句一句弘扬陈、潘二人对于淮安水利工程的贡献,一句点题,正面赞美江南河道总督麟见亭先生的治河之功。"公来都督繁祉洪"两句赞美其作为河道总督,因为工于治河,给百姓带来福祉,令一方民众受益,大家安宁自足的情状。"岂惟水利劬厥躬"两句表彰其不仅在水利上竭尽劳苦,卓有贡献,在拓展园地上也有功劳。"禽鱼花木如画工"四句写其多样卓越的艺术才华和崇高的人品德行,闲暇时工于绘画,有时也作诗作赋。堪称善当官,学问优,威望高。"乃奖后进开阁东"两句写总督乐于提拔后学,善于与品德高尚且有学识的人相处。

  至此,诗歌前半段重点赞美主人,先是营造背景,渲染淮安黄淮运水道复杂特点,铺垫历代治水之人,接着正面赞美了主人的政事功绩,同时赞美他还是一个雅人。能诗善画,善于奖掖后人,且德高望重。

  诗歌后半段着重写这次雅集,笔触涉及到雅集的环境,雅集之人的喝酒饮食,及诗酒宴乐情景。"小山留人深桂丛"四句正面写这次雅集进行之地的雅致,及高才相聚如群仙会集的快乐。"是日好雨霏空濛"两句,一句描摹舒适天气,一句渲染豪饮情状。"大官饭熟歌年丰"两句写众人的饭菜之乐,而且,大家情绪很好,即是吃着韭菜、白菜,也觉得丰盛异常。"屠门大嚼饮似虹"两句是雅集之人饮酒作诗狂态,大家情绪很好,一边拼命豪饮,一边构思文章。"都堂纳卷惭雕虫"写雅集集诗的情状，都堂收卷子，但自己惭愧自己所作乃雕虫小技，写出了自己的谦虚。"会见日出扶桑红"，意思是不知不觉已经到早晨日出之时，点出雅集的时间长度。诗歌描摹细致，揭示出身担公务又具风雅的一批人的那一刻的生活状态，丰富的生活内容。从中，我们能体会到当时对于人物的价值取向和崇尚，也看到那个时代文人的种种特征。

附：背景资料补充

　　河道总督：京杭大运河是维系明清政府经济流通和政治统治的交通命脉。为确保其畅通无阻，朝廷于明成化七年（1471 年）特设河道总督一名，品级为从一品或正二品，负责河道的疏浚及堤防修筑。起初，河道总督署设在山东济宁。后因淮安地处黄、淮、运交汇，为治河工程最重要处，清康熙十六年（1677 年），遂由山东济宁迁至江苏清江浦。清雍正七年（1729 年），正式分设江南河道总督（简称"南河总督"），驻节清江浦；河南、山东河道总督（简称"东河总督"），驻节济宁。遇有两河共涉之事，两位河督协商上奏。由于河道总督及下属官员驻扎，清江浦繁荣达到鼎盛，上下十数里长街，各种店铺、酒楼、茶社、浴室鳞次栉比，上百家青楼妓院日夜歌舞，风气奢侈。1855年，黄河北徙。1860 年，前来夺取粮仓的捻军攻破清江浦，烧毁南河总督署和整个城市。次年，南河总督被裁撤。

　　清晏园：位于淮安市清浦区人民南路，占地 8 公顷。原为明代户部分司署花园。清康熙十七年（1678 年）为河道总督行辕，雍正七年（1729 年）设立江南河道总督署，此园为官衙后花园。园内有南河总督高斌为迎接乾隆皇帝第一次南巡所建的"荷芳书院"、南河总督李宏所建的"湛亭"，当年南河总督署门前的石狮一对，及康、乾御笔碑刻 15 通。此园现为国家重点文保单位京杭大运河文物遗存。

第五篇 学 府

　　淮安人自古崇文尚武，好学上进，至明清时代，因是漕运重地，城市经济发达，淮安人更加重视文化教育，至清朝光绪年间，淮安境内建立各类官办学堂、书院、社学一百几十余所。府学，指中国古代的官办教育机构。历代官办学校的主体是儒学。《乾隆淮安府志》记淮安府儒学有山阳县儒学、盐城县儒学、阜宁县儒学、清河县儒学、安东县儒学、桃源县儒学等。《光绪淮安府志》沿用，称之为府学、县学。

　　书院，在唐代是中书省修书或侍讲的机构。宋至清，是私人或官府设立的供人读书、讲学的处所，有专人主持。宋代书院以讲论经籍为主，明清时，许多书院为习举业而设。清光绪二十七年后，改全国省、县书院为学堂，书院之名遂废。

　　《乾隆淮安府志》所记书院有山阳的节孝书院、仰止书院、忠孝书院、文节书院、正学书院、志道书院、嘉会堂、淮阴书院，盐城县正学书院、西书院，清河县崇正书院、临川书院。《光绪淮安府志》"书院"提到淮安府有山阳的丽正书院、奎文书院、射阳书院、明德书院、仰止书院、节孝书院、忠孝书院、文节书院、正学书院、志道书院、淮阴书院、惜阴书院、黄公书院,盐城的正学书院、表海书院,阜宁的观海书院、紫阳书院,清河的崇正书院、临川书院、崇实书院,安东的清涟书院,桃源县的淮滨书院,等等。

社学是地方官奉朝廷诏令在乡村设立的"教童蒙始学"的学校。《乾隆淮安府志》社学有山阳县社学(共65所)、盐城县社学(共26所)、庙湾社学、清河县社学(共17所)、桃园县社学(3所)、安东县社学(6所)。

义学也称"义塾"。中国旧时靠官款、地方公款或地租设立的蒙学,多为供贫寒子弟免费上学。淮安的义学有郡治旧城义学四所、盐城义学一所、阜宁县义学一所。此外,武学有武成王庙、淮安卫武学、大河卫武学。《光绪淮安府志》不列社学,而列义学多所。

明代以前,淮安的教育事业,主要是由郡守、知府主持兴修,明清时期,因漕运、治河而奉命前来的漕督、总督等官员,也非常重视淮安的教育事业,他们关心淮安的童蒙民智的开发,倾力于府学、书院的兴修。淮安文教事业的发展在地方政府与在淮的朝廷命官的支持下兴旺发达。

府学、书院,为文人雅士云集之地,也成为文人一个重要的抒情对象。首先,漕官促进淮安文教事业,开启童蒙、承继儒学的义举与贡献,能够激发诗人由衷的赞美之情,由此产生不少颂赞之制。其次,府学、书院大多环境雅致,景色优美,能吸引外地文人驻足,并激发主客唱和之情,催生出不少相关诗作。学宫、书院成为诗人萌生诗意的契机。兹评析几首诗歌,以见出文人对于书院美好环境及教育童蒙、传承文脉功能的赞美。

爱莲亭即事

朱 巇

浩渺平湖水，环中旧有亭。

波光摇月牖，莲影动风屏。

鸟狎知亲客，渔潜听讲经。

纳凉依曲槛，乘兴驾游舲。

岸火疏林透，行云古调停。

晚来谁佐读，烁烁照窗萤。

作者简介

朱巇：作者情况不详。

题 解

爱莲亭在淮安榷关关署后山子湖心。清康熙五十三年（1714年）由淮关前监督党古礼所建。乾隆三十九年（1774年）八月，河溢老坝，湖尽淤平，亭台俱没。该诗是诗人在爱莲亭的一首即景抒情之作。

注　释

（1）浩渺：形容水面辽阔。湖：指山子湖。

（2）环中：指圆环的中心，这里指湖的中心。亭：指爱莲亭。

（3）牖：窗户。

（4）狎：亲近而态度不庄重。

（5）曲槛：曲折的栏杆。

（6）舻：有窗户的小船。

（7）行云：流动的云。古调：古代的乐调。

（8）佐：辅助，帮助。

（8）烁烁：闪光的样子。照窗萤：照亮窗子的萤火虫。此处化用"囊萤映雪"典故。囊萤：晋代车胤小时家贫，夏天以练囊装萤火虫照明读书；映雪：晋代孙康冬天常利用雪的反光读书。后囊萤映雪多用于比喻人家境贫穷而能勤学苦读。

评　析

诗题《爱莲亭即事》，即是对眼前的爱莲亭有所感触而创作。诗歌首两句写山子湖湖面开阔，呈现一片浩渺景象，湖中心曾经有过爱莲亭。据史料载：爱莲亭在关署后山子湖心。乾隆三十九年（1774年）八月，河溢老坝，湖尽淤平，亭台俱没。一句"环中旧有亭"，是对爱莲亭亭台俱在的美好过去的怀想。第二联描述出月下窗户倒映在水中，随波而动，莲叶映照在屏风上，影随风动的一幅绝美的爱莲亭附近的图景。诗歌前四句纯为写景，将爱莲亭之水、亭、波、莲一一写来，营造出目前爱莲亭一派幽雅宁静氛围。次四句，写爱莲亭中生机勃勃的景象，"鸟狎知亲客，渔潜听讲经"，小鸟自由翻飞在游客的身前身后，懂得如何与人亲近。寺中说经之声传来，水中之鱼似乎也在凝神静听。拟人化的写法,将爱莲亭的氛围渲染得如此生动美好。同时也揭示出爱莲亭后改为观音庵,而文津书院学生借观音庵一处读书习举业的事实。"纳凉依曲槛,乘兴驾游舻"则正面写人的活动,游客们或者凭栏纳凉,或者乘兴去驾舟畅游,皆充满乐趣。最后四句,则进一步揭示爱莲亭的氛围和独特性,两岸灯火穿透了稀疏的林子,古雅的曲子似乎让行云停止了脚步。这里常有书生借着荧光,朗朗吟读,好学刻苦。这正是古老文化习性的传承。

诗歌用美好的自然环境和独特的讲经诵读之声勾画出爱莲亭这个文化教育之地的特征。既表达了对亭台俱在时的爱莲亭的怀念,也表达了对爱莲亭现在美好环境及教育童蒙、传承文脉行为的赞美。

附：背景资料补充

爱莲亭在关署后山子湖心。清康熙五十三年(1714年)由淮关前监督党古礼所建。四围皆莲,亭居其中。碧水红栏,宜晴宜雨,不独夏日可恣游赏也。乾隆三十九年(1774年)八月,河溢老坝,湖尽淤平,亭台俱没。乾隆丙申(1776年),伊龄阿(字精一)来榷,即其址改建为观音庵。嘉庆三年(1798年)阿厚安(阿克当阿)榷使立文津书院之名,因没有建书院,故借庵东屋为课举业之地。嘉庆十年(1805年),淮关榷使李如枚,捐廉另建文津书院,易爱莲亭为里塾,设文、经、蒙三馆,额曰"爱莲书塾",存其迹。(参见《续纂淮关统志.古迹》、李如枚《爱莲亭记》)

可见爱莲亭曾为文津书院学生课举业之地,后因另建了文津书院,将爱莲亭改为里塾。

由此,一方面爱莲亭或作为盛极一时的文津书院的前身,或作为里塾,都是讲经论德、教育蒙童、传递礼教之地。另一方面,爱莲亭在湖心,本身环境优美,为一方名胜,故而引得过往文人留连忘返,诗兴勃发。

　　《关志》所载关于爱莲亭者,有记 2 首、诗 9 首。冒广生《钵池山志》增记 2 首、诗 7 首,即共录有《过爱莲亭》等诗 16 首。根据《钵池山志》所载,记四首是《关志》录过的黄达的《重游爱莲亭记》、李如枚《爱莲亭记》,增录的是黄达《游爱莲亭记》、邱竞《游爱莲亭记》。诗歌 16 首是,《关志》已载的清刘宫《过爱莲亭》、张坦《爱莲亭》、吴之榕《过爱莲亭用沈石田画幅题句韵》、吴进《春晚过爱莲亭》、孙畊《鹤江刘丈招游爱莲亭》、黄达《爱莲亭》、邱广业《泛舟爱莲亭怀潘四农》、潘德舆《与勤子泛舟至爱莲亭》、曹驹《过爱莲亭放歌》9 首,和冒广生增录的 7 首,即吴进的《爱莲亭旧在湖中,黄河决后湖为陆地,复建是亭于陆,过而感作》、朱巇《爱莲亭即事》、方体浴《雨中过爱莲亭》、阿克当阿《遥和怡庵榷使爱莲亭原韵》、程虞卿《和怡庵榷使爱莲亭》、李如枚《爱莲亭》、王垲《爱莲亭晚眺》。

文津书院落成,题示诸生(四首)

李如枚

其一

桂子香飘侯,新营学舍成。

代持前使节①,藉继旧家声②。

人士风流奖,师儒月旦评。

双旌恩命重,原是鲁诸生③。

其二

溯至淮安后,何人又得仙?

光分萤案雪,吟上玉绳天④。

踵接期腾达,肩随合竞贤。

寄声南海客,输兴着鞭先⑤。

其三

开迳临平野,循途带小桥⑥。

---

① 有小注:"书院之名创于前使阿公。"
② 有小注:"先中丞于江右建置友教书院。"
③ 有小注:"先中丞屏番山左,余生于节署,随任读书有年。"
④ 有小注:"自设书院有通藉木天者。"
⑤ 有小注:"忆阿公于粤海。"
⑥ 有小注:"书院之前新建小桥,因名文津。"

文心翻水活,尘虑到门消。

苇岸秋听雨,荷塘暑泛船,

勉旃无语别,勤读逮深宵。

其四

桃李前闻有,成蹊不在言。

奂轮崇凤里,声价愧龙门。

漫拟莲溪说①,宁殊鹿洞尊②。

题名从此盛,淡墨视新痕。

作者简介

李如枚:字怡庵,汉军镶黄旗人。内务部郎中,恩加四品佐领衔。历官长芦盐运使。1804 年出任淮关监督。有《怡庵诗草》。

题　解

文津书院由朝廷命官淮关榷使所设立。嘉庆三年阿厚安(阿克当阿)榷使立文津书院之名,因没有建书院,故借翁公家祠与爱莲亭讲课。爱莲亭为清康熙五十三年由淮关前监督党古礼所建。嘉庆十年,淮关榷使李如枚采购公署东面南魁星阁外一处地,另建文津书院。书院建成后,李如枚写了《文津书院落成,题示诸生》五律 4 首,一时唱和之作很多,当时还形成了《文津唱和诗》一卷,作者五十余人。题示:指给予相应的提醒、明示和解释。

---

① 有小注:"书院自爱莲亭来,旧地该为爱莲书塾,故援引爱莲说。"
② 有小注:"山阳、清河旧有书院者二,今四矣。"

其一注释

（1）代持：代为主持。前使节：即前任榷使阿克当阿。该句有小注"书院之名创于前使阿公"。

（2）藉继旧家声：这里有继承先辈置书院兴教的意思。该句有小注："先中丞于江右建置友教书院。"藉继：继承。家声：家庭的好声名。

（3）人士风流：士人洒脱放逸、风雅潇洒的风度。《后汉书·方术传论》："世之所谓名士者，其风流可知矣。"奖：称赞，表扬。

（4）师儒：古代指教官或学官。月旦评：最初指东汉汝南地区品评人物的风气，其产生与当时的辟举制度有关，士人如要获得辟举，出任地方行政机构，必须得到人们的好评。在当时的汝南地区，名士许劭和许靖都喜欢品评人物，每月一换品题，故称为"月旦评"。后来，"月旦评"泛指品评人物，或省称"月旦"。

（5）双旌：代节度领刺史者出行时的仪仗。泛指高官之仪仗。恩命：谓帝王颁发的升官、赦罪之类的诏命。

（6）原是鲁诸生：鲁诸生：鲁国的读书人，泛指读书人。有小注："先中丞屏番山左，余生于节署，随任读书有年。"最后一联意思是自己受到恩命前来，但自己本来就是读书人。

其一评析

诗歌第一联写文津书院是在金秋桂子飘香的时节落成。揭示书院落成之事及时间。第二联交代文津书院主持的继承关系。意思是先贤前使节有创设之功，自己只是代为主持书院，是在继承前辈的兴教事业，表达了一份谦虚之意。第三联彰明文津书院的职责是奖掖风流,品评人物。表明文津书院的独特之处。最后一联写自己是承接恩命而主持书院,表示感谢的同时,也有一点自豪,因为自己一贯就是学院中人,这种身份使自己主持书院有一定的信心。

第一首主要介绍文津书院落成时间,先贤创设之功,后辈继承先辈兴教事业的意义,书院所为奖掖士人、品评文章之日常事务,及对恩命表示感谢。

其二注释

(1)光分萤案雪:意思是文津书院的学生们以积雪囊萤的精神,用功苦学。此处化用"囊萤映雪"典故。囊萤:晋代车胤小时家贫,夏天以练囊装萤火虫照明读书;映雪:晋代孙康冬天常利用雪的反光读书。后囊萤映雪多用于比喻人家境贫穷而能勤学苦读。

(2)吟上玉绳天:意思是不少学生因在书院苦读,考取功名,得以在京城朝中做官。有小注:"自设书院有通藉木天者。"通藉:谓记名于门籍,可以进出宫门。也指初作官。意谓朝中已有了名籍。木天:秘书阁的别称,也指翰林院。

(3)踵接:后面人的脚尖接着前面人的脚跟,形容人多。

(4)肩随:古时年幼者事年长者之礼。并行时斜出其左右而稍后。又作跟上,比得上。竞贤:一个个都想飞黄腾达,不分上下都想做贤者。

(5)寄声:托人传话。南海客:指阿克当阿,曾在南海为官。该联有小注:"忆阿公于粤海。"

(6)着鞭先:意思是文津书院是阿克当阿首先开拓起名的。着鞭:着手进行,开始做。

其二评析

第二首第一联写出文津书院在淮安落成之后给文人带来的福音。以设问的方式,表达了对事实的肯定。第二联通过典故写文津书院的学子们以积雪囊萤的精神,纷纷用功苦学,正由于这样,有不少人藉此得以在京城朝中做官。写出文津书院培养学子以学进仕方面的成绩。第三联进一步彰显文津书院中学生的特点,他们特别具有追求功名、竞当贤者的愿望。第四联在铺垫了一番学校的业绩后,告慰阿公,并对他的开创之功表示感谢。这首诗重点写文津书院学子的苦读、进仕的目标、行动与实绩。

其三注释

(1)开迳:亦作"开径",开辟路径。平野:城市以外平坦空旷的地区。

(2)循途带小桥:该句有小注:"书院之前新建小桥,因名文津。"

(3)文心:为文之用心。陆机《文赋》云:"余每观才士之所作,窃有以得其用心。"刘勰《文心雕龙·序志》云:"夫'文心'者,言为文之用心也。"翻水活:朱熹有诗:"半亩方塘一鉴开,天光云影共徘徊。问渠那得清如许,为有源头活水来。"该句化用朱熹诗意,即不断地学习、探索,才能使自己永保活力和开阔的眼界。

(4)勉旃(zhān):努力,多于劝勉时用之。旃,文言助词,之焉的合音字。

(5)逮:到,及。

其三评析

其三第一联写文津书院远离城市,靠近野外僻静的地理位置及因书院之前有新建小桥而得文津之名的由来。第二联揭示文津书院的学术氛围,文津人的治学态度和精神追求。在这里,大家关注的是陆机、刘勰等人提倡的文心探究方法,是朱熹提倡多读书以保持思维活力的学术态度,而不关心俗世之虑。第三联写文津书院美好的自然环境和学人们日常恣意山水的闲适生活。第四联写文津人日以继夜勤勉读书的态度。这一首重点写学子们地处僻远,不关俗务,或荷塘听雨泛舟,或夜晚通宵夜读的生活,勾画出一个自足的与世不同的独立王国。

其四注释

(1)"桃李前闻有,成蹊不在言"一联:化用"桃李不言,下自成蹊"的成语。意即桃树李树有芬芳的花朵、甜美的果实,虽然不会说话,但仍然能吸引许多人到树下赏花尝果,以至于树下走出一条小路出来。比喻一个人做了好事,不用张扬、夸耀,向别人邀功,人们就会记住他。这里的意思是文津书院人做到身教重于言教,为人诚恳,真挚,就会深得人心,就能感动别人。

(2)奂轮:典故"轮焉奂焉"的缩写,形容房屋高大众多。愧:使动用法,使……有愧。龙门:这里比喻声望卓著之人的府第。

(3)漫拟莲溪说:该句有小注:"书院自爱莲亭来,旧地该为爱莲书塾,故援引爱莲说。"漫:随便;随意。莲溪说:即爱莲说。

(4)宁殊鹿洞尊:宁殊:情愿不同。鹿洞:指白鹿洞,宋朱熹讲学处,这里代指淮安较有名望的书院。该句有小注:"山阳、清河旧有书院者二,今四矣。"

其四评析

其四第一联以典故自勉，表明文津书院会在自己的主持下吸引更多的学生来此读书。第二联意思是文津书院是不凡之地，屋宇众多，其声望高过其他有名望的府第。第三联表达对于文津书院的自信，暂且坚守文津之独特，使之成为与山阳、清河其他旧有书院不同的书院，言下之意，也是认为，文津书院是自有清正品节的书院。第四联进一步设想文津未来的美好前景，从此，书院会因为文津的题名而兴盛，也会在继承前贤基础上，有新的前景。第四首总体来说，表达一种对于书院现在与未来的愿望和自信。

四首诗歌从不同角度着笔，合起来则全面地反映了文津书院的整体功能和价值弘扬，同时也表达了对先贤创设之功的赞美敬仰，及对文津书院重振文教事业的期待和信心。

附：背景资料补充

文津书院与明清运河有关，它由朝廷命官淮关榷使所设立。嘉庆三年阿厚安（阿克当阿）榷使立文津书院之名，因没有建书院，故借翁公家祠与爱莲亭讲课。时收学生 120 名。爱莲亭为清康熙五十三年由淮关前监督党古礼所建。嘉庆十年，淮关榷使李如枚采购公署东面南魁星阁外一处地，另建文津书院。文津书院一次招收 80 名学生。书院设立的目的是抢才励士，使四方蒙童受业。这极大地促进了淮安教育事业的发展，敦促了乡民淳朴风气。文津书院祀列烈女凡一百七十二人、官员凡一百二十八人。烈妇中大部分是因为节孝而入祀，如鲍烈女，为亡夫守节；如何烈女，抗婚自刎；如烈妇徐氏随运粮溺水身亡的丈夫而去；如金贤母，产下遗腹子传宗接代。官员则全为在庚申之乱中殉难。(参考《淮关小志》)作为读书讲习之所,文津书院公开祀列节烈、忠义之人,具有很明显的教化作用。当然,传统社会中的贞节观对于妇女的约束与压制,我们需辩证地看待。晚清殷自芳曾云:"里中(板闸)妇女重节操,此变死者甚多。"

从另一方面讲,文津书院,吸引文友积聚,因题唱和,成为当时淮安诗坛的盛事,由此产生的大量的文人诗赋,成为淮安诗歌的重要组成部分。

冒广生《补刻昙香精舍诗序》曰:"吾读昙香之诗而论其世,因窃叹乎人材之消长,其系乎官师者,至著名也。道光间,李怡庵榷淮关,建文津书院,聘天长程禹山长之。而是盛子履、方秉铎淮上相与,扬挖风雅,狎主坛坫。在郡城者无论。论其在板闸者,时则有若萧梅生、梅江、田蒿庵、许縈溪、卢五桥、朱钵农、钵樵,要皆斐然有作者之志者也。四方游士,若包慎伯,若陆祁孙,若郭频迦,若毛生甫,又皆车骑络绎,不以文津则以篆香楼为会归。而渊如乃得闻诸贤豪长者之绪论,矫首厉角,称诗于其间。论板闸人才者,必首推道光一朝为极盛。下至咸、同之际,关吏王墣犹能以诗画知名搢绅间,则禹山之流风余韵为孔长也。"

冒广生的这段文字记载了道光年间,李怡庵榷淮关,建文津书院后,聘天长程禹山为主讲。由于李怡庵榷使等人"扬挖风雅,狎主坛坫",引得一批才子应和,勿论寄居板闸者,"皆斐然有作者之志者";四方游士也车骑络绎,动辄在文津或篆香楼聚会,连关吏王墣都能以诗画知名,更何况能文之士,板闸一时诗风大盛。

也正是缘于文津书院诗才云集,故创作出大批诗作。

首先,文津书院落成时即有很多唱和诗作。冒广生《淮关小志》记曰:"文津书院之名,立于厚庵榷使,阿克当阿。其会课则假翁公书院及爱莲亭。嘉庆十年,李怡庵榷使如枚始建。《关志》载李《文津书院落成,题示诸生》五律四首、《新建文津书院碑记》一首,又山阳诸生曹根《文津书院赋》一首。当时和李之作，见于《山阳诗征》及《续编》者，有李长发五律四首（卷二十四）。汪廷钟七古一首（续七）。陈维恭七律二首、夏时行七古一首、戴凝秀七古一首、叶如松七律二首、陈常七律二首、张培因七绝二首（并续八）。陈廷铨五排一首、高廷琛七古一首（并续九）。陈维勤七律二首、李宗沆五律二首、吴毓珍五排一首、吴承义五排一首（并续十一）。宋联璜七古一首、张念棠七律二首、萧士铨五律一首、边焜五古一首、王锡龄五律二首、乔连璧五律二首、乔连珠五律二首、周兆骙五排一首、夏煌五排一首（并续十二）。孙玉如七古一首，续十三。周本仁五古一首、陆象宜五律一首、程以文五律二首（并续十七）。当时有《文津唱和诗》一卷，作者五十余人，程禹山山长为之序。见徐师嘉《遁庵随笔》。”

　　根据《山阳诗征》及《山阳诗征续编》所录可知，当时和李如枚诗者多以《文津书院落成，敬和李怡庵如枚榷使》为题，《山阳诗征续编》有程得龄《春日过文津书院，晤家禹山长即事赋》五律四首录二，冒广生《淮关小志》未录。另外，《山阳诗征续编》载萧士铨《李怡庵如枚榷使文津书院落成，依韵敬和》有四首，冒广生《淮关小志》为四首录一，《山阳诗征续编》载李宗沆《和榷使李怡庵先生如枚〈文津书院落成示诸生〉原韵》有四首，冒广生《淮关小志》为四首录二。

　　可见，仅仅是文津书院落成，即产生了大批诗作。当时，李如枚写了《文津书院落成，题示诸生》五律四首，和李之作，目前见于《山阳诗征》及《山阳诗征续编》者，加之冒广生提及而未录者有五十首，而且当时还形成了《文津唱和诗》一卷，作者五十余人。

　　据徐嘉《遁庵丛笔》云：“《文津唱和》诗一卷，通夫家藏。县治西北十二里，地名板闸。榷使阿厚庵课士，立文津书院，始于翁公祠，继于爱莲亭。嘉庆乙丑，李怡庵如枚榷使改建于署东。鸠工庀材，三月告成，为诗四律，属而和者五十余人。天长程禹山虞卿时主讲席，为之序。诗如杨香谷先生皋兰、李苣崖先生长发皆他见。兹略抉择以列于篇，或存其人，非敢操选政也。于是卷得乔星纬师昆季诗各四律，良自慰己。"

由此可见，《山阳诗征》及《山阳诗征续编》所录唱和诗，皆为《文津唱和诗》中择出。

其次，文津书院落成之后，也是高才云集，雅集甚多。譬如为《文津唱和诗》写序的程禹山，堪称东南一带诗酒坛领袖，主讲文津期间，写过诸多文津即景、小集唱和、迎来送往诗歌。《淮关小志》云："禹山主讲文津，一时名流若包慎伯、王柳村、凌芝泉、盛子履咸至。禹山《水西闲馆诗》中赋文津者凡十余。"

文津书院林木秀美，清流环绕之环境，对文教昌盛之兴举，对才华功业之激赏，令远近文人频频造访，他们相互唱和，激发诗情，即景、颂赞、唱和、赠友、感怀的诗歌源源不断创作出来。

总之，一个由阿厚安榷使立书院之名，由淮关榷使李如枚所主持兴建的文津书院，在淮安地区，成为一项盛举。激发出大量的诗歌，充分见出朝廷命官对于淮安文教事业的贡献，对于淮安诗歌事业的促进。由此也可见，淮安诗歌在明清时期的兴盛与运河在明清时期地位的上升息息相关。

观海书院月夜偶成

徐登鳌

年老不知止，辛苦犹谋生。

襆被来射湖，滥窃师长名。

五载拥皋比，文字聊品评。

故人不可见①，恻恻难为情。

昔何胶漆投，今何蛮触争。

人生如萍梗，万事浮云更。

中庭月色满，起视绕阶行。

欲语寂无人，仰首天澄清。

遥思广陵夜，普照大将营。

何当扫妖氛，迅速收三城。

烽烟日以息，南望心无惊。

归去报残书，饿死鸿毛轻。

作者简介

徐登鳌，字子礽，一字墨南，号海峰。嘉庆壬申（1812 年）诸生，

---

① 有小注："白海峰明府。"

道光壬午(1822)举人，江浦教谕，著有《虚白室诗草》《惜闲剩稿》。
《淮人书目小传》云："海峰师幼孤贫，事母极孝。母在姻家，日必迁道
往，问安毕，然后入塾。司铎江浦，值岁饥，分督振务，躬历村堡，大雨
雪不倦，所全活甚众。以耳疾告归，萧然闭关，授徒糊口，师范严毅，
一时掇巍科^①者多出其门。年七十六卒。"

题　解

　　观海书院，《光绪淮安府志》在"阜宁县学校"条下，有："观海书
院，城内东南隅。初，康熙中，海防同知郎文煌以南门外废五通庙改
为观澜书院。未几，改为社学。乾隆中，知县李元奋以西门外紫阳庵
改为紫阳书院。四十年，知县阎循霬以其地湫溢，复于旧学宫故址
(即文煌所建观澜书院。时学宫未立，即其处举行秋祭)改设观海
书院。"

注　释

　　(1) 止：停止，不再前进的意思。

　　(2) 幞(fú)被：用包袱把衣服、被子等包起来。意为整理行装。
射湖：射阳湖。

　　(3) 滥窃：任意地窃得。滥：不加节制，任意。此处有自谦义。

　　(4) 皋(gāo)比：虎皮，古人坐虎皮讲学，后因以指讲席。

　　(5) "故人不可见"句：有小注："白海峰明府。"

　　(6) 恻恻(cè)：悲痛的样子。

　　(7) 胶漆：胶和漆，是两种最具黏性的东西，比喻情意投合，亲密

---

① 巍科：古代称科举考试名次在前者。

无间。

（8）蛮触争：化用成语"蛮触之争"，出自《庄子·则阳》，意思是在蜗牛两角的两个小国，因细小的缘故而引起争端。蛮：蛮氏；触：触氏。

（9）萍梗：化用成语"浮萍断梗"，比喻行踪如浮萍断梗一样，漂泊不定。

（10）更：改变，改换。

（11）广陵：广陵区，是江苏省扬州市下辖主城区。这里当代指淮安城。

（12）妖雾：不祥的云气，多喻指凶灾、祸乱。

（13）鸿毛轻：如大雁的毛一般轻，比喻毫无价值。鸿毛：大雁的毛。

评　析

在这首诗歌中，前六句交代了自己在观海书院的近况。"年老不知止，辛苦犹谋生"二句，是对自己境况的评点，人到老年，不知道休息，仍需辛苦地为生计而谋。话语中颇含酸辛，似不满于自己的这种状况。"襆被来射湖，滥窃师长名"二句写自己带上包裹来到射阳湖，当上了观海书院的老师。诗人实际上心态是复杂的，能够从事教书之职是一种荣幸，但毕竟是老而谋生，故难以排除辛酸之感，滥窃二字既是自谦，也是自嘲。"五载拥皋比，文字聊品评"二句写在讲堂上待了五年，同行们经常品评文字。更为具体地讲述观海书院文人的生活内容，即讲学和论诗谈道，文人本性使他将书院的文化生活当成安顿心灵的方式，不过一个聊字，仍然传递诗人的复杂心态，因为毕竟是苦于谋生。所以前六句在交代诗人自己的书院生活的同时，背后又传递出一种隐隐的心境不宁之感。"故人不可见"六句，笔墨转向周围的人,写出乱世中周围的人的变化,一些友人会离开书院,再难见到,也会有些人,过去如胶似漆,现在会为一些小事而起纷争。而这一切是因为世事的变化,故诗人叹道"人生如萍梗,万事浮云更"。"故人不可见"六句较为明显地带入了一种世事与人事的变化,也透露出诗人对于这种沧桑变化的伤痛感。

"中庭月色满,起视绕阶行。欲语寂无人,仰首天澄清"四句,笔墨从周围的人又转向自己,在庭中月色正明时,诗人绕阶行走,观看月亮,本想与人说话,但四顾无人,只得独自仰头看天色澄净。诗人以中庭的寂静无人和月色的皎洁澄清,反衬诗人形体之动和内心之动。"起""行""欲语""仰首"不仅是诗人外在行为,更反映诗人无法宁静之心。而且这种无法宁静不仅仅是月色引起的审美情绪,恐怕也有因世事引起的难以排遣的愤懑情绪。

"遥思广陵夜"到最后,揭示出诗人情绪郁结无法平静的根由,遥想曾经的城市,月色普照,军营宁静,而今祸乱骤起,何时能迅速平息,收复淮安三城呢?不过总的说来,烽烟渐渐平息,向南而望,心已不惊,也即南归已经能够实现。但是平乱之功是别人的,如果自己某一天有书信传递回家,可能会饿死,此实为轻于鸿毛。最后两句表达了对于军人献身疆场的称扬和对于书生无用的慨叹。到这里,我们终于体会了诗人全篇的情绪脉络。前半部分,诗人主要表达对自己境遇和周围人事变化的不满,后半部分则是表达世事纷乱,作为文人,百无一用,无法干预现实的愤懑。

徐登鳌的这首诗,真实反映了乱世中文人的真实境遇和心态。动乱社会,烽烟四起,谋生辛苦,友人难见,生如浮萍,诗人表达出了既对书院生活依赖珍惜,又不满足于这种老而谋生的生涯,既关切三城收复,又苦于无能参与的复杂的心态,个中人生体味,实难一语道尽。

留别荷芳书院(四首其一)

袁 枚

尚书官舍即平泉,手辟清江十亩烟。

池水绿添春雨后,门生来在百花前。

吟诗白傅贪风月,问字侯芭感岁年。

三日勾留千度醉,争教赋别不潸然。

作者简介

袁枚(1716—1797),字子才,号简斋、随园老人,钱塘(今浙江杭州)人。乾隆四年(1739)进士,授翰林院庶吉士。出知溧水、江宁、沭阳。年四十即辞官,在江宁小仓山下筑随园,吟咏其中,著述以终老。以诗文名于时,与赵翼、蒋士铨合称为"乾隆三大家"。有《小仓山房诗文集》《随园诗话》等著作30余种。

题 解

荷芳书院建于乾隆十五年,时任江南河道总督的高斌,为迎接乾隆皇帝第一次南巡阅河,特地在清晏园中莲池北岸构堂五楹,周遭皆游廊,奇石名花,随宜布置,以作为皇帝巡幸的行馆。然乾隆皇帝仅驻跸一次。为了奖励高斌的勤政劳绩,乾隆皇帝就将这所行宫赐给他作为沐休之所,高斌即名其曰"荷芳书院"。并请无锡著名书法家蒋衡(字拙存)题横匾,悬于大堂。高斌有《荷芳书院》一诗,题下注曰:"蒋拙存题额,取音河防之义。"据此可知"荷芳书院"除屋临荷塘一义外,还有一层意思,即居此休沐,不忘河防之责。此后历任河督也都除以此为休憩场所外,还在此接待上司巡察,召集僚属议事,处理河务事宜,决策治河方略。

按此诗题,当是袁枚一次来荷芳书院逗留,感于离别而作。

注 释

(1)尚书:指的是前任河道总督张鹏翮。张鹏翮(1649—1725),字运青,号宽宇,四川遂宁人,清代名臣。康熙九年(1670年)进士及第,历任浙江巡抚、两江总督、刑部尚书、户部尚书、兵部书社、文华殿大学士兼吏部尚书等要职。康熙三十九年(1700年),张鹏翮奉命赴清江浦治理河务,河署西有大小池若干,张鹏翮即命手下人将其连成一体,池中种莲,四周植柳,以湖石、亭轩点缀其间。官舍:官吏办事的场所和住宿的房舍。即:靠近,接近。平泉:即清晏园中莲池。

(2)手辟清江十亩烟:指张鹏翮来到清江浦,开辟十亩莲池之事。

(3)门生:求学之人。

(4)白傅:唐代诗人白居易。白居易曾任官太子少傅,故云白傅。

(5)问字:典出《汉书》卷八十七下"扬雄列传下"。汉扬雄校书天禄阁时,多识古文奇字,刘棻曾向扬雄学奇字。后来称从人受学或向人请教为"问字",亦称"问奇字"。侯芭:又名侯辅,西汉巨鹿人,著名文学家、哲学家扬雄的弟子,学习杨雄的《太玄》《法言》,并为杨雄守丧三年。

(6) 勾留:指逗留;挽留。千度:千回,千遍,极言次数多。

(7) 争教:怎教。赋别:吟诗道别。潸然:流泪的样子。

评 析

　　诗歌第一联交代前任河道总督张鹏翮驻节清江浦后,连接大小池水成莲花池的事情,"十亩"二字,见出荷芳书院所临莲花池之阔大。第二联描写荷芳书院春雨清新、池水添绿、百花盛开的美景,以及求学之人欣然而至、簇拥花前的情景。自然之美和人文之美尽显。第三联,写喜欢吟诗的白居易也贪恋风月,曾向扬雄问字的侯芭也会感叹年岁的逝去。通过典故,列举古人对诗文、美景、人生的贪念,实际是以白居易、侯芭等自比,会喜欢美景,也会担心岁月的流逝,同时表明自己对书院及人文传统的崇尚。最后一联写自己被邀请在此逗留了三日,喝醉过很多次。描述自己在这里的一段美好时光与不舍离别的情怀。诗歌由书院环境的缘起到现状,由书院的自然到人文,由书院中的古人到自己,谈古论今,思绪跳跃,而始终不离美好而欲沉醉其中不愿离开的情绪。

节孝书院

胡 琏

祠庙崇先礼，衣冠肃正儒。

苏湖高第业，淮海后生模。

孝谊神明悦，文章气节敷。

百年余柳菊，清馥满庭除。

作者简介

胡琏（1469—1542），字重器，号南津，南直隶淮安府沭阳县人。明弘治乙丑（1505 年）进士，以南京刑部郎中出为闽广二省兵备道，晋中丞、巡抚，历两京户部右侍郎。《山阳诗征》卷五录吴山夫语云："南津先生本籍潼阳，寄迹淮海，里居教授，经术湛深。……官广东兵备副使。……累官侍郎。"《柘塘脞录》："侍郎天性孝友，书法尤工，任兵备道时，剿贼以不杀为心，多所全活。卒年七十三。"胡琏博学多才，精通经史，兵备尤精，为我国学习和改进西方坚船利炮之先驱人物。晚年教授门徒，兼修国史，著有《南津诗集》行世。

题 解

节孝书院，为淮安著名书院之一。其前身是徐节孝祠。徐积

(1028—1103),北宋聋人教官,以节孝独行名世。政和六年(1116年),赐谥节孝处士。家乡人为其建"徐节孝祠",以示祀之。明景泰天顺间太守邱陵即其祠讲学,曰节孝书院,奉祀养士如旧。参见《淮之水,示门人马存》篇作者简介。

注 释

(1) 祠庙崇先礼:意思是节孝书院的前身是徐节孝祠,也是祭拜先贤的场所。祠庙:汉民族祭祀祖先或先贤的场所。崇先礼:尊崇祖先或先贤的礼仪。

(2) 衣冠:衣服和礼帽。肃:严肃、恭敬。正儒:真正尊崇礼教的读书人。

(3) 高第:经过考核,成绩优秀,名列前茅。

(4) 模:楷模。

(5) 孝谊:对长辈之孝,对朋友之谊。神明:神灵;神祇。悦:愉悦。

(6) 文章气节敷:意思是文章靠气节来润饰。气节:指人的志气和节操。敷:铺陈。

(7) 清馥(fù):清香。庭除:庭前阶下。

评 析

这首诗第一联写节孝书院的前身是徐节孝祠,作为祭祀祖先或先贤的场所,非常重视祭祀祖先或先贤之礼仪。这里的读书人崇尚穿戴整齐衣帽,显得肃穆庄正。写出节孝书院尊崇礼教,培养正儒的性质。第二联写节孝书院招收的是在苏湖一带属于成绩优异的学生。这里的学生多半会成为淮海一带后生的楷模。写出节孝书院教学质量之高，及优异的声名。第三联写节孝书院培养的学生具体的素质与价值取向，是突出的孝谊特征，和文章与人品气节合一的特性。最后一联写百年以来种了许多柳树和菊花，清香之气弥漫于庭前阶下。明写节孝书院的自然环境，实际暗喻书院美好的文化传承。

　　短短一首诗，通过对节孝书院崇先礼、正衣冠的描写，和对学生孝谊行为，文章气节的强调，突出书院对于儒家思想的弘扬，同时也表达了这种精神代代相传的特性。礼、孝、气节，彰显了节孝书院与众不同的特点，也是对于徐节孝其人的高尚德行、清正气节的表彰。诗题、诗歌内容、诗题背后的人物，皆统一于节孝这些字眼中。让我们感受到淮安对于儒学的崇扬和继承。

第六篇 名 寺

淮安是一座历史悠久的江北名城,也是一处著名的宗教圣地。堪称儒教、佛教、道教、基督教、伊斯兰教,五教齐全。出于政治或信仰上的需要,或通过官府的支持和资助,或由个人捐赠,淮安自古而来,修建有众多道观寺庙。仅就佛教而言,历史上,淮安地区曾经有大小佛寺数百座,还有"八大寺"、"八小寺"之说。可惜的是,由于历史、人为、自然等多方面因素,淮安地区的大小佛寺,无一完整保留至今。其他宗教建筑的命运也大致如此。如今,这些著名的道观寺庙或者仍以破损的方式存在着,或者随着城市文化建设,正在得到修缮和重现,或者仍安静地沉寂在文献材料中。耳熟能详者如惠济祠、天妃宫、金龙大王庙、慈云寺、淮渎庙、河神庙、清江浦清真寺、王家营清真寺、河下清真寺、龙兴万寿禅寺、文通塔,景会寺、开元寺、华严寺、广福寺等等。

这些宗教文化遗产作为传统文化的一部分,是十分珍贵的,它们对淮安的历史和文化也产生过非常重要的影响。这篇欲举几首,见出淮安寺庙的历史与现实。

清河慈云寺

曹烇年

一曲清流漾落晖，湿云浓护讲经扉。

闲花堕地僧慵扫，慈得游人香满衣。

作者简介

曹烇①年，生卒年不详，号霁岑，星子县（江西省九江市下辖的一个县）人。年少即潜心学业，沉溺吟咏。入太学，三试不中，后援例得两淮盐司差事。其间，耿直廉洁，拯灾悯民，士民赠以"政同晏范"匾额。又任江苏元和、宝山二县知县，深得巡抚林则徐器重。嘉庆二十五年（1820 年），曹烇年回到故里，时值岁饥，积极捐金散谷，以赈乡民。曹平生好游名山胜水，遍游燕赵齐鲁之地，熟谙各地风土人情，记之以诗。其诗风格沉雄，清新俊逸，跌宕风流。著有《霁岑诗集》。

题 解

慈云寺在清江大闸南岸，为淮安市区著名禅寺。慈云寺原名慈云庵，始建于明万历四十三年（1615 年）。清顺治十五年（1658 年），清世祖福临召当时住浙江武康报恩寺的名僧玉琳进京，对之慰劳优渥。

---

① 烇：音 kuǐ。

玉琳于万善殿举扬大法,不久被赐"大觉禅师"封号,后又晋封"大觉普济能仁国师",名闻一时。康熙十四年(1675年),已近垂暮之年的玉琳国师只身云游,投宿淮安府慈云寺,八月十日说偈跌坐而逝,为佛法作了最后一次布施。雍正十三年(1735年),清世宗以清江浦慈云庵为大觉圆寂之所,诏拨淮关银,置香火地,命内务大臣、淮关监督年希尧督建此寺,钦赐"慈云禅寺"匾额,改庵为寺,至乾隆四年(1739年)大功告成。民国七年(1918年),慈云寺大雄宝殿毁于火。寺庙从此日渐颓败。六十年代,被挪用为库房。院内仅存天王殿、藏经殿、国师殿及部分罗汉堂。1986年,江苏省人民政府批复同意慈云寺修复开放,列为省重点寺庙之一。

注 释

(1)清流:清澈的流水。这里指里运河。慈云寺即坐落在里运河畔。漾:飘动;晃动。落晖:夕阳;夕照。

(2)湿云(shī yún):湿度大的云。讲经:讲说佛教经典。扉(fēi):本义门扇,引申义为屋舍。

(3)闲花:野花,幽雅的花。堕地:落地。慵:懒。

评 析

诗歌第一句交代慈云寺的地理位置,及环境之美。慈云寺坐落在里运河畔,傍晚时分,落霞映照在水面,波光粼粼。第二句点出慈云寺本身的状态和性质,即慈云寺是讲说佛教经典的场所,此时正笼罩在厚湿的云团中。"湿云浓护"四字渲染出寺的幽深隐秘氛围。第三句"慈云寺花闲僧慵",这是在突出寺中的一派闲淡寂静状态,道出寺中一种出世气息。第四句虽写花香袭人,实质暗指佛法的馨香化入人心。整首诗诗句清新淡雅,闲静出尘,既揭示出寺的讲经特征,也描摹出慈云寺作为佛教寺庙特有的安详空寂氛围。言尽意远,极具禅意。

谒惠济祠

爱新觉罗·弘历(乾隆皇帝)

瑞气扶舆凤阁峨,金堤千载镇洪河。

黄流清汇安澜庆,楚舫吴艘利涉歌。

百越乡宁拓地远,六宗功著济人多。

彩舟稳渡慈颜豫,神贶欣叨默护呵。

作者简介

爱新觉罗·弘历(1711—1799),清朝第六位皇帝,入关之后的第四位皇帝。年号"乾隆",寓意"天道昌隆"。乾隆帝即位后,在政治上矫其祖宽父严之弊,实行"宽严相济"之策。整顿吏治,优待士人;经济上奖励垦荒,兴修水利;军事上完善了清朝对新疆和西藏等地区的管理;文化上编修了《四库全书》等大型文化典籍;外交上和周边属国友好往来,对西方则坚持"闭关锁国"。后期吏治败坏,弊政丛出,激化了社会矛盾。

题 解

谒(yè):拜见。惠济祠:位于淮阴区码头镇北二里许,紧靠运河、二河、张福河交汇处,是淮安市道教重要的祠庙之一。惠济祠始建于明朝正德年间,供奉泰山碧霞元君。清嘉靖初年,章圣皇太后取"给穷苦的人们以恩惠"之意,赐名惠济。后来,惠济祠又增设妈祖娘娘的神位。传说妈祖娘娘福河济运,非常灵验,因此惠济祠亦受到皇帝与朝臣的重视。康熙、乾隆皇帝都曾亲临祠下,虔诚进香。盛名之下,惠济祠一时香客如云,无与伦比。该诗于乾隆二十二年(1757年)春二月,乾隆第二次南巡时拜谒惠济祠而作。惠济祠内留有此诗文碑刻。

注 释

(1) 瑞气:泛指吉祥之气。扶舆:亦作"扶于""扶与",犹扶摇,盘旋升腾貌。凤阁:华丽的楼阁。峨:高、巍峨。

(2) 金堤千载镇洪河:有两层意思,一是建洪泽湖大堤石工墙以牢固堤坝事。二是指铁铸"九牛二虎一只鸡"以镇洪泽湖大堤之事。传说早期的洪泽湖风平浪静,后有妖龙兴风作浪,为害万端。老子即向玉帝上奏,玉帝派了两只老虎和十头水牛,与妖龙打斗,又派来大公鸡,见妖龙出现就打鸣,唤醒老虎和牛与妖龙斗。后老子炼丹得道,骑一头青牛升天而去留下九头牛、两只虎和一只鸡,保护洪泽湖不再遭灾。因为这个传说,康熙年间,洪泽湖大堤石工墙建成之时,用生铁铸造了九牛二虎一只鸡,分别安放在大堤险工地带,现有五尊铁牛保存下来,成了洪泽湖的景观之一。

(3) 黄流清汇:黄:黄河黄,清:淮河清。黄流清汇指惠济祠处于黄淮交汇之地。安澜:水波平静。

(4) 舫、艘:船只。利涉:顺利渡河。

(5) 百越:春秋战国时期,岭南称百越之地,大致相当于今天广东广西海南等地。乡宁:乡宁县,隶属于山西省临汾市,位于山西省西南端,临汾市西隅,吕梁山南端,西隔黄河与陕西为邻。拓地:开辟土地;扩充疆域。

（6）六宗：古所尊祀的六神。有天、地、春、夏、秋、冬和水、火、雷、风、山、泽等不同说法。功著：鲜明突出的功绩。济人：救助别人。

（7）彩舟：装饰华丽的船。慈颜：慈祥的面容。豫：欢喜,快乐。

（8）神贶（kuàng）：神灵的恩赐。叨：小声地私语。护呵：呵护,保佑。

评 析

诗歌第一联第一句点题,写惠济祠的状貌是楼阁华丽巍峨,祥瑞之气升腾。开头即以瑞气二字描摹惠济祠,有彰明其福佑四方之意。第二句既指洪泽湖固堤镇河,也指铁铸"九牛二虎一只鸡"以镇洪泽湖大堤之事。虽只一句,但道尽了多少年来淮安治河的艰辛历史,同时揭示了自己统领下治水方略之正确。第二联反映淮安水利交通现状,即通过各种办法治清浰黄,淮水得以安澜,南来北往的船只得以顺利渡河。第三联呼应诗题,从大处作笔,即从国家来说,疆域得以拓展,国力得以强盛,古所尊祀的六神功绩卓著,虔敬祭祀祈福起了很大作用。最后一联也为呼应诗题,但从近处着笔,也即淮安运河上舟船得以稳渡,依赖类似惠济祠中的诸神予以呵护。

乾隆皇帝写惠济祠,将其置于一个特定的背景,即淮安地处运河漕运要道,由于黄淮运交汇,连年水患,不仅危及运道,也殃及百姓,治河已经成为国家要务。经过多年努力,治河实绩显著,但仍然不能根治水患,故乾隆皇帝来到惠济祠,要"神贶欣叨默护河"。该诗虽写地方之祠,但思维之开阔,气象之恢弘,也非一般人之气度心胸。

附：背景资料补充

康熙年间是太平盛世,但淮阴境内的小清口之西段和王家营段的黄河、洪泽湖高家堰大堤皆多处决口,强行向北向东入海和向东南入江。康熙皇帝先后六次来到淮安察看水情,敲定治水大计。倾全国之力,筑堤建坝、开河造闸,治绩非常明显。乾隆年间,治水重臣继续采取多种措施治理黄淮和洪泽湖。乾隆皇帝南巡,先后六次来到淮安,视察治水工程,指授治水方略。乾隆十六年(1751年)二月,乾隆皇帝首次南巡至淮安时,看到淮城物阜民丰,而紧靠淮城的运河堤为土堤,大洪水时比较危险,于是下令户部拨帑,将淮安城西北的运河土堤改为石堤。此后乾隆五次南巡过淮安,各作有一首御制《阅淮安石堤诗》。乾隆皇帝《春日阅河堤》中四句:"石闸万年固,清江千里通。神尧复神禹,矢笔载鸿功。""石闸万年固,清江千里通",是对康乾治水实绩的肯定。"神尧复神禹,矢笔载鸿功",比康熙为尧,比自己为禹,是对祖孙二帝治水功绩的自我颂扬。本诗中"千载镇洪河"当指铁铸"九牛二虎一只鸡"以镇洪泽湖大堤之事。但康、乾治河实绩虽著,终不能根治水,仍需要"神贶欣叨默护呵"。

景会禅灯(存目)

杜 琳

山寺幽闲屿色横,一灯长共暮淮清。

云深细路依仙井,烟咽寒流听梵声。

木榻月来僧入定,石莎雨后鹤常耕。

尘劳未得频过从,署阁遥看佛火明。

作者简介、题解、注释、评析,皆参见"名城名镇篇"中杜琳《淮关八景》(八首)之一的《景会禅灯》。

文通塔

李挺秀

谁支瓦砾上于天？传说仙人自昔年。

多少废兴增太息，傍城依旧护朝烟。

作者简介

见"名园名宅篇"中《花朝前三日曲江楼雨中燕集分得七虞》的作者简介。

题 解

文通塔在大运河东岸勺湖公园内，原名尊胜塔，俗名叫敦煌塔。始建于唐中宗景龙二年（708年），高44米，13层。明崇祯二年（1629年）重修时因其旁有文通寺而改名为文通塔，此后又曾多次重修。现塔系砖结构，无梁柱，高23米，七层八面，每层各面皆设佛龛，内雕坐佛，是著名的风水塔，也是古城胜迹之一。

注 释

（1）瓦砾(lì)：指破碎的砖瓦。

（2）昔年：往年；从前。

（3）废兴：盛衰；兴亡。太息：叹息的意思。"太"通"叹"。

（4）朝烟：早晨的烟雾。

评　析

　　诗歌第一联意思是说，谁用瓦砾将文通塔建得如此高耸入云，传说中应该是很久以前仙人所建。该联用自问自答方法写出文通塔之高，年代之久。诗歌第二联第一句指向了文通塔兴废的曲折历史，明万历年间，溢水荡覆，因重修之（梅正芳《重修塔铭》）。清康熙八年（1668 年）山东郯城大地震时，文通塔仅余 2 层，后来重建时只修了 7 层。故诗人云，如此兴废，让历代无数人为之太息。第二联第二句是说文通塔依靠着城边，依然挺立在早晨的烟雾中。诗歌短短四句，写出了佛教古寺塔的悠久历史、坎坷命运及经久不息的生命力，引人遐思，余味无穷。

第七篇 淮安名人

悠悠长淮，孕育了淮安灿烂的古代文明；浩浩运河，贯通了南北文化的自然交融。这是一方深深积淀着人文底蕴的热土。这里先后诞生过"兴汉三杰"之一的淮阴侯韩信，汉武大帝"安车蒲轮"礼聘的文学家枚乘，扶困济危、义不图报的漂母，三国名士步骘，刘宋文学家鲍照，唐代诗人吉中孚、赵嘏，"苏门四学士"张耒，大画家龚开，抗金英雄梁红玉，抗倭状元沈坤，抗英民族英雄关天培，《西游记》作者吴承恩，《老残游记》作者刘鹗，一代名医吴鞠通，一代国学大师阎若璩、罗振玉，一代才女邱心如，一代京剧宗师王瑶卿、周信芳，一代伟人周恩来……。他们皆为淮水所哺育，亦为淮安人的骄傲。而且淮安许多名人，或自己留下过诗作，或存在于别人的诗作中，这里即以诗为载体，选择部分名人，予以介绍，亦可使淮安一些名人的历史影像得以重现。

行行重行行

枚 乘

行行重行行，与君生别离。

相去万余里，各在天一涯。

道路阻且长，会面安可知。

胡马嘶①北风，越鸟巢南枝。

相去日已远，衣带日已缓。

浮云蔽白日，游子不顾返。

思君令人老，岁月忽已晚。

弃捐勿复道，努力加餐饭。

作者简介

枚乘(? —前 140)，字叔，今江苏省淮安市淮安区人。西汉辞赋家，先在广陵吴王刘濞官中当文学侍从，得知吴王欲谋反，上书劝阻，不从，便离去。投奔梁孝王刘武，颇受尊重。吴亡，景帝时，拜为弘农都尉，因非其所好，以病去官。武帝即位后，钦慕他的文名，以"安车

---

① 嘶：《文选》作"依"。

蒲轮"①征之，因年老，死于途中。《汉书·艺文志》录"枚乘赋九篇"。《七发》是其代表作。该赋主旨是：戒膏粱子弟，对沉湎酒食者作了讽刺劝诫，是治骄奢淫逸者的良方。在艺术手法上，上承楚辞铺陈传统，下开汉代散体大赋体制。在文学史上极有影响，仿作很多，如张衡的《七辨》、曹植的《七启》等，被后人称之为"七体"。枚乘有庶子枚皋，亦为有名的汉赋作家。

关于《古诗十九首》的作者和时代有多种说法，《行行重行行》，《玉台新咏》题为汉枚乘作，后人亦多疑其不确。

此篇旨在记录淮安名人、汉赋大家枚乘。

题　解

行行重行行：意思是说行而不止。行行：言其远，重(chóng)：又。重行行：极言其远，兼有久远之意，不仅指空间，也指时间。"行行重行行"，以复沓的声调，迟缓的节奏，疲惫的步伐，写出因劳役，或因战争行走路上的人的痛苦伤感，给人以沉重的压抑感。

注　释

(1) 生别离：活生生地分离。

(2) 相去：相距，相离。

(3) 涯：边际。

(4) 阻：艰险。

---

① 安车蒲轮：让被征请者坐在安车上，并用蒲叶包着车轮，以便行驶时车身更为安稳。表示皇帝对贤能者的优待。东汉·班固《汉书·武帝纪》："遣使者安车蒲轮，束帛加璧，征鲁申公。"

（5）胡马：北方所产的马。

（6）越鸟：南方所产的鸟。"胡马嘶北风，越鸟巢南枝"，喻眷恋故乡。

（7）缓：宽松。"衣带日已缓"句意即：人因相思而躯体消瘦，衣带日益显宽。

（8）蔽：遮，挡。

（9）顾反：顾：眷念，顾及。反：同"返"，返回，回家。

（10）老：并非实指年龄，而指消瘦的体貌和忧伤的心情。身心憔悴，有似衰老。

（11）晚：一个时期的后段，这里暗喻青春已逝。

（12）弃捐：抛弃。道：用言语表示。"弃捐勿复道，努力加餐饭"两句意即：这些都丢开不必再说了，只希望自己能保重自己，以待后日相会。

评　析

"行行重行行"，首句五字，连叠四个"行"字，以一"重"字绾结，极言其远，不仅指空间之远，也指时间之久远。以复沓的声调，渲染出夫妻远别的痛苦伤感的氛围。"与君生别离"中的"君"，当指女主人公的丈夫，这是一句直白的呼喊，传递或因劳役，或因战争，夫妻生生分离的苦痛情绪。"相去万余里，各在天一涯"，较为具体地标示出夫妻二人之间的距离之远，是相隔万里，是各在天一涯。距离如此遥远，相见实在太难。故接下来诗歌直接抒情："道路阻且长，会面安可知。"其实不仅是路途遥远，关山迢递，更加上战争频仍，社会动乱，才会生离犹如死别，当然也就相见难期。诗歌前六句追叙初别，着重描写路远相见之难。

诗歌第二部分着重刻画思妇相思之苦。"胡马""越鸟"二句是用比兴手法，意思是鸟兽尚且懂得依恋故乡，何况人呢？以鸟兽和人作比，一方面揣度游子思归的心理,同时暗喻思妇对远行君子归家的渴望。

"相去日已远,衣带日已缓",随着时间的飞驰,思妇的相思之情也愈来愈深切。"衣带日已缓"形象地刻画了思妇因思念而日益消瘦、衰老的情形。

"浮云蔽白日,游子不顾返",因为思念,有时也会产生一丝猜疑,日复一日,君不归家,是为他乡女子所迷惑,忘记了当初的誓约吗?正如浮云遮住了白日,明净的心灵也蒙上了一片云翳吗? 由思念引起的猜测疑虑心理,更反映出女主人公的苦痛之深。极度相思,故而使形容枯槁。所以诗人又直接宣泄道:"思君令人老,岁月忽已晚"。春秋代谢,相思又一年,在等待中,女主人公已青春逝去,身心憔悴,有迟暮之感。

但这样也不是个事,或许某天郎君还会回来呢,与其憔悴自弃,不如努力加餐,保重身体,留得青春容光,以待来日相会。故诗最后说:"弃捐勿复道,努力加餐饭"。至此,诗人以期待和聊以自慰的口吻,结束了她离乱相思的歌唱。

《行行重行行》是一首在东汉末年动荡岁月中的思夫诗,代表了当时古诗的艺术成就,细腻地刻画了一个妇女对离家远行的丈夫的深切思念。诗歌以女主人公的口吻,咏叹别离的痛苦、相隔的遥远和见面的艰难,她怀有对丈夫刻骨的相思,偶尔也会对丈夫产生猜忌,在饱受相思的折磨、心力憔悴的时候只能作自我宽解,希望自己能保重身体,留得青春容光,以待来日相会。诗歌以朴素自然又精炼生动的语言及比兴手法,将主人公的思念之情写得情感曲折,韵味深长,真所谓"情真、景真、事真、意真"(陈绎《诗谱》)。使人深为女主人公真挚痛苦的爱情呼唤所感动。

尽管这首诗歌是否为枚乘所作,并无定论,但毕竟此诗曾经冠上枚乘之名,亦可见枚乘在诗歌史上曾经被人认定的地位,故在此录之,也可记住枚乘之名。

题韩信庙

骆用卿

逐鹿中原汉力微，登坛频蹙楚军威。

足当蹑后犹分土，心已猜时尚解衣。

毕竟封侯符蒯彻，几曾握手到陈豨。

英魂漫洒荒山泪，秋草长陵久落晖。

作者简介

骆用卿，生卒年不详，字原忠，浙江余姚人。精通堪舆之术，为十三陵地址的主要选择者。正德戊辰（1508 年）进士。官兵部员外郎。工诗，《题韩信庙》被李梦阳推崇为"淮阴庙绝唱"。

题　解

韩信（前 231—前 196），汉族，淮阴（原江苏省淮阴县，今淮安市淮阴区）人，西汉开国功臣，中国历史上杰出的军事家，与萧何、张良并列为汉初三杰。韩信早年家贫，常从人寄食。秦末参加反秦斗争投奔项羽，未得到重用。萧何向刘邦保举韩信，刘邦拜韩信为大将军。在楚汉战争中，韩信发挥了卓越的军事才能。汉四年，韩信被拜为相国，率兵击齐，攻下临淄，并在潍水全歼龙且率领援齐的二十万楚军。于是,刘邦遣张良立韩信为齐王,次年十月,又命韩信会师垓下,围歼楚军,迫使项羽自刎。汉朝建立后解除兵权,韩信徙为楚王。被人告发谋反贬为淮阴侯,后吕后与相国萧何合谋,借口韩信谋反,将其骗入长乐宫中,斩于钟室,夷其三族。

韩信是中国军事思想"谋战"派代表人物,被后人奉为"兵仙""战神"。"王侯将相"韩信一人全任。"国士无双""功高无二,略不世出"是楚汉之时人们对韩信的评价。作为统帅,他率军出陈仓、定三秦、擒魏、破代、灭赵、降燕、伐齐,直至垓下全歼楚军,无一败绩,天下莫敢与之相争;作为军事理论家,他与张良整兵书,并著有兵法三篇。

韩信由于其卓越的功绩而受到后人的崇敬,因此,在全国各地都建有许多的韩信庙,许多文人拜谒过韩信庙并留下题咏,如唐代刘禹锡、罗隐、许浑、殷尧藩等都有《题韩信庙》诗。骆用卿的《题韩信庙》被李梦阳推崇为"淮阴庙绝唱"。

此篇旨在记录淮安名人、"兴汉三杰"之一的韩信。

注　释

（1）逐鹿中原:指群雄并起,争夺天下。逐:追赶;鹿:比喻帝位、政权。《史记·淮阴侯列传》:"秦失其鹿,天下共逐之。"汉力微:在楚汉战争初期汉王刘邦力量较弱。

（2）登坛:汉王刘邦择良日,设坛场,拜韩信为大将。频蹙(cù):皱眉。楚军威:项羽军队的威猛气势。

（3）足当蹑后犹分土:指刘邦玩弄权术封韩信为齐王一事。《史记·淮阴侯列传》:"韩信使者至,发书,汉王大怒,骂曰:'吾困于此,旦暮望若来佐我,乃欲自立为王!'张良、陈平蹑汉王足,因附耳语曰:'汉方不利,宁能禁信之王乎? 不如因而立,善遇之,使自为守。不然,变生。'汉王亦悟,因复骂曰:'大丈夫定诸侯,即为真王耳,何以假为！'乃遣张良往立信为齐王。"后以"蹑足"指刘邦玩弄权术封韩信为齐王一事。蹑：踩，跟着。"分土"：分封土地。

（4）心已猜时尚解衣：指刘邦对韩信心中猜忌，但表面上仍对韩信装作十分关心的样子。蒯通劝韩信叛汉时，韩信曰："汉王遇予甚厚，载我以其车，衣我以其衣，食我以其食。"

（5）毕竟封侯符蒯彻：意思是三分天下只是符合蒯彻之意。齐人蒯彻劝韩信背叛刘邦自立，与刘邦、项羽三分天下，鼎足而立；又劝韩信提防刘邦杀戮功臣，韩信不听。蒯（kuǎi）彻：即蒯通，范阳（今河北徐水北固镇）人，本名蒯彻，因为避汉武帝之讳而改为通。蒯通辩才无双，善于陈说利害，曾为韩信谋士，先后献灭齐之策和三分天下之计。韩信死后蒯通被刘邦捉拿后释放，后成为相国曹参的宾客。

（6）几曾握手到陈豨：这句意思是韩信也并没有和陈豨联手叛汉。几曾：何曾。握手：执手，拉手。古时在离别、会晤或有所嘱托时，皆以握手表示亲近或信任。陈豨（xī）（？—前195年），宛朐（今山东省菏泽市东明西南）人，秦汉之际汉王刘邦部将。陈豨在高祖七年（前200年）封代相时，进京觐见刘邦。因其过去是韩信的部将，故也去拜见了韩信。韩信引入密室对陈豨说："你今天能得此重任是因为得到皇帝的信任，但陛下生性多疑，若一人告你谋反陛下可能不信，若多人告你谋反，陛下必起疑心，恐怕你的灾祸就要临头了。若将来有一天你被逼谋反，我定在京城助你一臂之力。"高祖十年（前197年）七月，太上皇去世，刘邦派人召陈豨进京，陈豨以病重为由推托。九月，与王黄等人一同反叛，自立为代王，刘邦率兵亲征。其间，韩信以告病为由未随刘邦亲征，在京亦有疑似响应陈豨的举措，被手下人密告于吕后，吕后乃与萧何谋，骗韩信入宫，吕后令武士绑住他在长乐宫用锤子把他杀死了，并夷灭三族。高祖十二年冬，陈豨自己亦在灵丘被樊哙军所杀。

（7）"英魂漫洒荒山泪，秋草长陵久落晖"：该联是说韩信虽然冤屈被杀，刘邦的陵墓也早已长满秋草，在夕阳下显得一片荒凉。长陵：汉高阻刘邦的陵墓，在今陕西咸阳市东北。

评　析

　　该诗首联写韩信是在汉军力量微弱、楚军力量强大时，被拜为大将的，揭示出他的临危受命及对汉军的贡献。次联写韩信和刘邦的关系。韩信虽然善于谋天下，却拙于谋身，刘邦心里已经埋下了对他猜忌的种子，而他本人还对刘邦一味信任，导致日后被株连九族。这联既是对其死因进行揭示，也是对刘邦容不下忠臣的行为的批判。第三联，进一步为韩信洗去冤屈。回到历史，蒯通劝韩信叛汉而韩信不从，陈豨有叛汉行为时，他不参与，他是真正的忠臣。在此用有叛汉之心的两人，来反衬韩信的为人，说明他死得很冤。最后一联抒发感慨，韩信是英雄，死得冤枉，不过诡诈的刘邦的陵墓也早已长满秋草，在夕阳下显得尤为荒凉，由此表达对刘邦的嘲讽。该诗被推崇为"淮阴庙绝唱"，是因为诗歌对韩信的一生进行了客观的描写。关于韩信之死，其实有各种争议，有的认为，韩信死于谋反，罪有应得。有的认为，他的死是因为他功高盖主，刘邦畏忌他，故罗织罪名，除之而后快。有的认为祸起吕后，是她为日后篡权在扫清道路。这首诗歌通过诗句还给韩信一个清白的人生。他对于汉室有杰出贡献，他对于最高统治者极端忠心，他的死因主要是被最高统治者猜忌所致，他基本没有叛汉之心，因此该诗也适时地表达了对于刘邦统治集团的批判。

饮马长城窟行

陈 琳

饮马长城窟,水寒伤马骨。往谓长城吏,慎莫稽留太原卒。官作自有程,举筑谐汝声。男儿宁当格斗死,何能怫郁筑长城。长城何连连,连连三千里。边地多健少①,内舍多寡妇。作书与内舍:便嫁莫留住。善侍②新姑嫜,时时念我旧夫子。报书往边地,君今出言一何鄙! 身在祸难中,何为稽留他家子? 生男慎莫举,生女哺用脯。君不见长城下,死人骸骨相撑拄! 结发行事君,慊慊心意闲③。明知边地苦,贱妾何能久自全!

作者简介

陈琳(? —217 年),字孔璋,广陵射阳(今江苏淮安)人。东汉末年著名文学家,"建安七子"之一。汉灵帝末年,任大将军何进主簿。何进为诛宦官而召四方边将入京城洛阳,陈琳曾谏阻,但何进不纳,终于事败被杀。董卓肆恶洛阳,陈琳避难至冀州,入袁绍幕府。袁绍

---

① 少:《玉台新咏》作"儿"。
② 侍:《乐府诗集》作"事"。
③ 闲:《诗纪》作"关"。

失败后，陈琳为曹军俘获。曹操爱其才而不咎，署为司空军师祭酒，使与阮瑀同管记室，后又徙为丞相门下督。建安二十二年（217 年），与刘桢、应场、徐干等同染疫疾而亡。

据《隋书·经籍志》载，陈琳原有著作集十卷，已佚。明代张溥辑有《陈记室集》，收入《汉魏六朝百三家集》中。

题　解

饮马长城窟行：汉乐府旧题，相传古长城边有水窟，可供饮马，曲名由此而来。郦道元《水经注》："余至长城，其下有泉窟，可饮马。"行：古诗词的一种体裁。

此篇旨在记录淮安名人、"建安七子"之一的陈琳。

注　释

（1）长城吏：监管修筑长城的差吏。

（2）慎莫：恳请语气，千万不要。稽留：停留，迁延，指延长服役期限。太原：秦郡名，约在今山西省中部地区。卒：小兵。这句是役夫们对长城吏说的话。

（3）官作：官府的劳役。程：期限。

（4）筑：捣土用的杵。谐汝声：喊齐你们打夯的号子。"官作自有程"两句是长城吏不耐烦地回答太原卒们的话。

（5）宁当：宁愿，情愿。格斗：搏斗。

（6）怫（fú）郁：烦闷，心情不舒畅。

（7）连连：形容长而连绵不断的样子。

（8）健少：健壮的年轻人。

（9）内舍：指戍卒的家中。寡妇：这里指独守空闺的妇人。

（10）侍：侍奉。姑嫜（zhāng）：古代妻子对丈夫的母亲和父亲的称呼。

（11）旧夫子：旧日的丈夫。以上三句是役夫给家中妻子信中所说的话。

（12）报书：回信。

（13）鄙：粗野，浅薄，不通情理。这是役夫的妻子回答役夫的话。

（14）祸难：祸害，灾难。

（15）他家子：犹言别人家女子，这里指自己的妻子。"身在祸难中"两句是戍卒在解释他让妻子改嫁的苦衷。

（16）举：本义指古代给初生婴儿的洗沐礼，后世一般用为"抚养"之义。

（17）哺：喂养。脯：干肉，腊肉。

（18）撑拄：支架。骸骨相撑拄，谓死人很多。以上四句是化用秦时民谣："生男慎勿举，生女哺用脯，不见长城下，尸骸相支拄。"

（19）结发：指十五岁，古时女子十五岁开始用笄结发，表示成年。行：句中助词，如同现代汉语的"来"。

（20）慊慊（qiàn qiàn）：心不满足貌。这里指两地思念。

（21）久自全：长久地保全自己。以上四句是说，自从和你结婚以来，我就一直痛苦地关心着你。你在边地所受的苦楚我是明白的，如果你要死了，我自己又何必再长久地苟活下去呢？这是役夫的妻子回答役夫的话。

评　析

《饮马长城窟行》是陈琳诗歌的代表作，此诗用乐府旧题，以秦代统治者驱使百姓修筑长城的史实为背景，全篇采用对话的形式表现主人公的神态和心情。

此诗前半写役夫与长城吏的对话,从这一官一役的对话中,可以看出官家与役夫的尖锐矛盾。官家根本不顾役夫的痛苦与死活,役夫面对无尽的苦役,愤怒地呐喊,表达了被压迫、被奴役的人民对暴政强烈的不满情绪。

后半段"作书与内舍"至最后,写役夫与他妻子的书信往还,一方面是役夫清醒地认识到自己回家团聚是不可能的事,不忍心耽误妻子的青春,直白地劝妻子改嫁;另一方面是妻子的回答,对丈夫之言不能接受,并明确明誓:一旦知道他在边地死亡,自己不会独自长久地苟活。往返书信表现了古代下层夫妇忍辱负重、互相关心、至死不渝的伟大情操。

诗歌中借民歌点醒主题,封建时代,本重男轻女,如今生了男孩倒说不要去养活他,生女儿要用干肉(脯)去喂养她。谣谚一反常情,可见民愤之大。这种"生男慎勿举,生女哺用脯"的悲愤绝望情绪,曾使多少读者为之泪下。杜甫在《兵车行》中,就曾用"信知生男恶,反是生女好。生女犹得嫁比邻,生男埋没随百草。君不见,青海头,古来白骨无人收。新鬼烦冤旧鬼哭,天阴雨湿声啾啾"的诗句,来表达他对唐代天宝年间进行的不义战争的诅咒。究其渊源,显然是受了陈琳这首乐府诗的影响。

钟惺、谭元春《古诗归》中钟惺评:"'慎莫稽留太原卒',老杜歌行似此。'何能怫郁筑长城',怨甚。'生男慎莫举,生女哺用脯',使民愤至此,何以为国。"又云:"全是长短歌行,然径入唐人集中不得,中有妙理。"

陆时雍《古诗镜》:"轻剽矫捷,似不类建安体裁。剖衷沥血,剜骨椎心,遂作中唐鼻祖。"

王士祯《古诗选》:"曹子桓《燕歌行》、陈孔璋《饮马长城窟行》,皆唐作者之所本也。"

忆山阳(存目)

赵 嘏

家在枚皋旧宅边,竹轩晴与楚波连。

芰荷香绕垂鞭袖,杨柳风横弄笛船。

城碍十洲烟岛路,寺临千顷夕阳川。

可怜时节堪归去,花落猿啼又一年。

此篇旨在记录淮安名人、"倚楼诗人"赵嘏。作者简介、题解、注释、评析,皆参见"名城名镇篇"中赵嘏的《忆山阳》。

送归中丞使新罗

吉中孚

官称汉独坐，身是鲁诸生。

绝域通王制，穷天问水程。

岛中分万象，日处转双旌。

气积鱼龙窟，涛翻水浪声。

路长经岁去，海尽向山行。

复道殊方礼，人瞻汉使荣。

作者简介

吉中孚（730—788），字子猷。《新唐书》曰：楚州人。天宝末年曾寓居鄱阳，与卢纶为林泉之友。后还俗攻读，至长安，日与王侯高会，一时名满京都。与司空图、钱起、李端等被并称为"大历十才子"。其诗神骨清虚，吟咏高雅。建中元年（780 年）进士及第，授予万年尉。召入为秘书省校书郎，继登博学鸿词，为翰林学士。兴元元年（784 年），由司封郎中、知制诰擢为谏议大夫。贞元四年（788 年）为中书舍人、户部侍郎。其妻张氏，亦工诗，夫妻同时以诗名。《新唐书·艺文志》曾录《吉中孚诗》一卷，已散佚。仅存诗一首。

题　解

归中丞：即归崇敬（712—799），字正礼，吴县（今江苏苏州）人。天宝中，举"博通坟典"科，对策第一，迁四门博士。授左拾遗，累迁工部尚书，卒赠左仆射，谥宣。使：出使。新罗：朝鲜古国名。唐代宗永秦元年（公元 765 年）朝鲜半岛上的新罗国景德王卒，惠恭王继位。代宗于大历元年（公元 766 年）派遣御史中丞归崇敬赴新罗充任吊祭、册立使者。该诗为吉中孚送别好友出使新罗之作。

此篇旨在记录淮安名人、"大历十才子"之一的吉中孚。

注　释

（1）官称：人的头衔。独坐：为御史中丞别名。独坐原指一个人坐着，亦谓骄贵无匹。《后汉书·宣秉传》："光武特诏御史中丞与司隶校尉、尚书令会同并专席而坐，故京师号曰'三独坐'。"唐人因《后汉书·宣秉传》中"三独坐"之事，遂以"独坐"为御史中丞别名。诗句意指归中丞的官称是自汉以来的独坐之谓。

（2）诸生：古代经考试录取而进入中央、府、州、县各级学校，包括太学学习的生员。生员有增生、附生、廪生、例生等，统称诸生。该句意指归崇敬出身太学儒生。

（3）绝域：极远之地。王制：《王制》出自《礼记》，指古代君主治理天下的规章制度，内容涉及封国、职官、爵禄、祭祀、葬丧、刑罚、建立成邑、选拔官吏以及学校教育等方面的制度。"绝域通王制"一句，是说新罗这个僻远之地，也接受、运用着汉家的制度。

（4）万象：宇宙间一切事物或景象。

（5）日处：日出处。双旌：唐代节度领刺史者出行时的仪仗。

（6）复道：宫中楼阁相通，上下有道，故曰复道。新罗国是唐朝蕃国,此处言复道,有指唐朝和新罗的上下国关系之意。殊方:异域。

评　析

　　这首诗歌类似一首叙事诗,也是一篇别具风格的送别佳作。诗歌第一联"汉独坐""鲁诸生",道出其好友归中丞身份之荣显,御命使臣地位之骄贵,表达出一种作为友人的敬慕和骄傲。"绝域通王制"一联主要想象归中丞要出使的新罗之绝域位置、水路岛国特点,揭示出新罗之于大唐的臣属关系及地理位置之遥远。"岛中分万象"一联,描述了新罗作为一个岛国,国内地理形势变化万千,同时也描述了大唐使臣归中丞到达新罗后仪仗队在海上的显赫阵势。这实际也是诗人对一个并不熟悉的异域和大唐使者进入异域时的仪仗阵势的想象。"气积鱼龙窟"四句,写唐使归中丞所经行的大海之中,鱼龙之窟有气郁积,波浪翻涌,涛声震天,道路漫长,需要经岁,海尽处,还需翻山越岭。具体而微,描摹了想象中的唐使归中丞一路所经海路、陆路的遥远艰险,由此让我们深刻体会到了使臣们跋涉的艰辛。"复道殊方礼"一联,意即新罗国与大唐王朝,作为不同国度,应该有不同的仪礼,诗人不禁猜想,在新罗,人们能看到汉使,大约也会以一睹汉使的风采为荣吧。

　　诗歌较为详尽地描写了唐使归中丞从起程,直至到达目的地的全过程。反映了当时新罗王室得到唐朝的吊祭、册立是一件重大的国事。揭示了新罗之于大唐的臣属关系,由此体现出疆域扩大之盛世大唐之历史史实。诗歌渗透出一种作为大唐子民的骄傲情绪。由于诗歌涉及异域,并以想象为主,故全篇充满着奇幻的色彩,这亦为该诗的一大特色。

淮之水,示门人马存

徐 积

　　君不见,淮之水,春风吹,春面洗。青熏衣,绿染指,渔不来,鸥不起。潋潋滟滟天尽头,只见孤帆不见舟。斜阳欲落未落处,尽是人间今古愁。今古愁兮将奈何? 莫使骚人闻棹歌。我曹自是浩歌客,笑声酒面春风和。

作者简介

　　徐积(1028—1103),北宋聋人教官。字仲车,楚州山阳(今江苏省淮安市淮安区)人。治平四年(1067)进士,历官楚州教授和州防御推官,改宣德郎监中岳庙。以节孝独行名世。徐积三岁父殁,每旦,哭甚哀。母使读《孝经》,辄流涕。事母尽孝,朝夕冠带定省。年四十,不婚不仕。不婚者,恐异姓不能尽心于母也;不仕者,恐一日去其亲也。乡人勉之就举,遂偕母之京师。既登第,未调官而母亡,遂不复仕。政和六年(1116 年),赐谥“节孝处士”。家乡人为其建“徐节孝祠”,以示祀之。《光绪淮安府志》:“节孝书院,三里塘,明天顺中建。”明景泰天顺间太守邱陵即其祠讲学,曰节孝书院,奉祀养士如旧。现存《节孝先生文集》三十卷,附《语录》一卷、《事实》一卷。

题　解

示：把事物拿出来或指出来使别人知道。门人：门生、弟子、门客。马存（？—1096）字子才，乐平（今属江西）人。早年游太学，复从徐积学，寓楚州，卒业于其门。时士习新经，以穿凿放诞为高，存毫无所染，为文雄直。元佑三年，应进士试，考官苏轼甚为赏识，以第四人中第，京师竞传其文。授镇南节度推官。再调越州观察推官。绍圣三年，卒于官。马存诗亦多豪语，尝作《浩斋歌》，费衮谓其有"雕刻工多，意随语尽"之弊（《梁溪漫志》卷七）。金代王若虚批评其《子长游》一文"驰骋放肆，率皆长语"，辞多浮夸（《文辨》）。《直斋书录解题》卷十七录有《马子才集》八卷（马廷鸾《题察判学士家集后》称十一卷），今已佚。《全宋诗》卷七百八十二存诗8首。事迹见《宋史翼》卷二十六，《宋诗纪事》卷三十二。这是诗人在淮水边，写给门人马存的一首诗。

此篇旨在记录淮安名人、"节孝处士"徐积。

注　释

（1）熏衣：熏衣草，多年生草本或小矮灌木，虽称为草，实际是一种紫蓝色小花。

（2）染指：将指甲染成某种颜色。

（3）潋潋滟滟：水光耀貌。

（4）骚人：狭义为多愁善感的诗人。泛指忧愁失意的文人。棹歌：指渔民在撑船、划船时候唱的渔歌。棹（zhào）：本义船桨。

（5）我曹：我们。浩歌：放声高歌，大声歌唱。《楚辞·九歌·少司命》："望美人兮未来，临风恍兮浩歌。"

（6）酒面：饮酒后的面色。和：和谐地跟着唱。

评 析

这首诗前面八句为三字句,首先点出时间,淮河正处在春的季节,春风和煦,春面如洗。其次描写淮水的颜色之深之绿,是青若熏衣草,绿能让手指染色。再次,写淮河是宁静而有生气。这里歇息着许多鸥鹭,当渔船驶过才会惊起。从而写出淮水之美和淮河中的自然生机。这几句诗人主要通过近观淮水之美表达一种欣悦之情。

接下来"潋潋滟滟天尽头"四句,放眼远处,由喜转愁,抒发人生短暂的愁绪。一方面,淮水浩淼,无尽流淌,延伸到天边,在水天交接处,隐隐约约看见白帆点点。一方面,傍晚时分,太阳欲落未落,这情景颇有亘古荒凉的意味,是很能让人感伤的,会让人产生自身渺小,人生短暂的情绪。这情景从古至今曾激发了多少诗人的愁绪啊。而自己,其实也和别人一样。所以诗人不禁慨叹"尽是人间今古愁"。

最后四句,诗人又刻意扭转自己情绪,扭转悲切之心,告诫自己要振作精神,一味咏叹愁绪又能怎样,干脆不要去听缠绵哀婉的渔歌。我们应该在春风里喝得醉意醺醺,并放声高歌。表达一种及时行乐的思想,和惬意情怀。

该诗朴实自然,既客观写出了淮水的美丽,也写出了面对淮水浩汤,人的情绪的一波三折。诗歌根据情绪的起伏结构全篇,而情绪的由抑到扬,也看出诗人善于自我调整的积极的处世心态。

淮阴阻雨

张 耒

樯竿日日春风转，渺渺孤舟数家县。

朝来雨暗隔淮村，白浪卷沙吹断岸。

渡头杨柳湿青青，桥下涓涓野水生。

满尺白鱼初受钓，断行孤雁故能鸣。

平生行止任迟速，篷底欠伸朝睡足。

从来江海有前约，老去尘埃无可欲。

晚天暖日生波光，桃杏家家半出墙。

春日春波好相待，短帆轻橹何须忙。

作者简介

张耒（1054—1114），字文潜，号柯山，淮阴人。北宋文学家。熙宁进士，历任临淮主簿、著作郎、史馆检讨。宋徽宗初，召为太常少卿。后被指为元祐党人，数遭贬谪，晚居陈州。为"苏门四学士"之一。诗歌平易流畅，对社会矛盾反映较多。也能词与文。著有《柯山集》《宛邱集》《张右史文集》等。词有《柯山诗余》。

题 解

根据诗题,当为诗人一次来淮遇雨时的所见所感。

此篇旨在记录淮安名人、"苏门四学士"之一的张耒。

注 释

(1)樯竿日日春风转:樯竿:船的桅杆。樯:帆船上挂风帆的桅杆,引申为帆船或帆。这句意思是,春风里淮阴道中天天有船只行驶。

(2)渺渺孤舟数家县:渺渺:形容悠远;久远。孤舟:孤独的船。这句意思是,一些孤独的船只,在悠远的烟波中驶过了数家县城。

(3)朝来雨暗隔淮村:这句意思是,一大早,天暗雨浓,淮村彼此相隔难望。

(4)白浪卷沙吹断岸:这句意思是,黄河浪涛携带着泥沙而来,冲断了一些堤岸。

(5)渡头杨柳湿青青:这句意思是,渡头的杨柳在雨中湿漉漉地泛着青色。

(6)桥下涓涓野水生:涓涓:细水缓流的样子。这句意思是,桥下娟娟细流,从各处汇聚而来,河水因此上涨。

(7)满尺白鱼初受钓:这句意思是,淮白鱼长到一尺左右,正好开始合适垂钓。

(8)断行孤雁故能鸣:故:所以,因此。这句意思是,大雁通常排成行而飞,因此,那些走丢的孤雁特别能鸣叫。

(9)平生行止任迟速:行止:犹言一举一动,行步止息。任:不论;无论。迟速:缓慢或迅速。这句意思是,平生举止行动快慢随意。

（10）篷底欠伸朝睡足：意思是，即使坐船漂泊在外，篷底局促，伸展不畅，也能将早觉睡足。

（11）从来江海有前约：这句意思是，古人惯有乘舟浮于江海之上的夙愿。《论语》中有"道不行，乘桴浮于海"。诗人自己也是。

（12）老去尘埃无可欲：尘埃：飞扬的灰土，亦指尘俗。这句意思是，自己年老了，已经没有什么世俗物质欲望。

（13）晚天暖日生波光：意思是，天已将晚，但一轮暖日仍在天空，映照在水面上，泛起粼粼波光。

（14）桃杏家家半出墙：意思是，家家种着桃树杏树，枝叶繁茂，从墙头探出。

（15）春日春波好相待：意思是，应该好好享用这美好的春光春波。

（16）短帆轻橹何须忙：意思是，驾着轻舟，何须再有急迫忙碌之心。

评　析

该诗前八句是描摹雨中淮阴的各种景物。抓住了淮安地处黄淮运交界处的地域、风物特点。这里是运河交通要道，所以，"樯竿日日春风转"。这里因为黄河经常泛滥，夺淮入海，导致堤坝冲毁，故云"白浪卷沙吹断岸"。这里的淮白鱼是天下一绝，最为鲜美，所以诗人说"满尺白鱼初受钓"。可以说诗人准确地描述了淮安的地理形胜、地方风物。"平生行止任迟速"四句直接表白自己一贯的追求自由自在，无所欲求的个性，这其实也是在表白一种虽然遇雨受阻，但对于淮阴地方自然景物风俗又欣然接受的态度。如果说前面十二句是渲染淮安雨中的自然风光，及自己随性而欣然接纳的态度，最后四句则是描写风雨停歇后的淮安自然风光及自己的心境。诗人通过"晚天暖日生波光"写出这里傍晚时分一抹暖阳之下波光粼粼的自然风光之宁静美好,通过"桃杏家家半出墙"写出城市人家日常生活之安适静谧,进而告诫自己要珍惜美好春光,不必为名利而劳碌,从而反映出在官场沉浮之后的一种彻悟。虽然诗题是淮阴阻雨,但通篇诗人没有任何不适情绪,反而重点描摹了淮安雨前雨后不同的自然风光,和自己对于不同自然风光的同样接纳的态度,体现了诗人随遇而安、雍容开阔的心境。原因是诗人与自然一贯有约,诗人也在这自然景色中越发悟到,不应辜负春光,不必为俗世太操劳。

题画瘦马

龚 开

一从云雾降天关，空尽先朝十二闲。

今日有谁怜骏骨，夕阳沙岸影如山。

作者简介

龚开（1222—1307），宋末元初画家。淮阴（今江苏省淮阴县）人。字圣予，号翠岩，少与陆秀夫[①]同居广陵幕府。景定中，在两淮制使司为官。宋亡，隐居吴中，以卖画为生，借绘画宣泄对元朝统治的愤怒和对前朝覆灭的遗恨，代表作有《瘦马图》等。元汤垕《画鉴》云："近世有龚圣予先生名开，身长八尺，硕大美髯。读书为文，能成一家法。画马专师曹霸，得神骏之意，但用笔颇粗，此为不足耳。人物亦师曹、韩，画山水师米元晖，梅菊花卉杂师古作。卷后必题诗赞或跋，皆新奇。"夏文彦《图绘宝鉴》："龚开，字圣予，号翠岩。淮阴人，宋景定间两淮制使司当官。作隶字极古，画山水师二米，画人马师曹霸，描法甚粗。尤喜作墨鬼、钟馗等画，怪怪奇奇，自出一家。"

---

① 陆秀夫（1236—1279），字君实，别号东江，楚州盐城长建里（今江苏省建湖县建阳镇）人。南宋左丞相，抗元名臣，与文天祥、张世杰并称为"宋末三杰"。崖山海战兵败，背着卫王赵昺赴海而死。时年四十四岁。

题 解

《题画瘦马》是诗人为自己所画瘦马而写的题画诗。《山阳诗征》于诗歌末句有小注"见汤垕《画鉴》",于诗下列吴山夫语云:"此卷,国初时在桐城方尔止处常携来,淮阴靳茶坡先生有和韵诗,载《渡河集》。今此画不知流转何地矣。"

《山阳诗征》于龚开《题山水》诗后录阮葵生《淮故》云:"龚圣予画马,世已无传。闻大内藏《名骏骨图》,云系高江村所献。孙退谷得其山水一卷,笔意极似大小米,极其潇洒。上题诗云云,小隶极高古。后有刘青田跋。"

此篇旨在记录淮安名人、瘦马画家龚开。

注 释

(1) 一从:自从。天关:天门。

(2) 空尽:竭尽;凋敝。

(3) 十二闲:周代驯养骏马的政教。《周礼·夏官·廋人》:"廋人掌十有二闲之政教。"廋人,即养马之官。周代有马的崇拜和对马的祭祀活动。廋人掌管驯养骏马的政教,以使马盛壮。

(4) 骏骨:骏马,良马,比喻贤才。

(5) 夕阳沙岸影如山:夕阳西下,投在沙丘上的影子像山一样。

评 析

该诗大意是,由于朝代变更,先朝驯养骏马的政教已经败坏,如今已经无人怜惜骏马,致使其随意流落,在夕阳下徒将自己投在沙上之影如山一般嶙峋。

诗歌运用了对比的手法，前两句写在先代，马的地位非常尊贵，是图腾崇拜的对象，被专门人员用专业方法精心驯养；后两句，转写现在之情景，时值今日，曾经的良马已经无人怜爱，流落到荒漠，骨瘦如柴。其实，这一题诗，龚开是将瘦马比作自己。诗人通过对骏马的"过去"和"现在"的境遇的对比，实际是在抒发兴亡遗恨，黍离之悲，通过诗人自己在易代之际境遇的变化，抒发了国家败亡，个人堪怜的命运。

秋兴二首(其二)

吴承恩

淮水风吹万柳斜,高楼飞燕识繁华。

波翻漂母投金地,海近仙人泛斗槎。

日观千樯通贡篚,云旌双郭引清笳。

明珠不博枚皋赋,尊酒茅堂岩桂花。

作者简介

吴承恩(1501—1582),字汝忠,号射阳山人。淮安府山阳县(今江苏省淮安市淮安区)人。以祖先聚居枞阳高甸(安徽桐城高甸),故称高甸吴氏。吴承恩生于一个由学官沦落为商人的家族,家境清贫,然自幼聪明过人。《淮安府志》记载吴承恩:"性敏而多慧,博极群书,为文下笔立成。"但科考不利,至中年才补上"岁贡生"。后流寓南京,长期靠卖文补贴家用。晚年出任长兴县丞,由于看不惯官场的黑暗,不久愤而辞官,贫老以终。博学,工诗文,以其科幻神魔小说《西游记》闻名世界。

题 解

秋兴:因秋而感发诗兴。大历元年(766 年)秋,杜甫在夔州时曾作一组七言律诗,曰《秋兴八首》。本诗为吴承恩所作《秋兴二首》其二。

此篇旨在记录淮安名人、《西游记》作者吴承恩。

注 释

(1)淮水风吹万柳斜:斜:不正。这句意思是淮河大堤上种植着许多供行旅之人和拉纤之人歇凉的柳树,因为野旷处风大,柳树往往斜向淮水水面。

(2)高楼飞燕识繁华:刘禹锡的《乌衣巷》以"旧时王谢堂前燕,飞入寻常百姓家",写繁华之衰落。故这句有翻案之意,意思是,这里高楼林立,一副繁华景象,翻飞的燕子,应该都能感受到这里的繁华。

(3)波翻漂母投金地:漂母投金:据《史记》卷九十二《淮阴侯列传》记载:"韩信为布衣时,从人寄食,人多厌之。后来信钓于城下,有一漂母见信饥,饭信,信谓漂母曰:'吾必有以重报母。'母怒曰:'大丈夫不能自食,吾哀王孙而进食,岂望报乎!汉五年正月,徙齐王信为楚王,都下邳。信至国,召所从食漂母,赐千金。"这句的意思是,一饭千金故事发生的地方波浪翻滚。

(4)海近仙人泛斗槎:犯斗,神话传说天河通海,有个住在海边的人,见年年八月海上木筏按期往来,便带粮乘筏,泛游至天河,见到牛郎织女。后以"犯斗"指登天。槎(chá):木筏。泛斗槎:指游仙、升天所乘的仙舟,也指远行所乘之舟。这句的意思是,这个地方有海,是仙人乘舟游仙、升天的地方。

(5)日观千樯通贡篚:樯,帆船上挂风帆的桅杆,引申为帆船或帆。贡篚(fěi):指贡物、贡品。篚:盛物的竹器。这句意思是每天可以看到运输皇粮贡品的千艘船只从这里经过。

(6)云旌双郭引清笳:云旌,多得像云一样的旗。郭,城外围着城的墙,泛指城市。清笳,谓凄清的胡笳声。这句的意思是,众多船只从城边经过时,船上旗帜如云,随风飘扬,胡笳声声,清脆悠长。

(7)明珠不博枚皋赋:明珠即指珍珠,比喻珍爱的人或美好珍贵的事物,也比喻忠良的人。博:多,广,大。枚皋赋:西汉辞赋家枚乘之子,有赋120篇,今不传。这句意思是明珠也比不上枚皋的赋珍贵众多。

(8)尊酒茅堂岩桂花:尊酒,犹杯酒。茅堂,草盖的屋舍。岩桂花,一种桂花的品种。这句意思是这里的人喜欢在秋桂飘香的季节,坐在茅屋中赏桂饮酒。

评 析

诗歌第一联的上句描摹出淮河上,清风吹拂,杨柳垂丝的美好画面。"万柳"二字,略带夸张,不仅写出柳树之多,也传递了运道之长与水运通畅的信息。第一联的下句为拟人手法,借飞燕识得繁华,写出高楼之多、之热闹。诗歌前两句渲染出本地整体的一种安宁富裕氛围。第二联借历史传说和典故,对本地区进行明确的地理位置交代,这是一饭千金故事发生的水乡,也是仙人乘舟游仙、升天的近海之地。第三联通过对船帆、云旌的描绘,进一步反映这里是繁忙热闹的南北通商之地。最后一联写这里的人文历史积淀和风俗习惯。他们既传承着像枚皋赋一类的历史文化,也热衷于现世中的美酒佳肴。总之,诗歌一方面写出了鼎盛时期淮安的高楼参差立、舟船千帆过的经济繁盛景象,另一方面也反映了淮安的人文特色和市民的情趣状态,诗歌如同一幅画卷,将特定繁盛时期淮安的经济、历史、地理、人文、风俗,甚至市民的情趣状态作了整体的素描。

自题画芦雁（九首）

边维祺

五绝其一

凉月白芦花，疏星夜耿耿。

篷窗人未眠，掠过孤飞影。

五绝其二

急雨打枯荷，凉风欺败苇。

嗟彼稻粱田，滞穗能余几。

五绝其三

皑皑沙洲积，芦丛压更多。

莫嗟寒更酷，塞北又如何。

五绝其四

鹅鸭争稻粱，雁兮尔应耻。

奋翮上青霄，江天净如此。

七绝其一

孤飞随意向天涯，却傍江湖觅浅沙。

恐有渔舟邻近岸，几回不敢宿芦花。

七绝其二

鸭嘴滩头几曲沙，栖鸿安稳似归家。

愁他风雪无遮护，多写洲前芦荻花。

七绝其三

秃毫扫苇乱鬅松，互渚回沙墨淡浓。

犹恐雁嫌秋冷落，胭脂滴滴点芙蓉。

七绝其四

是风是雪即蒙松，折苇寒波复几重。

慧业才人颇解否，雪滩鸿爪暂留踪。

七绝其五

带将秋影过湘潭，风景关河应早谙。

只道随阳已得地，那知冰雪满江南。

作者简介

　　边寿民(1684—1752)，原名边维祺，字寿民，又号苇间居士，增贡生。江苏山阳县(今江苏省淮安市淮安区)人。能书擅画，绘花卉、禽鱼、果品、茶具，无不佳妙，尤以泼墨芦雁驰名于江、淮间。为"扬州八怪"之一，和郑板桥、金农等人齐名。与时人陆立(竹民)、周振采(白民)并称"淮上三民"。传世作品有《芦雁图》册《芦雁图》轴。边寿民亦擅诗词，然散佚未刊，《苇间老人题画集》乃百年以后有心人从画本录出者，计诗 70 首，皆题画作，词 35 首，其中 17 题 17 首为题画。另 5 题 18 首非题画作。《苇间书屋词稿》系晚年某一时期的词稿，计词 27 首，其中 15 首为题画，12 首非题画作。两集之外散见于画面者尚有若干。

题　解

《山阳诗征》录吴揖堂语云："先生以画芦雁得名。前明吕纪画雁，羽毛暗有鳞甲；先生画雁，无鳞甲，各极其妙。其干墨画豆角菱藕瓶罍器具，水墨画花卉，无不佳妙，名播远近。一时名流造访求画者，无虚日。居城东，湖水一曲，蒲苇绿涨，一碧无际。苇间书屋数椽，前植高梧，列以奇石曲槛，蓄法书、名画、古鼎彝。慕之欲造未得入者，有如倪高士之清閟阁、云林堂焉。程水南先生为画《苇间图》，题咏甚多，《泼墨图》题咏尤多。犹记先生过水南，欲留先生宿，难之。水南言：'君肯留，愿夜书《古诗十九首》以赠。'先生遂留。辄书长卷，小楷精绝，后为卢雅雨所有。先生雅趣修洁，垂绅佩玉，缓步逍遥，望之飘然若仙。与同里周白任东涧、陆竹民、家山夫先生燕饮，往来尤密。不以诗名，而诗之题画有绝佳者。画与古昔边鸾、赵昌、钱选、王振鹏、吕纪允堪并传于世。先生诗多散失，得题芦雁绝句一帙，仅录数首以见一斑。"

《山阳诗征》有《自题画芦雁》四首五绝、六首七绝，兹选其中四首五绝、五首七绝析之。

此篇旨在记录淮安名人、"扬州八怪"之一的边寿民。

注　释

（1）滞：遗落。

（2）皑皑：洁白的样子。常用来形容雪和为雪所覆盖的事物。沙洲：江河里泥沙淤积成的小片陆地。

（3）奋翮（hé）：展翅，振羽。

（4）鸿：大雁。

（5）秃毫：脱毛的笔。髼（péng）松：头发松散的样子。这里指蓬松。

（6）渚：水中小块陆地。

（7）蒙松：迷茫貌。

（8）慧业才人，指有文学天才并与文字结为业缘的人。

（9）雪滩：覆盖着雪的沙滩。

（10）湘潭：湖南省重要的中心城市之一。

（11）关河：四塞（函谷关、武关、大散关、萧关）与渭河、黄河组成的关中地区。自西周起，历经秦、汉、唐等时期，中国的国都大多数的时候定在长安，关河借喻长安之意，象征着天下一统。

（12）随阳：意思是跟着太阳运行，指候鸟依季节而定行止。这里指大雁的南徙。唐代李冶《送阎伯均往江州》诗："唯有随阳雁，年年来去飞。"

评　析

"凉月白芦花"一首，着重写芦雁的凄清孤寂、形单影只。一轮凉月照在芦花上，稀疏的星星在天上泛着点点的亮光。窗内人儿尚未入眠，窗外不时有雁孤飞掠过。诗人以凉、疏，写出秋夜的凄清和环境的冷寂，以"孤飞影"揭示出凄清夜中雁的形单影只，孤寂无群。

"急雨打枯荷"一首，着重写孤雁的生存困境。此时，枯荷更遭急雨打，败苇更被风雨欺，尤其值得叹息的是那些稻粱，还能剩些什么在田里呢。这四句是由窗外掠过的孤雁之影想到孤雁的生存环境，并揭示出孤雁所处的是食物无存的糟糕环境。

"皑皑沙洲积"一首，进一步渲染孤雁所处环境之恶劣。沙洲上已经布满霜雪，芦苇丛上则更是霜雪严重，而且不要去感叹还有比这里更酷寒的地方，哪怕是塞北也不会比这里更寒冷。如此比较，也许有点夸张，但只为了进一步渲染这里环境的恶劣寒冷。

"鹅鸭争稻粱"一首,写芦雁的高洁不凡品节与高远志向。如果说鹅鸭去争吃零星剩下的稻粱,芦雁应该是耻于与它们争食的,它的志向是振翅上天,在那里有纯净的天空。

"孤飞随意向天涯"一首,写孤雁理想与现实的矛盾。本身雁拟孤飞向天涯,但是现实是残酷的,最终它们只能回到江湖边的沙渚上觅食。而且由于害怕渔舟会靠近岸边,它们很多时候不敢栖息在岸边芦花丛里。

"鸭嘴滩头几曲沙"一首,写鸭嘴沙渚上芦雁可以安稳地栖息,但是让人担忧的是,一旦这里有风雪便无所遮护,所以即使芦雁因害怕渔舟靠近不敢栖息在岸边芦花丛里,还是希望能多画一点洲前的芦荻花。这比无所遮护总要好一些。

"秃毫扫苇乱髯松"一首,描述自己所作的芦雁图及其绘画方法,即画苇要用脱毛的笔把其尾部之毛画的尽量蓬松,画沙渚,要通过或浓或淡之墨,画出其互渚回沙之感。因为要表现秋天的大雁,害怕秋天过于冷落,故特地点上胭脂色画点芙蓉花。这里不仅解释了画不同景物所用之不同画法,更传递出对笔下芦雁之深切关心。

"是风是雪即蒙松"一首,继续描述自己所作的芦雁图及其绘画方法,写如果画风画雨即要画出其朦胧之状,画苇需画出摧折之状,画寒波要画出其回旋之态,画大雁在雪滩上踏过的爪印要画出暂留的感觉。而"慧业才人颇解否"一句,则见出诗人非常希望自己所讲之芦雁图绘画技法能让人有所会心。

"带将秋影过湘潭"一首,写芦雁的行踪及其境遇。芦雁本身想往南飞,因为它们早就知道北方现在是冰天雪地,但当大雁逃离北方飞到南方,才意外发现,江南也是白雪皑皑一片。

边寿民所居苇间书屋,周围芦苇成片,往来候雁,会停憩于这里的苇间水际。他视往来栖止之雁如友朋,通过长期观察,他对雁的形体、动作、情态、习性,了如指掌,而且关怀呵护迥非寻常。故而每画芦雁,则下笔饱含深情,形成了以形写神、出神入化的绘画特色。而边寿民之诗也往往借物抒情,发抒心绪,以上这组《自题画芦雁》即体现这点。一首首题画诗,看似独立,又层次递进,表现了大雁在秋天环境渐趋恶劣时的生存状态和心理轨迹。秋冬之际,外在生存环境越来越恶劣,孤雁起初耻于争食,志在蓝天,但最终只能在沙渚安家,但这里其实又是不稳定的,会有风雪侵扰,会有渔舟捕获,欲飞往南方,但南方与北方一样,也是冰雪恶劣天气。诗歌可谓曲曲含情,所咏是雁是人,已经浑然莫辨,他将自身社会遭际、人生咏叹,赋予候雁。世态炎凉,人情险恶,何处是家,这既是飞雁心态,究其实际,又是饱经飘泊、忧患的边寿民自己的心态,因此边寿民画中诗中的雁,不仅人格化,而且社会化了。

作为题画诗,这些诗歌不仅呈现出一幅幅画面,而且还展示了很多独特的绘画技法,令人有如见其雁其画之感。

送关忠节公天培灵輀挽歌

丁　晏

　　呜呼人生孰无死，如公一死垂千秋。公今完节亦已矣，诸公后死徒含羞。男儿识得忠孝字，笑随老母归山邱。今夕是何夕，寒风砭骨凄深秋。烛龙晦蔽不敢照，浮云四翳纤阿收。三更逆落雨如注，鬼神饮泣天为愁。哀思只有士民送，如闻战马声啾啾。我来执绋一洒泪，萧萧白发嗟盈头。

作者简介

　　见前面"名湖篇"中《萧湖曲》的作者简介。

题　解

　　关忠节公天培：指关天培，在虎门要塞指挥将士抗击英军时壮烈殉国，朝廷追谥为忠节。灵輀(ér)：丧车，载运灵柩的车。挽歌：挽柩者所唱哀悼死者的歌。后泛指对死者悼念的诗歌或哀叹旧事物灭亡的文辞。

　　关天培(1781—1841 年)，字仲因，号滋圃，江苏山阳县(今江苏省淮安市淮安区)人，清朝著名爱国名将，民族英雄。历任把总、千总、守备、参将、副将、提督等要职。在任广东大清水师提督期间，全力支持民族英雄林则徐虎门销烟。

　　道光二十年(1840 年)九月,林则徐被撤职查办。广东地方官吏大多改持与侵华英军"和谈"的态度,而关天培却不为所动,仍然坚决主战。是年十二月初十,虎门要塞的沙角、大角炮台均被英军攻陷,守将陈连升等战死。关天培坐镇虎门,仅剩数百名将士随其坚守要塞。他多次向两广总督请援,时任两广总督的琦善仅遣兵二百进行敷衍。道光二十一年(1841 年)二月初六,英军对虎门要塞发动总攻。尽管守军低于对方数倍,面对英军猛攻,年逾六旬的关天培负伤亲自指挥,死守阵地,顽强抵抗。最终因援军未至,被枪弹击中,壮烈殉国。朝廷追谥为忠节,加封振威将军。守卫炮台的 400 多名将士,全部壮烈殉国。

　　此篇旨在记录淮安名人、民族英雄关天培。

注　释

　　(1) 完节:保持贞节;保全节操。亦已矣:也算可以了。

　　(2) 诸公:当指琦善等人。含羞:脸上带着害羞的神情。羞:感到耻辱,羞耻。

　　(3) 砭(biān)骨:刺入骨髓,形容使人感觉非常冷或疼痛非常剧烈。

　　(4) 烛龙:中国上古创世神之一。人面蛇身,口中衔烛,在西北无日之处照明于幽阴。传说他威力极大,睁眼时普天光明,即是白天;闭眼时天昏地暗,即是黑夜。晦蔽:谓受蒙蔽而昏暗。

　　(5) 翳(yì):用羽毛做的华盖;遮蔽、障蔽意。纤阿:汉族神话中御月运行之女神。

　　(6) 迸落:犹散落。

　　(7) 饮泣:泪流满面,极度悲哀。

（8）啾啾（jiū）：象声词，形容动物细小的叫声。

（9）执绋（fú）：谓丧葬时手执牵引灵柩的大绳以助行进。后泛指送葬。绋：拉柩的绳子。

（10）盈：充满。

评 析

诗歌开头两句为抒情，定性了关天培死得伟大，名垂千古，"公今完节亦已矣"两句，以关天培与琦善对比，说明琦善等在国难当前退缩当了卖国贼，是有羞于世之人，而关天培则是保全节操之人。"男儿识得忠孝字"两句，认为既然关天培是忠孝之人，故可以安心九泉。以上六句主要对关天培充满赞颂之情，因为他是完节之人、忠孝之人，故将能名垂千秋。这也是对中国传统士人的最高赞誉。

次六句主要描写出殡当日的天气，是寒风刺骨，太阳暗淡，浮云蔽天，月光被遮，大雨如注。诗人特地写出深秋时节关天培出殡这天天气之反常，实际是用借景抒情之法，营造出老天爷都在为之哭泣的伤心的气氛，衬托出诗人对关天培之死的悲哀与不忍。

最后四句主要写送行之人及其心情。前两句写悲哀送行的主要是士民，这显然在表达对当局的不满，而此时似乎听到一种战马之声，也反映出百姓对于关天培的支持及斗志。最后两句通过写自己洒泪送别和白发盈头情状，既写出对关天培的怀念，也表达了未能像关天培那样精忠报国的自责和嗟叹。

该诗表达出对关天培的明确的评价，即认为他是个完节忠孝之人，值得百姓怀念之人，是个死得伟大之人。同时表达了对一些投降卖国贼和当权者的批判，他们是会钉在历史耻辱架上的人。可谓既情谊浓厚，又政治态度鲜明。此外，诗人借此诗歌也传递出自己无法报国的失意情绪。

阁古古归里饮再彭宅酒酣听曲慨然赋诗用上韵

张养重

踪迹飘零遍九州，相逢今始倦遨游。

诗将得意吟先苦，曲到伤心泪暗流。

人影红灯高阁静，蛩声白露晚星秋。

酒酣惟觉生还乐，垂死无家莫谩愁。

作者简介

张养重(1617—1680)，字斗瞻，号虞山，又号虞山逸民、椰冠道人，山阳人，明崇祯间诸生。顺治十四年(1647年)与靳应升、阎修龄等人结望社，诗酒唱和。张养重一生，行走四方，登临凭吊，无不见之于诗。张养重诗，在当时和后世均得到过好评。丁晏《柘塘脞录》载：王渔洋至淮招名士为文酒之会，见张虞山，揖甫罢，曰："凤爱足下'南楼楚雨三更远，春水吴江一夜生'之句，平生如此好诗复有几?"丁晏在《柘塘脞录》中赞道："唐宋以后，吾乡诗人当以虞山为第一。"潘德舆《养一斋诗话》卷六赞道："吾乡诗人，入古人堂奥者，前推宛丘，后则虞山。"将其与北宋大诗人张耒并论。吴玉搢云："国朝初年，吾淮诗人林立，然必以虞山先生为冠。"张养重诗，邱象升曾编入《古调堂集》中，有康熙二十二年(1683年)刻本。《山阳诗征》卷十二入选51首，可见张养重诗之大略。

题　解

阎古古：阎尔梅(1603—1662)，字用卿，号古古，又号白耷山人，蹈东和尚。沛县人，崇祯举人，反清义士。诗有奇气，声调沉雄，有《白耷山人集》。阎尔梅常参与望社活动，与望社主要成员关系密切。再彭：阎修龄(1617—1687)，字再彭，号容庵，别号饮牛叟，为经学家阎若璩之父，山西太原人。详注见《寓崇福观雨夜怀茶坡》诗作者注。上韵：古代汉语的声调分平、上、去、入四声。该诗即为押上声韵。本诗为阎尔梅归里，望社成员在阎修龄家小集，诗人酒酣听曲，用上声韵慨然赋诗之作。

此篇旨在记录淮安名人、清初淮安诗人之冠张养重。

注　释

（1）蛩声(qióng shēng)：蟋蟀的鸣声。
（2）垂死：指临近死亡；谩(màn)：徒，空。

评　析

诗歌第一联意思是，一生飘零在外，游遍九州，朋友相见才发现，其实自己是多么厌倦远游啊，也更加明白，到处飘零不是自己所希望的生活。诗歌首联写乱世中朋友相逢之际，因为相聚的美好，反思了历年漂泊的艰辛，抒发倦游心情。张养重一生，行走四方，而望社中很多成员都是如此，现在阎古古又要归里，这联既是表达自己的心绪，也是在体会阎古古的心情。

第二联的意思是，诗写得好是因为体验到了生活之苦，曲子弹得伤心,是因为内心有泪。而为什么会有苦有泪,是因为国家正处于动荡时期,因为朋友们都处于四处飘零的境地。清代赵翼曾言:"国家不幸诗家幸,赋到沧桑诗便工。"这联意思也是如此。充满悖论的诗句既描摹出凄凉心境,也折射出苦难现实。诗人在这联中主要写聚会中朋友彼此交流各自的经历与感想,以苦、伤心、泪等词语,点染出国家和个人所经受的一切,反映了现实生活的艰险残酷。

第三联的意思是,夜深时,红灯映照下,虽然隐约还有人影,但是高楼已经一片寂静,白露节气已到,蟋蟀叫个不停,星星高悬在秋夜的天空。这联主要写朋友相聚倾吐完后,体会到周围的片刻宁静,获得暂时的心灵安顿。

第四联的意思是,只有醉酒后才因为自己活着而觉得快乐,临死无家也不徒然悲愁。这联主要用反语写几人刻意醉酒并刻意地沉湎于一种不清醒状态,因为只有这样,才会觉得活着是快乐的、垂死无家也不觉得凄苦。但是在乱世漂泊的背景下,伤心,愁闷真能随意排遣吗。言下之意,清醒时,愁闷是无边的难以排遣的。揭示出在这动乱年代漂泊,能活着特别不容易,但活着也是痛苦的,在外漂泊而至垂死无家,是无比可悲的。

诗歌侧重主观抒情,细致铺排了与友人重逢及情绪起伏的整个过程,强烈表达了对于国家亡乱、世事沧桑及个人飘零浮沉的深刻体会与无奈之感。飘零、倦、苦、伤心、泪、垂死无家、愁等词汇的堆积,使诗歌显得缠绵凄恻,苍凉哀怨。充分体现了望社诗歌的特点。

恰如《柘塘脞录》引邱南斋侍讲《古调堂集序》语云:"其(张养重)足迹所至半天下,凡忠孝节烈之墟,凭吊悲歌。至于友朋晦明,缠离凄恻,有古风人之致。"

寓崇福观雨夜怀茶坡

阎修龄

疾风三日吼，一雨遂连江。

古庙松根老，清钟夜半撞。

鼠窥寒灶瓮，虫响旅人窗。

赖有君诗好，愁心且暂降。

作者简介

阎修龄（1617—1687），字再彭，号容庵，别号饮牛叟，为经学家阎若璩之父，山西太原人。自其高祖时以盐商侨居山阳，家室盈富。明崇祯间诸生，入清不仕，隐居白马湖边，筑一蒲庵，结交同好，一时名流云集。丁晏《柘塘脞录》："先生沧桑后隐居白马湖，与同里茶坡、虞山诸人结望社相唱和，风雅之士一时翕集，如黄冈杜茶村、太原傅青主、南昌王于一、宁都魏冰叔、临清倪天章、徐州万年少、阎古古皆下榻相待，飞觞拈韵，为南北词流所宗，不减玉山雅集之盛，于世味泊如也。"即云阎修龄与同里靳应升、张养重等相善，顺治四年在里结望社。而客籍人士，如黄冈杜浚（茶村）、太原傅山（青主）、南昌王猷定（于一）、宁都魏叔子（冰叔）、临清倪之煌（天章）、徐州万寿祺（年少）、阎尔梅（古古）皆下榻相待。一生勤于创作，有《秋心》（与靳应升、张养重合撰）、《秋舫》《冬涉》《影阁》《江鸥亭词》等，皆不见传本。《山阳诗征》卷十选录其诗作 32 首,写景与赠答之作为多。李元庚称其诗"高洁无烟火气,不减储王"。

题 解

崇福观:道教胜地。茶坡:靳应升。顺治四年,阎修龄与同里靳应升、张养重等相善,在里结望社。

此篇旨在记录淮安名人、白马湖隐者阎修龄。

注 释

(1)灶:烧饭的灶台。瓮(wèng):一种盛水或酒等的陶器。

(2)赖:依仗。

评 析

诗歌第一联描摹寺庙外围环境,意思是,连续三日狂风劲吹之后,下了一夜的雨,遂使得江上成为茫茫一片。其中第二句取意王昌龄的《芙蓉楼送辛渐》"寒雨连江夜入吴"。第二联意思是,古庙中松树根已经很枯老,夜半时古钟会撞响,传出清澈的钟声。这联描摹寺庙内部环境气氛,营造出一种古旧寂寥的氛围。第三联主要写寺庙中的小生物,意思是,灶台上、酒器内皆清冷无物,老鼠犹在此寻找食物。在旅人的窗下,鸣虫叫个不休。写出小生物之令人烦扰,也写出该处所之长久无人。这首诗前三联借环境之荒破恶劣衬托漂泊之人烦躁不安的情绪。可以说所有的一切让诗人心绪不佳,诗人眼中,风是疾的,雨是大的,庙是古的,松根是老的,灶瓮寒偏有鼠在偷窥,旅行在外,睡眠不好,偏有虫子不息鸣叫,真是令诗人烦愁不止。在将诗人情绪降低到极点的时候，诗人以最后一联表达出情绪的反转：还好，幸亏有你的诗歌可读，暂且可让我把愁心放下。在这里，我们一方面可以看到一批以诗为生命的诗人的情怀，诗是他们的精神寄托与依赖，是他们灵魂的安顿所，是他们逃避现实的一种方式。但是，在那样一个时代，逃避只能是暂时的。故诗人说"愁心且暂降"。"暂降"二字颇为幸酸。可以想见，诗人的愁心只是暂时的平息，因为愁心真的是深重的。为何而愁？尽管诗人自己并没明说，但是我们知道，这正是世事引起的愁心。同时愁心也是点题之词。乱世之中，一段时间不见友人，内心总是不安的，因为人的生命在乱世中是脆弱的，难以保障的。

这首诗体现了望社诗人的典型情绪。

望社成员有大致相同的经历和情绪。他们曾有大好前程，但国难后，或弃官或弃举业，或反清无望后隐居乡里，组成望社，互相酬唱，以表达感时抚事的情绪。

由于望社为遗民诗人的集会，这批诗人无论是独自抒情，还是宴集酬唱，每每会表现出国家亡乱、世事沧桑及个人飘零浮沉的悲苦情绪，伤心、伤感、愁、泪、风雨是他们诗中的常见词。

送姚石甫大令之江苏二首(其二)

潘德舆

东南财赋区，富庶称在昔。

盐策近凋敝，水患况增剧。

昨日家报书，恶浪虑洪泽。

下流数百里，江湖恐已一。

闽海有神君①，幸莅我乡国。

我读所著书，字字已饥溺。

往勿客谠言，南邦资衽席。

作者简介

潘德舆(1785—1839)，字彦辅，一字四农，号养一。江苏山阳(今江苏省淮安市淮安区)车桥镇人。清代诗文家、文学评论家。有《养一斋集》传世，包括诗十卷，文十四卷，《念石子》一卷，《丧礼正俗》一卷，《诗话》十三卷，《词集》三卷，《札记》九卷。

《山阳诗征续编》中鲁一同诗后《遁庵丛笔》云："通甫(鲁一同)先生《类稿》风行海内。高紫峰师云：'吾乡诗伯断推潘、鲁，空轶前后，

---

① 有小注："君向为福建县令有政声。"

为国朝两大家。'"可见潘德舆在淮安诗坛的地位。

题 解

姚石甫：姚莹，字石甫，清朝著名史学家、文学家，安徽桐城人。从祖姚鼐，为桐城派古文主要创始人。姚莹于嘉庆十二年（1807 年）中举，次年为进士。曾游幕广东，在福建、江苏任州县地方官。道光十六年，升为高邮州知州，未赴任便调署淮南盐监掣同知。道光十八年任两淮都转盐运使。这首诗是诗人送姚莹赴江苏任所作。

此篇旨在记录淮安名人、著名诗论家潘德舆。

注 释

（1）盐策：征收盐税的政策法令。凋敝：衰败，破败。

（2）恶浪虑洪泽：黄河处于汛期，洪泽湖内恶浪击岸，令人担忧洪泽湖会溃堤。

（3）下流：向下流淌。

（4）一：成为一片。

（5）闽海有神君：这句诗有小注："君向为福建县令有政声"，意思是姚莹曾在福建有很好政绩。

（6）幸莅：敬辞，（地位高者）来到。

（6）所著书：姚莹的著作。

（7）饥溺（nì）：比喻生活痛苦。

（8）吝：吝惜，过份爱惜。谠（dǎng）言：正直、慷慨之言。

（9）衽（rèn）席：卧席，借指太平安居的生活。

评 析

"东南财赋区"四句写姚莹所奉命要来的江苏是国家财政收入的主要来源区域。过去一直富庶,但近来遭受双重打击,一方面是盐业衰败,另一方面是水患日益严重。"昨日家报书"四句,重点写自己接到家书,得知最近洪泽湖泄流,导致数百里皆成汪洋的情况。宋朝以后,黄河夺淮入海,淮河失去入海水道,在盱眙以东积水,原来的小湖扩大为洪泽湖。又因黄河挟沙,淮河下游不断淤垫造成湖底日升,湖水日涨,湖堤日高,使洪泽湖最终形成了一个"悬湖"。明清以来湖水全凭洪泽湖大堤作为屏障。每逢黄河汛期,河堤岌岌可危,川壅而溃,为患者屡矣。一旦湖堤大决,百里之间,万家被淹乃是常事。故"恶浪虑洪泽"三句,反映了洪泽湖的实际情况。

"闽海有神君"句原有小注:"君向为福建县令有政声。""闽海有神君"一联意思是姚莹曾在福建有很好政绩,江苏人如今应该感到幸运,有你莅临为政,江苏也应该有好的政绩吧。"我读所著书"一联,意思是姚莹是桐城派散文大家,读姚莹的著作,感受到他的文章字字涉及对民生痛苦的关注。"往勿吝谠言"一联:表达了自己对他的期待,到了江苏后不要吝惜正直之言,这里有待你使之成为平安之地。

这首诗首先表达了对姚莹去江苏的称赏。其次,也真实反映了淮安现实,即淮安正遭受着盐政凋敝和黄河泛滥成灾等双重打击。淮安是河道总督和漕运总督所在地,也是盐运分司所在地,盐业兴盛使在淮经营的盐商富甲一方,也促进了淮安的繁荣。但是由于盐政改革,使许多盐商纷纷倒闭,因盐商而兴起的楼堂馆所也凋敝衰败。同样,黄河连年泛滥成灾,这一方面是自然灾害,另一方面也与当权者治理不力有关。在这接二连三的灾难中,百姓的痛苦可想而知。尽管姚莹主要驻地在江南和仪征一带,但其负责的河工漕务、盐务与淮安有直接关联,也可以惠及淮安。所以这首诗歌,既是表达对姚莹到江苏负责河工盐务,解决问题惠及百姓的渴望,也是对那些直接管理淮安事务者的愿望。

潘德舆主要活动在鸦片战争爆发前的几十年间。这一阶段已度过了所谓康乾盛世,走向衰落。内则政事不修,吏治腐败,士风堕落,阶级矛盾白热化;外则西方资本主义侵略者气焰日益嚣张,已把触角伸入中国本土,这不仅预示着中华民族的危机,也进一步暴露了清王朝统治的腐朽与虚弱。这就是潘德舆所面对的现实。

从他个人来讲,他长期居乡,对现实的农村有深切的了解,又因乡试、会试之故,来往于江宁、淮安、北京之间,对官场、士风以及广大地域的民瘼,都有具体的感受。他的诗歌创作,则是他诗学思想的体现,有对士人不能用事的悲鸣,有对腐败政治下士气不振的批判,有对民生疾苦的同情,具有相当丰富的现实内容。

《柘塘脞录》言潘德舆:"工诗古文词,居郡城东车桥镇。高蹈雅怀,植品甚峻,诗才天授,下笔成章,茹古涵今,千汇万状。五言苍深沈郁,直逼少陵,而不袭其貌;歌行豪宕,律句遒亮,与虞山伯生抗行,李何诸子不及也。留心当世之务,每至酒酣耳热,慷慨论天下事,辄抚膺留(流)涕。感时抚事,一寓之于诗。"即潘德舆诗歌多感时抚事之作,这首诗于此也可见一斑。

寓怀六首(其五)

阮葵生

大雅久寥落,狂澜谁砥柱。

子云逞雄词,长卿多丽赋。

徒而事雕虫,戋戋费神虑。

昔我有先正,深心托毫素。

用以道性情,匪云摛月露。

古人不可作,但贻后生误。

悠悠筝笛耳,谁与贬其痼。

作者简介

阮葵生(1727—1789),字宝诚,号吾山,晚号安甫,清代淮安府山阳县人(今江苏淮安市淮安区),乾隆壬申科举人,辛巳会试以中正榜录用,以内阁中书入值军机处,历任监察御史、通政司参议、刑部右侍郎,是清代乾隆时期有成就的诗人、散文家和法学家。所撰《茶余客话》"记前型,搜逸事,考证典物,多有未经人道者",是近二百年来很有资料价值的笔记著述。诗文创作更是丰富,有《七录斋文钞》《七录斋诗钞》等存世。

题　解

寓怀即寄托情怀之意。此篇旨在记录淮安名人、《茶余客话》作者阮葵生。

注　释

(1)《大雅》：《诗经》二雅之一，共三十一篇。《诗大序》："雅者，正也，言王政之所由废兴也。政有小大，故有《小雅》焉，有《大雅》焉。"《雅》为周王畿内乐调。《大雅》多为西周王室贵族的作品，主要歌颂周王室祖先乃至武王、宣王等的功绩，有些诗篇也反映了厉王、幽王的暴虐昏乱及其统治危机。寥落：指稀疏，稀少，冷落。

(2)狂澜：指巨大而汹涌的波浪，比喻动荡不定的局势或猛烈的潮流；也可用来比喻剧烈的社会变动或大的动乱。砥柱：原为山名。因山在激流中矗立如柱，故名。后比喻能负重任、支危局的人或力量。

(3)子云：扬雄(公元前53年—公元18年)，字子云，汉赋大家。雄词：气势雄壮的词句。

(4)长卿：司马相如(约公元前179年—前118年)，字长卿，汉赋大家。丽赋：华丽的辞赋。

(5)徒而：徒然，白白地。雕虫：即雕虫小技，比喻微小的技能。

(6)戋戋(jiān)：少，细微。神虑：精神；心神。

(7)先正：指前代的贤臣；前代的君长等。

(8)毫素：毛笔和写字作画用的白色细绢，后泛称纸笔。

(9)道：用语言表示情意。

(10)匪：不，不是。摛(chī)：铺陈。月露：月光下的露滴。白居易《与元九书》批评南朝诗歌只会嘲风雪，弄花草。他认为《诗经》

中虽也写风雪花草，但皆有讽喻。故"用以道性情"一联意思是写月露是为了表达感愤之情，而非仅为铺陈月露。

（11）贻（yí）：遗留，留下。"古人不可作"一联意思是，自从古人以诗道性情之传统丢弃后，留给后来人很多问题。

（12）筝笛：用以弹拨与吹奏的乐器。

（13）痼（gù）：经久难治愈的病。"悠悠筝笛耳"一联的意思是，当别人弹出美妙的曲子的时候，有谁去指出其存在的问题呢。

评　析

这首诗可谓是论诗诗。前六句回顾诗歌历史，风雅传统已经寥落很久了，现在已无人能够扭转此危局。汉代扬雄、司马相如所写的辞赋，专事夸饰铺陈，华辞丽章，费神于此，已非风雅正途。这其实也是白居易在《与元九书》中所表达的思想。白居易认为，自从周衰秦兴，采诗官废，美刺比兴传统便日渐衰落。由此可见，诗人在前六句明确表达了对诗经美刺比兴风雅传统的崇尚，即认为诗歌应该能够质朴真实地反映现实，最终起到化下刺上的作用。接下来"昔我有先正"四句，是对家乡先贤的赞誉和怀念，即他们尚能够做到继承诗经传统，以诗歌抒发内心感愤，善于美刺比兴。写花草月露，非仅指花草月露，而是多有现实讽喻。最后"古人不可作"四句，话锋一转对当时诗人进行批评，现代人丢弃了古人以诗讽喻现实的传统，诗歌不再承继诗经时代的社会担当，诗坛一派华乐，有谁能揭示现代诗坛的问题呢。该诗由古及今，既有对中国诗歌风雅传统的评述，也有对当今诗坛的议论，其核心在于，希望诗歌继承并回归《诗经》"上以风化下，下以风刺上"的风雅正途，而非一味粉饰现实，这才是诗人的良知所在。

近世以来，时事纷杂，诗坛却风雅不兴，对社会危机视而不见，根本没有现实人生的关怀,起不到诗歌应有的作用。铭吾《读〈石遗室诗集〉呈石遗老人八十八韵》云:"有清一代间,论诗首渔洋。渔洋标神韵,雅颂不敢望。归愚主温厚,诗教非不臧。然或失而愚,字缺挟风霜。……诸公丁世乱,雅废诗将亡。"①意思是渔洋(王士禛)标神韵,与诗经中雅颂有很大差距,沈德潜归愚主温厚,但缺少风霜。意思是二者作为盛世之音,不主诗教,不能反映时代沧桑变化。而道咸之际,诗人身丁世乱,已经处在雅废诗亡之际。

对于诗道衰败的现象,阮葵生也怀着焦虑的心情,表现了文人的责任感,试图点醒更多的人去恢复诗经风雅传统。

---

① 石铭吾《读石遗室诗集呈石遗老人八十韵》,钱仲联编校《陈衍诗论合集》(上),第399页,福建人民出版社1999年版。

吴鞠通自京师归过访

阮钟瑗

故人声望重京畿，头白归来见令威。

睥睨贵人犹自若，经过华屋已全非。

心通灵素肱三折，手植桑榆拱十围。

话到丁年游钓处，夕阳休问旧乌衣①。

作者简介

阮钟瑗（1762—1831），字次玉，号定甫。嘉庆中岁贡生。父光典，以签运事遭家难，吃了官司，悒悒早逝，至使家产荡尽。阮钟瑗的幼年、童年就生活在"家道中落"的环境中，家族中祖辈阮学浩、伯叔辈阮葵生、阮芝生均为朝廷命官，家资富有。阮钟瑗牢记"君子固穷"的圣训，从不乞求施舍。他"少颖异，读书能究大义"，也热心地方公共事业。阮钟瑗能诗文，著有《修凝斋集》。《山阳艺文志》收录其著作多篇。

题 解

吴鞠通（1758—1836）：名瑭，字配珩。江苏省淮安市人，清代著

① 有小注："谓城西北沈宅已墟。"

名医学家。著有《温病条辩》《吴鞠通医案》《医医病书》三部医书。通晓温病,以擅治急性发热性疾病闻名于世。对内科杂病、妇科、儿科、针灸以及心理疗法等也颇有造诣。和汉张仲景比肩而立,并为我国中医药学史上的两大柱石,故有"伤寒宗仲景,温病有鞠通"之说。该诗为吴鞠通从京城回淮,诗人拜访后有感而作。

此篇旨在记录淮安名人、一代名医吴鞠通。

注　释

（1）京畿：国都及其附近的地区。

（2）令威：即丁令威,传说中的神仙名。晋陶潜《搜神后记·丁令威》："丁令威,本辽东人,学道于灵虚山。后化鹤归辽,集城门华表柱。时有少年,举弓欲射之。鹤乃飞,徘徊空中而言曰：'有鸟有鸟丁令威,去家千年今始归。城郭如故人民非,何不学仙冢累累。'遂高上冲天。"后用以比喻人世的变迁。本诗中"令威"可以理解为以"去家千年今始归"的令威代指长期旅居京城终得返乡的吴鞠通,也可以理解为指人世的变迁。

（3）睥睨(pì nì)：斜视。有厌恶、傲慢等意。

（4）灵素：指心地,胸臆。南朝梁江淹《伤友人赋》："友人之生,川岫降明,峻调迥韵,慧志聪情,倜傥远度,寂寥灵素。"唐司空图《二十四诗品·形容》："绝伫灵素,少回清真。"孙联奎释："灵素,心神也。"肱三折：《左传·定公十三年》："三折肱,知为良医。"后以"肱三折"比喻精于医术。沈昌直《赠董蓉生》诗："家世肱三折,文才笔一枝。"自注："君精医术,并喜为诗。"

（5）桑榆：桑树与榆树。拱：两手合围,常用来表达树木的粗细。十围：形容粗大。

（6）丁年：成年;壮年。

（7）夕阳休问旧乌衣：该句有小注"谓城西北沈宅已墟"。

评 析

　　诗歌第一联第一句点出吴鞠通声望满京城的地位；第二句写出吴鞠通离开家乡之久，及自京师归来后，老友相见，互相所感受到的人世变迁。第二联第一句写出吴鞠通睥睨贵人的独特个性依旧；第二句通过华屋已非，写出吴鞠通久违家乡，家乡已经不再是他记得的当年模样。第三联第一句写吴鞠通心有灵犀，精于医学，该句作者有弘扬家乡贤人之意；第二句通过桑榆十围写出他离开家乡之久。最后一联，通过他归来后发现，记忆中的年轻时游玩垂钓处的沈宅已成废墟，传递出物是人非之感。

　　寥寥几句诗，将吴鞠通的地位、术业专攻、个性、少小离家老大回后物是人非的沧桑之感写出。诗歌妙用典故，呈现深沉古雅特征。

卖耕牛

鲁一同

卖耕牛,耕牛鸣何哀!原头草尽不得食,牵牛踯躅屠门来。牛不能言但呜咽,屠人磨刀向牛说:"有田可耕汝当活,农夫死尽汝命绝。"旁观老子有幅巾,戒人食牛人怒嗔:"不见前村人食人!"

作者简介

鲁一同(1805—1862),字通甫,一字兰岑,江苏安东(今江苏涟水)人。清代道光、咸丰年间著名古文家、诗人。鲁一同生而颖悟过人,六岁通五音,稍长,工为古文辞。道光十五年(1835 年)举人,后屡试不第,转而研究经世之学。鲁一同具有中国知识分子传统的忧患意识,关心国事,留心时务,好为激切之言。他的政治见解,得到林则徐、曾国藩等当时很多知名人士的欣赏。太平军起,他曾协助清河县知事吴棠积极防御,并向清军将领江忠源出谋献策。鲁一同工诗善画,著有《通甫类稿》《通甫诗存》等。诗文具有深广的现实内容,全面反映了时代危机与时人的忧患意识。《清史稿·文苑传》言鲁一同:"为文务切世情,古茂峻厉,有杜牧、尹沫之风。"鲁一同的诗歌,清末著名文士李慈铭称赞说:"通甫诗气象雄阔,浩荡之势,独往独来,传之将来,足当诗史。"

题　解

1831 年，安东大灾，鲁一同根据大灾之年的所见所闻，写下了《卖耕牛》《拾遗骸》《拆屋作薪》《缚孤儿》《小车辚辚》等乐府诗。1833 年，鲁一同把这五首乐府诗合编为《荒年谣》。《卖耕牛》是其中之一首。

此篇旨在记录淮安名人、古文大家鲁一同。

注　释

(1) 踯躅(zhízhú)：徘徊不前的样子。

(2) "旁观"句：老子：犹言老夫，此称老年人。幅巾：即方巾，用来束头，是古代读书人的装束。本句意为旁观者中有个读书人装扮的老者。

(3) 戒：警告，劝戒。嗔：怒，生气。

评　析

诗歌表现了耕牛被屠的悲惨命运。前五句写牛无食物及面临被屠的哀戚惨状，"呜何哀""呜咽"等词汇，渲染出牛的悲哀与可怜。"屠人磨刀"三句则由牛的悲惨引申出人的悲惨。耕牛是农夫赖以为生的生产工具，农夫是不会轻易屠杀耕牛的。但是，一方面"原头草尽不得食"，牛已无草可食；另一方面，"有田可耕汝当活"，而现在无田可耕。更何况"农夫死尽汝命绝！"农夫都快要命绝了，耕牛又怎么能存活下去呢，故只能将牛卖到屠宰场。耕牛的命运令人悲哀，但面临快死尽的农民的命运更加悲哀。最后三句更是写出了惨不忍睹的事实,当一介老夫子不让杀牛时,人们怒斥:前村已经出现人食人现象了,食牛总强于食人吧。

这首诗通过宰杀耕牛过程中人与人的对话,层层递进,写出卖耕牛的原因,同时描绘了灾荒年间人食人的悲惨景象。揭示了鸦片战争前夕农业生产遭受破坏、农村经济极度凋敝的残酷现实。

鲁一同长期生活在农村,直接观察到农民生活的悲惨现状,对农民所遭受的天灾人祸有真切的体验,故在诗歌中作了真实深刻的反映。鲁一同家乡安东地区自1820年起,"十三年之间,灾居其六七"。1831年,安东大灾,"湖决于维扬,江涨于荆襄,连绕豫,迫皖桐。东南无干土,而京师乃望雨泽。"(《安东岁灾记叙》)鲁一同根据大灾之年的所见所闻,写下了《卖耕牛》《拾遗骸》《拆屋作薪》《缚孤儿》《小车辚辚》等乐府诗。1833年,鲁一同把这五首乐府诗合编为《荒年谣》。作者在《荒年谣》序中写道:"饥馑洊臻,疮痍日甚,闻见之际,恻焉伤怀,爰次其事,命为《荒年谣》,事皆征实,言通里俗,敢云言者无罪,然所陈者十之二三而已。"这五首诗继承了乐府诗的现实主义传统,以写实手法,记述农民田地被淹,原头草尽,宰杀耕牛,卖儿鬻女,拆屋作薪,为了活命不得不踏上逃荒路程的悲惨生活。描绘出了道光年间严重灾荒下人民在死亡线上挣扎的悲惨图景,寄托了诗人对劳动人民的深切同情。

和润臣

吴昆田

三日不相见，所思积万端。

相见亦何言，忧怀暂以宽。

惊风厉幽夜，揽衣发浩叹。

去住不可卜，五岳胸中攒。

朝起见得句，脱手飞弹丸。

尘浊赖荡涤，冰雪满肺肝。

青阳煦万汇，献媚争便姗。

非不知行乐，所遇成悲酸。

感子缠绵意，黍谷回春寒。

愿言矢金石，永以追古欢。

作者简介

吴昆田（1809—1882），原名吴大田，字云圃，号稼轩，清河（今江苏淮安清河）人。清代淮安诗人、方志学家。幼好读书，早年师从山阳高士魁，成人后又到车桥拜入潘德舆门下。道光甲午（1834 年）举人，官内阁中书，改刑部员外郎。吴昆田为官清廉，关心民瘼。为人处世重义气,乐善好施。晚年主讲崇实书院、奎文书院,善于提携后进。所著《漱六山房全集》,光绪十年出版,收诗四卷、札记二卷、《师友记》一卷。在老辈文人凋谢之后,吴昆田成为当时绩学名人。他主持或参与修纂的方志主要有:光绪十年《淮安府志》四十卷、同治十二年《清河县志再续编》二卷、光绪五年丙子《清河县志》二十六卷、光绪元年《安东县志》十五卷等。另于清光绪二十九年(1903 年)主修了《淮阴南清河吴氏宗谱》一卷。

吴昆田所作诗歌种类很多,即事、咏物、唱和、题赠、挽祭、送别,不一而足。此篇旨在记录淮安名人、"多关当世之故"的吴昆田。

题 解

润臣:叶名澧(1811—1859),字润臣,号翰源,湖北汉阳人。道光十七年(1837 年)举人。该诗为吴昆田与叶名澧的唱和之作。

注 释

(1) 万端:方法、头绪、形态等极多而纷繁。

(2) 宽:松缓。

(3) 厉:猛烈。

(4) 浩叹:指长叹,大声叹息。

(5) 去住:去留。卜:占卜。古代一种用火灼龟甲,观其裂纹以预测吉凶的迷信行为。

(6) 五岳:中国五大名山的总称。攒:积聚,积蓄。

(7) 得句:谓诗人觅得佳句。

(8) 脱手飞弹丸:化用了成语"脱手弹丸"。南朝梁沈约曾用谢朓"好诗圆美流转如弹丸"的话,来评王筠的诗。(见《南史·王筠传》)后因以"脱手弹丸"比喻作诗圆润精美、敏捷流畅。

（9）尘浊：犹言尘世。荡涤：指清洗。

（10）冰雪：形容心地纯净洁白或操守清正贞洁。肺肝：比喻内心。

（11）青阳：春天别称。煦：温暖。万汇：万物。

（12）献媚：为了讨好他人而做出某种姿态或举动；卑贱地讨好、恭维别人。便姗：衣服飘舞貌。

（13）悲酸：指悲痛辛酸。

（14）黍谷回春寒：翻用了词语"寒谷回春"。"寒谷回春"指寒冷贫瘠的山谷之地变得温暖富庶起来，也比喻生活、心情或其他事物由坏变好。

（15）愿言：思念殷切貌。矢：发誓立志。金石：比喻坚贞不渝的友情。

（16）古欢：意为往日的欢爱或情谊，借称旧好，老朋友。

评　析

"三日不相见"四句，写出了友朋间彼此感情的深厚，几日不见，便有万端之思，一旦见面并不需要说话，所有的忧怀便暂时得到了宽慰。但结合诗人所处的时代背景，可以理解，这"思"绝非仅仅指彼此的想念，还有对对方的担忧，对动荡生活的种种感触。第四句的"忧怀"更直接地说明了诗人们所受到的世事侵扰，这种由世事侵扰产生的情绪难以排遣，积淀在心底，唯有友朋见面能暂时忘却一下。"惊风厉幽夜"四句强调了现实的恶劣，以及由此引发的人内心的压抑。可以想见，惊风厉幽夜的风，绝不仅仅指自然之风，它也指向现世各种灾难激荡的恶风。所以诗人内心很难平静，难以入眠，揽衣浩叹。"去住不可卜，五岳胸中攒"，在这样的现实之下，人来去无定，如浮萍漂泊，故心中也因此郁积了越来越多的块垒。"朝起见得句"四句，写消解忧怀的办法，幸得彼此经常觅得佳句，在俗世中或许能荡涤心胸。保持心地纯净洁白或操守清正贞洁。"青阳煦万汇"四句，证实现实对人的困扰，现实生活中人人在争宠夺利，所见所遇俱为悲酸之事，根本行乐不起来。最后四句意为，也正是在这样的悲苦时代，才更加体会到对方的真情，朋友的深情厚谊，能让人有大地回春之感，从而诗人不禁抒发了自己的强烈情感和美好愿望，及希望彼此的友谊能如金石一样恒久。

整首诗歌，抒写了友朋间的深厚情谊，但显然，即使抒发人与人的情感，也是忧愤形于言色。诗歌反映了动荡现实下的人情交往，诗人情感起伏中折射出世事的沧桑。

徐嘉《遁庵丛笔》和高延第为之撰写的《墓志铭》中有同样的话："闻四方灾荒盗贼窃发，辄忧愤形于言色。所为诗文多关当世之故"。

吴昆田的一些即事感赋之作，因为多以悲风苦雨，灾荒遍布，世事艰难，民生疾苦为大背景，故他的诗歌总有忧愤形于言色，也因为置于充满悲情的大背景下，故诗歌也就是"多关当世之故"之作。

吴昆田常与友人往来唱和。动乱年代，自谋生计，各在一方，因为人世间不太平，故借诗歌表达对友朋的怀念、想念，也表达一份不安与担心，故诗歌尤为情深意真。《和润臣》诗即如此。

总之，吴昆田所为诗给人以"多关当世之故"之印象，不仅情深意真，且秉持写实态度。通过他的诗歌，我们可以了解当时之社会与人之种种现实。他也是淮安诗人的典型代表之一。

中国诗人的结社，古已有之，然而于明、清为烈。淮安也如此，兴起不少有名目的诗人社团。如：同人诗社、吟社、"山阳三诗吏"、"淮上三民"、拳勺吟社等等，一批志趣相投的文人，彼此招邀，择一雅处，小酌欢谈，并诗情迸发，唱酬成诗。

在淮安众多诗歌团体中，地位最突出，名气最大，最能代表淮安诗歌成就的是望社。

山阳李元庚在《望社姓氏考》中列淮安望社三十人，名单是：李挺秀、靳应升、张新栋、陈台孙、潘取临、陆求可、阎修龄、张养重、胡从中、张新标、张镇世、沃起龙、沃起凤、张玙若、马骏、邱象升、邱象随、徐转迅、倪之煌、阎若璩、李孙伟、郭为珙、嵇宗孟、黄申、陈谷俊、程涘、杨方、程淞、赵朗、卞为鲸。30人中，有兄弟、父子、叔侄，大多为山阳人。除此之外，另外还有一些客籍著名诗人，河滨李楷、黄岗杜浚、太原傅山、吴人蒋楛、徐州阎尔梅、万寿祺、歙人范良、萧山毛奇龄、钱塘胡介等很多人。他们参加过望社活动，可以说望社是一个很大的诗歌团体。

望社创立的时间应在清兵入关的1644年3月18日以后。丁晏《柘塘脞录》记阎修龄云："先生沧桑后隐居白马湖，与同里茶坡、虞山诸人结望社相唱和，风雅之士，一时翕集。""沧桑后"，即甲申（1644 年）鼎革后。李自成大顺军入主北京，崇祯皇帝自尽，明朝灭亡，史称甲申之变，又因清兵入关，引发一系列事变，百姓多所死伤，故也称甲申国难。

今人多将望社成立定位于 1647 年，由赵国璋编辑的《江苏艺文志·淮阴卷》云：阎修龄，字再彭，号容庵，别号饮牛叟……与同里靳应升、张养重等相善，顺治四年（1647 年）在里结望社。

望社成员有大致相同的经历和情绪。他们曾有大好前程，但国难后，或弃官或弃举业，或反清无望后隐居乡里。一些客籍人士则是因为避难居于此地。望社成员有共同的情怀，因为不想事清，所以曾经一起拒绝参加满清的科举考试。顺治二年，地方官促令淮安诸生参加乡试，张养重、阎修龄等 16人坚决抵制，半途逃回。后被革掉功名，有人几遭不测。此事有很多相关记载。

正是因为大家有共同的情怀，所以组成了望社，互相酬唱，以表达感时抚事的情绪。

李钟骏《望社姓氏考跋》言："吾淮靳（应升）、张（养重）诸老，与同志立望社，名几与吴中埒，高才宿学，多出其间。亦只里中人士风雨晨夕，饮酒赋诗，各抒其抑郁不平之气，以追古之作者，非有裁量人物、讥刺得失，故不致如娄东之遗祸。"所谓"风雨晨夕""抒其抑郁不平之气"，即指望社诸人在朝代更迭的动荡社会中，各自抒发亡国之郁愤。这种郁愤当是遗民诗人感喟眷念旧王朝、抗拒新王朝之郁愤。而"故不致如娄东之遗祸"，反映望社中人，不像吴娄东，因为屈于清廷，最后留下失节遗恨。①《山阳诗征》于李挺秀诗后引《柘塘脞录》："胡天放题其集云：'颖升，海内豪侠士。或遨游于山水之区，或流连于禾黍之地，感时触绪，发为咏歌，渊穆中寓深秀。'"所谓"流连于禾黍之地"，

---

① 吴娄东，指吴伟业（1609—1672），字骏公，号梅村，江苏太仓娄东人。清兵南下之后，长期隐居不仕，后慑于清廷淫威，于顺治十年（1653 年）九月被迫应诏北上。被授为秘书院侍讲，又升国子监祭酒。后对自己的屈节仕清极为歉疚痛悔，常借诗词以写哀。顺治十三年（1656 年）底，以丁忧南还，从此不复出仕。

《诗经·黍离》篇写东周大夫经过西周故都,看到长满禾黍,由此悲叹宫室宗庙的毁坏。后来常用"黍离"表示对国家昔盛今衰的痛惜伤感之情。这里即说李挺秀的诗歌也是遗民诗人流连故国感时伤怀之作。

陈凤雏《望社鸿爪录》认为:望社得名,应来自"朔望"的"望",即每月阴历 15 日为望日,诸君子定期活动。葛恒刚《望社创建时间及其文化意蕴》认为:"望"为月圆之日,最能表达恢复故土、重整山河之意。葛恒刚又认为:靳应升、张养重、阎修龄三人于丁亥之秋合刻《秋心集》。"秋心"即"愁"。《秋心集》包蕴了无限的故国之思,寄托了浓重的遗民情怀,是那个时代遗民诗人集体的呼声,具有重要的象征意义。

由于望社为遗民诗人的集社,这批诗人无论是独自抒情,还是宴集酬唱,每每会表现出国家亡乱、世事沧桑及个人飘零浮沉的悲苦情绪,伤心、伤感、愁、泪、风雨是他们诗中的常见词。

当然望社诗人的诗歌并不是只表达单一的生活、单一的情绪,更多的交游诗、怀古诗、山水诗、咏物诗的情绪并非永远沉郁。可以想见,这批诗人在频繁的山水游览、友朋往来中几乎忘却了一切,获得了暂时的心灵安顿,至少表面看来如此。但是,如上所论,望社诗人集中表达的一种易代之感伤,也是极其具有特色的。

后来由于许多元老相继谢世,又由于清政权的逐步稳定,多数社员逐步顺应潮流,取得功名,踏入仕途。望社的解散也就势在必然。

中秋前一夕招望社诸子集放生池

邱象升

北池入夜更幽妍，乘兴还移罨画船。

渔火塔灯分霁月，寺钟城角静霜天。

惠庄濠上闲情寄，嵇阮林间逸兴传。

莫漫便回兰桨去，依依欲伴渚鸥眠。

作者简介

邱象升（1629—1689），字曙戒，号南斋，清山阳人，邱象随兄，顺治十二年（1655 年）进士，善诗赋。其诗沉雄遒厚，卓然成家，有《南斋诗集》《邱曙戒诗》《桐园杂咏》《江淮集》《縠音集》《入燕集》《岭海集》《白云集》《草堂集》等，前两种尚存。王渔洋为邱象升作《墓志》云："公幼而聪警，日读书盈寸。乱后益发愤，读书旁及诗歌古文，皆有神解。与弟洗马象随齐名，号二邱。既病，犹校刊张养重、靳应升遗集。刻成，慨然曰：'乃今可报亡友于地下矣。'二集，亦各为之序。"也即邱象升和弟弟邱象随因精通诗赋，被人赞为"二邱"。二人皆笃于友情，曾校刊亡友张养重、靳应升遗集。

题　解

放生池：许多佛寺中都有的一个设施，一般为人工开凿的池塘，为体现佛教"慈悲为怀,体念众生"的心怀,让信徒将各种水生动物如鱼、龟等放养在这里。该诗是诗人在中秋前一天召集望社成员到放生池集会,有感而作。

注 释

（1）幽妍：幽雅美丽的意思。

（2）罨（Yǎn）画：色彩鲜明的绘画。

（3）霁月：雨后出现的明朗的月亮。霁：雨雪停止。

（4）霜天：深秋的天空。

（5）惠庄濠上闲情寄：惠施、庄子曾以"子非鱼焉知鱼之乐"之濠上之辩寄托闲情。

（6）嵇阮林间逸兴传：嵇康、阮籍等人曾在竹林之中,喝酒、纵歌,肆意酣畅,表达逸兴。

（7）兰桨：兰木做的桨。苏轼《前赤壁赋》曰："桂棹兮兰桨,击空明兮溯流光;渺渺兮予怀,望美人兮天一方。"

（8）渚：水中小块陆地。

评 析

诗歌首联点题,交代了望社一帮人集会的时间是夜晚,地点是北池即放生池,游览方式是乘坐画船。"幽妍"二字突出了放生池入夜后氛围之幽雅美好,乘兴移动画船,则反映了望社诸子极高的兴致。

颔联重点写一帮人坐在游船上所看到和听到的一切。放生池上渔火塔灯璀璨,似与皎洁月色争辉。城墙边上的寺庙传来的钟声,衬托得深秋的天空更加空阔安静。显然,此情此景,让诗人顿有置身世外之感。

　　颈联借用古人追求闲情逸兴的典故反映了望社中人此刻的闲情状态。在这景色中,诗人们突然有点忘乎所以,他们或进行言意之辩,或喝酒、纵歌,肆意酣畅。

　　尾联直接抒情,表达了因为景色之美因为兴致太高,不想立即回去,想继续游于自然之中的情绪。

　　诗人既通过放生池自然景色的描绘,写出人的兴致之所由,也通过典故写出文人接近自然的历史渊源,并且从表达当下游赏之愉悦,最终转为表达归于自然的愿望。在文字背后,我们也能体会到望社诗人受世事干扰,欲通过自然忘却现实的内心深处的复杂心绪。

第九篇　名菜

　　淮扬菜是中国汉族八大菜系之一,形成于淮安、扬州、镇江等地区。淮扬菜,始于春秋,兴于隋唐,盛于明清。总体来说,淮扬菜选料严谨,制作精细,追求本味,清鲜平和。

　　秦朝以后,《尚书·禹贡》中的"淮夷蠙珠①暨鱼",说的就是夏禹之时,淮河下游的部落居民已以蚌珠与鱼为贡品了。既以鱼为贡品,当与"淮夷"善于以鱼制作佳味有关吧。西汉时,淮安人枚乘写过一篇著名的辞赋《七发》,里面有一段吴客劝楚太子品尝天下美食的文字,"犓牛之腴,菜以笋蒲。肥狗之和,冒以山肤。楚苗之食,安胡之饭,抟之不解,一啜而散。于是使伊尹煎熬,易牙调和。熊蹯之臑,芍药之酱。薄耆之炙,鲜鲤之鲙。秋黄之苏,白露之茹。兰英之酒,酌以涤口。山梁之餐,豢豹之胎。小饭大歠,如汤沃雪。此亦天下之至美也,太子能强起尝之乎?"其中涉及的佳肴有笋蒲配小牛腹部的肥肉、石耳菜辅狗肉羹、楚苗山的稻米饭、炖熊掌调以芍药酱、烤兽脊肉薄片、脍鲜鲤鱼、烹野鸡、烹豹胎、佐以秋蔬等等。而笋蒲、鲜鲤等多半指

① 蠙(pín)珠:珍珠。蠙:蚌。

淮扬菜肴。

魏晋南北朝时期,有关白鱼、鳝鱼菜肴的记述多了起来,如《齐民要术》中,就记有"酿炙白鱼",这里的"白鱼"未明言产地,但估计有可能产于淮河,且"酿炙白鱼"中的白鱼是"长二尺",有可能就是"淮白鱼"。

到了宋代,杨万里、曾几等人写过淮白鱼诗,曾几更是直接写淮安盱眙的淮白鱼。

明清时期,淮安对淮扬菜发扬光大更是做出了贡献。当时清晏园为总督行辕。据说清晏园内的理河厅曾设过从辰时到夜半没有终止的宴席。作家高阳在《古今食事》"河工与盐商"一章中,曾详尽说明淮扬菜源自淮安,淮扬菜的形成与河道总督的豪奢饮宴有密切关系。

同府而治的漕运总督,常与河道总督你邀我请,争奇斗法。于是淮安各大官署衙门的厨师们求新求异,博采兼容,淮安成了集南北的美食和烹饪技术之长的实验场。康熙《淮安府志》卷二载:"涉江以北,宴会珍错之盛,淮安为最。民间或延贵客,陈设方丈,伎乐杂陈,珍氏百味,一筵费数金。"《清稗类钞·饮食类》记载:天下五大名筵,淮安独居其二:一为全鳝席,以鳝为主,配以"牛羊豕鸡鸭","号称一百单八品";一为全羊席,"多至七八十品"。正是这空前绝后的盛宴,吃出了极具风味的淮扬美食。

后来随着漕运衰落,盐业凋敝,捻军破坏,淮安的经济一落千丈,淮扬菜也从督府走向民间,变得平民化了。改革开放之后,随着经济水平的提高,淮安人正在结合传统,逐步振兴淮扬菜。许多名菜已家喻户晓,如:软兜长鱼、朱桥甲鱼、平桥豆腐、钦工肉圆、码头羊肉、开洋蒲菜、淮山鸭羹、洪泽湖鱼圆、盱眙龙虾、朱坝活鱼锅贴等等。淮安人以其独特的名品佳肴吸引着四面八方的客人。

食白鱼

曾 几

十年不踏盱眙路，相见长淮属玉飞。

安得玻璃泉上酒，藉糟空有白鱼肥。

作者简介

曾几(1108—1166)，字志甫，自号茶山居士，南宋诗人，赣州(今江西)人。历任江西、浙西提刑、秘书少监、礼部侍郎。曾任江西、浙西提刑官。曾几学识渊博，勤于政事，有《茶山集》。

题 解

白鱼，因其通体鳞色雪白而得名，也称浪里白条；又因体扁修长犹如腰刀，称银刀；又因淮河所产，被称为淮白鱼。白鱼肉质白而细嫩，味美不腥，营养价值较高，向为宴席珍品。《县志》载："此即银鱼虾米最著名，其他鱼之属甚多，然非特产，而淮白为珍。"古代很多诗人食后，诗情难捺，留下吟咏篇章。

注 释

(1) 属玉：即鸀鳿(zhú yù)，水鸟名。全身羽毛乌黑发亮，尾、翼有绿色光泽,嘴鲜红,脚淡红。常结群高飞,叫声响亮。亦称"赤嘴鸟""红嘴山鸦"。

(2)玻璃泉上酒:玻璃泉在盱眙天下第一山之麓。因泉水极为清澈,故名玻璃泉。这里的酒很有名,故张耒有"玻璃美酒旧知名"之说。(张耒《大雪中李提举惠玻璃泉两榼二首》)

(3)藉糟:坐卧在酒糟上,指嗜酒,醉酒。晋刘伶《酒德颂》:"奋髯箕踞,枕曲藉糟。"枕曲藉糟,即枕着酒,垫着酒糟。意指嗜酒,醉酒。另有一说,指淮白鱼的储存方式。淮安人通常会把白鱼用酒糟、盐等调料腌制起来,新鲜的白鱼经过特殊的腌制让菜肴散发着诱人的酒糟香气。同时,水分的损失也增加了肉质的弹性和紧实感。空有:只有。

评 析

诗以淮白鱼为题,写出了对淮白鱼的特别的想念和再食淮白鱼的愿望。首两句交代这是十年之后再踏上盱眙土地,同时写出了到了盱眙之后见到的盱眙美景,淮河之上属玉鸟在自由飞翔。但是,这并不是此行的真正目的,真正的目的是吃淮白鱼。"安得玻璃泉上酒",先铺垫出淮白鱼的搭配食物,是玻璃泉上酒,这是一种用盱眙玻璃泉水酿制的酒。"藉糟空有白鱼肥",则是点题之句,表达出再食淮白鱼的目的,同时也揭示出了盱眙是淮白鱼的产地,这里的淮白鱼最肥美。"藉糟"一词,写出了理想中的淮白鱼的做法,是经过酒糟、盐等调料腌制的,这样它的肉质才最为鲜美。在诗人心中,一边喝这地方特有的玻璃泉上酒,一边吃这里特有的淮白鱼,方是神仙般的享受。短短的两句诗,写出了淮白鱼的产地,食用方法和调制方法,记录下了淮安人和外地客人品尝淮白鱼的真实历史,也充分表达了诗人对再食淮白鱼的渴望。

淮白赞

杨万里

淮白须将淮水煮，江南水煮正相违。

风吹柳叶都落尽，鱼吃雪花方解肥[①]。

醉卧糟丘名不恶，下来酒豉味全非。

饕人且莫供羊酪，更买银刀二尺围。

作者简介

杨万里（1127—1206），南宋诗人。字廷秀，号诚斋。吉州吉水（今属江西）人。绍兴二十四年进士，曾任秘书监、宝谟阁学士等。主张抗金。诗与尤袤、范成大、陆游齐名，称"中兴四大家""南宋四大家"。其诗以构思新巧，语言通俗明畅而自成一家，时称为杨诚斋体。有《诚斋集》。杨万里写过多首关于淮安的诗歌，如《过淮阴庙》《淮白赞》《至洪泽》《过磨盘得风挂帆》《望楚州新城》等。

题 解

赞是一种抒情文体，以赞颂人物和事物为主。这首诗旨在表达

---

① 该句原有自注："淮人云白鱼食雪乃肥。"

对淮白鱼的赞美。

注 释

（1）淮白：淮白鱼。古典诗文中所谓"淮鱼""淮白""银刀"皆指淮白鱼。将：拿，用。

（2）鱼吃雪花方解肥：意思是，冬天吃过雪花的淮白鱼才是真正的肥美味甘。该句诗有自注："淮人云：白鱼食雪乃肥。"

（3）醉卧糟丘：指嗜酒，醉酒。糟丘：积糟成丘，言酿酒之多，沉湎之甚。另有一说，指白鱼的储存烹食方法。白鱼离开水就会死亡，淮安人把白鱼用酒糟、盐等调料腌制起来，新鲜的白鱼经过特殊的腌制让菜肴散发着诱人的酒糟香气，同时，水分的损失也增加了肉质的弹性和紧实感。这句非常俏皮，人醉卧糟丘会得恶名，而白鱼醉卧糟丘则不会有恶名。诗人曾几《食牛尾狸》诗曰："生不能令鼠穴空，但为牛后亦何功。不如醉卧糟丘底，犹得声名异味中。"曾几诗的后两句即是说烹食牛尾狸的方法，要将牛尾狸用酒糟、盐等调料腌制，这样，本身有异味的牛尾狸便能成为人们爱吃的美味佳肴。关于牛尾狸的烹食方法，历代有太多的描述和记载。如苏辙的《筠州咏牛尾狸》的最后两句"压入糟盎肥欲流，熊肪羊酪真比俦"。"压入糟盎"，即是说牛尾狸要先用酒糟等相关调料腌制。由此可证可见杨万里所说的"醉卧糟丘"，主要是说淮白鱼的腌制方法。

（4）酒豉（chǐ）：以豆类制成的药酒，用作调味佐料。

（5）饔（yōng）人：官名，掌管切割烹调之事，泛指厨师。《周礼·天官·内饔》注曰："饔，割烹煎和之称。"羊酪：用羊乳制成的一种食品，常借指乡土特产的美味。

（6）二尺围：鱼肚子的周长有二尺。围：量词，两手大拇指和食指合拢的长度。

评 析

这首诗主要描述了淮白鱼的正确吃法。诗歌首联对烹煮淮白鱼的水提出了建议，要用淮水煮而不能用江南水煮。只有淮水煮淮白鱼那才是最地道的做法，才有最正宗的味儿。颔联指出了烹食淮白鱼的最佳季节，是冬天，而不是其他季节，因为到了柳叶落尽的冬天，鱼因为吃了雪花才更肥美。

颈联讲述淮白鱼的储存、烹饪、食用方法。可以用酒糟、盐等调料腌制，以使淮白鱼获得最鲜美的质地，而用豆类制成的药酒，作调味佐料，淮白鱼味道又全然不同。

最后一联写了淮白鱼的最佳重量。淮白鱼有小有大，大的则更金贵。据说淮白鱼大的能有二十斤，虽然大，肉质却很细嫩。所以他叫厨师先别急着呈上羊酪美食，等到有吃过雪花的、二尺围的淮白鱼，酒糟腌之，淮水煮之，即肥美透明如羊酪。食之，岂不快哉！

可以说杨万里对淮白鱼真是有着最为全面彻底的了解，而且是非常地道的了解，对淮白鱼的愉快享用促使他用诗歌表达了发自内心的赞美，也是因为他的这首诗，使淮白鱼成为往来淮安的旅人心仪的一道名菜。

食蒲笋有感

丁寿昌

　　郭家池畔萧湖曲,出水新蒲笋如玉。呼童拔取不论钱,买鱼沽酒新醅熟。自从前年适京国,尘土沾衣变初服。枇杷卢橘未沾齿,茭白芦牙空满目。兴来忽作城南游,便欲卜居留信宿。红衣冉冉出池莲,翠筱娟娟临水竹。就中蒲蒻我所嗜,有似三闾喜餐菊。论园买夏捆载归,出手瑶簪粲成束。须臾翠釜荐时新,鲜滑流匙如膏沐。便堪俊味敌荔支,何论寒盘堆苜蓿。古贤水草列珍羞,深蒲曾入周官录。韩侯别酒陈百壶,维笋同登列肴菽。我生百事无多求,但效前贤养口腹。性耽菜甲问农圃,何必蒸豚求厌足。草蔬留客亦不恶,鱼旦蟹议书真鄙俗。欢然一饭便有余,厚味醇浓皆鸩毒。酒阑食罢忽有感,自古封侯须食肉。

作者简介

　　丁寿昌,字颐伯,号鞠泉,丁晏长子,道光甲午诸生,癸卯优贡,甲辰顺天榜举人,丁未进士,浙江严州府人,著有《睦州存稿》,《府志》有传。

题 解

蒲笋：又名蒲芽，俗名蒲菜、蒲儿菜，是香蒲根部的茎芽。古代诗书称之为蒲、深蒲或蒲蒻，初生的蒲心蒲茎很嫩，可以食用。淮安盛产芦蒲，早就有了吃蒲菜的传统。枚乘在《七发》中，为晋太子开列了一系列菜单，其中就有一道"犓牛之腴，菜以笋蒲"的名菜，即用小牛腹部的肥肉，与竹笋、蒲菜一同烹煮，那味道鲜美无比。

《西游记》第八十六回，吴承恩用了一段韵文，拟动物化地描述了淮安一带的三十几种野菜。他如数家珍地说过黄花菜、白鼓丁马苋齿、马兰头、狗脚迹、猫耳朵、剪刀股等等以后，写道："油炒乌英花，菱科甚可夸；蒲根菜并茭儿菜，四般近水实清华。"蒲根菜即蒲菜。

在淮安，蒲菜又被称为"抗金菜"。南宋建炎五年，金国十万精兵攻打淮安，梁红玉领兵镇守淮安，却被金兵长期围困。在内无粮草、外无援军的情况下，偶然发现马食蒲茎，因而取蒲菜代食，解决了粮食尽绝困境，军民同心协力，终于打败了金兵，故淮安民间又称蒲菜为"抗金菜"。自此，食用蒲菜便在淮扬一带广泛流行开来。

淮安人至今喜食蒲菜。淮安蒲菜以万柳池、勺湖、夹城、新城所产为最佳，其中尤以万柳池天妃宫一带的蒲菜和夹城池河蒲菜最为著名，因为这里池浅淤深，水质优良，所产蒲菜茎粗白长，壮而不老，经过科学鉴定和实际品尝，的确是上品。其他地方水土各异，所产皆不及淮安。有的虽也称作蒲根，但既瘦且绿，非苦即涩，难以入馔。淮安蒲菜可炒可烩，香脆肥嫩，美味爽口，可以制作多种名菜。

注 释

（1）新醅(pēi)：新酿的酒。

（2）初服：直译为当初的衣服，可引申为开始、未仕、未嫁、俗衣等。

（3）卢橘：金橘的别称。

（4）芦牙：芦苇的芽，即芦笋。

（5）卜居：择地居住。信宿：连宿两夜，亦谓两三日。

（6）冉冉：慢慢地。

（7）翠筱（cuì xiǎo）：绿色细竹。娟娟：姿态柔美貌。

（8）蒲蒻（ruò）：蒲儿根。

（9）三闾：这里指屈原。三闾一指地名，即屈原出生地湖北秭归县三闾乐平里。一是楚国某地三个大姓家族的总称，屈原被贬后就曾任三闾大夫，掌柜三个大姓宗族的宗族事物。故后世用该名词也代指屈原。餐菊：以菊花为餐。屈原在《离骚》中吟道："朝饮木兰之坠露兮，夕餐秋菊之落英。"

（10）捆载归：形容带回的东西很多。

（11）瑶簪：玉簪。粲：鲜明；美。

（12）翠釜（cuì fǔ）：指精美的炊器。

（13）膏沐：古代妇女润发的油脂。

（14）苜蓿：俗称"三叶草"，是一种多年生开花植物。其中最著名的是作为牧草的紫花苜蓿，是牲畜饲料。还有一种是菜，即上海人和江浙人说的草头。苜蓿每一根细茎上面有叶三。苜蓿齿，如倒心形，先端稍圆或凹入上部有锯齿，叶的表面呈浓绿色，茎梗极短，吃的时候，以叶为主，将其在热水中焯过，凉拌即可。

（15）古贤水草列珍羞：意思是古代先贤把蒲菜列为佳肴。枚乘在《七发》中为晋太子开列了一系列菜单，其中有一道："犓牛之腴，菜以笋蒲"。就是把蒲菜、竹笋与小牛腹部的肥肉同烹，这是上等佳肴。

（16）深蒲曾入周官录：意思是《周礼·天官·醢①人》曾列有深蒲。《周礼·天官·醢人》云："醢人掌四豆之实。朝事之豆，其实韭菹、醓醢、昌本、麋臡、菁菹、鹿臡、茆菹、麋臡。馈食之豆，其实葵菹、蠃醢、脾析、蜃醢、蚔醢、豚拍、鱼醢。加豆之实，芹菹、兔醢、深蒲、醓醢、箈菹、雁醢、笋菹、鱼醢。羞豆之食，酏食、糁食。"司农注："蒲蒻入水深，故曰深蒲。"

（17）肴蔌（yáo sù）：肉类与蔬菜。

（18）菜甲：菜初生的叶芽。农圃：农田园圃。

（19）豚（tún）：小猪，亦泛指猪。

（20）鱼旦（shàn）：一种似蛇的鱼。

（21）醇浓：味厚的美酒。鸩（zhèn）：传说中的一种毒鸟。把它的羽毛放在酒里，可以毒杀人。

（22）阑（lán）：残，尽，晚。

（23）须：必得，应当。

评 析

　　诗歌首四句明确标出郭家池、萧湖是蒲菜的盛产地，并描摹这里蒲菜鲜嫩如玉，质地很好，随意拔取，蒲菜很多，蒲菜上市时人们会以之作为佐酒菜。"自从前年适京国"四句，写自己去京城的几年，风尘仆仆，公务繁忙，不太留意享用新鲜水果和蔬菜。实际是说明自己久未食用蒲菜的原因。"兴来忽作城南游"四句，承上启下，写出自己乘兴到淮安城南留宿及所见到的城南水中岸边红莲修竹等风物。也由此引出下文对蒲菜的全面描写。"就中蒲蒻我所嗜"四句前两句以屈原喜欢餐菊作比，点出蒲菜是自己最喜欢的食物。后两句写出自己

---

① 醢（hǎi）：1. 用肉、鱼等制成的酱。2. 古代的一种酷刑，把人杀死后剁成肉酱。

买蒲菜时捆束而归的喜悦状态，也写出蒲菜如玉簪成束的美好形态。"须臾翠釜荐时新"四句前两句写蒲菜的烹饪过程与口味，"须臾"反映蒲菜烹饪之简单迅速。"鲜滑""如膏沐"，通过比喻写出蒲菜入口之味道口感。后两句通过比较，说明其味道好过荔枝，是一般的苜蓿菜无法比拟的，由此引出下文。如果说前文说味道好过荔枝，是自己的偏嗜，下面"古贤水草列珍羞"四句则引经据典，根据枚乘《七发》《周礼·天官·醢人》、韩侯就蒲笋饮酒等典故来说明，蒲菜在历史上属于上品菜肴。"我生百事无多求"二句为承上启下联，自述自己对美食有兴趣，同时引出下文一番对于美食的态度。"草蔬留客亦不恶"四句，表明自己的饮食习惯是一贯喜欢鲜蔬叶芽，而非贪食猪肉。并且明确表达自己的态度，若蒲菜类蔬菜招待客人并非不礼貌，一味抬高鳝鱼类食物的地位也很俗气。藉此批评了一般人的饮食习惯和从众风气。"欢然一饭便有余，厚味醇浓皆鸩毒。酒阑食罢忽有感，自古封侯须食肉"四句，以自己对荤素饮食的评价和态度做结。前两句意思是，一般饱食一顿对身体营养而言已是多余，如果菜肴过于油浓味醇，则无异于饮毒酒。这其实也是以肉类反衬蒲菜之无害品质。后两句说自己饱饮酒食后忽然发出感慨，难怪自古封侯要食肉。对照前两句诗，言下之意是，食肉的确会图得一时快乐，但是他们又有多少人会想想，食肉无异于饮鸩呢。综上，诗歌用了比喻、对比、借代等不同的修辞手法，用了叙事、描写、抒情、议论，包括典故等多种表现手法，写出了蒲菜的方方面面，包括产地、形象、历史记载、鲜滑口味、有益无害品质。同时字里行间表露出自己对蒲菜的喜爱，并明确地表达了自己颇富有现在营养科学道理的对于荤素饮食的评价。诗歌将清人食蒲的影像清晰地保留于历史。

第十篇 外籍诗人过淮

淮安诗歌诗题中大量涉及到淮河、汴河、泗口、淮口、清口等词汇,这是由于淮安独特的地理条件和河流状况决定的,故有必要在此钩沉一下。

首先,淮安是著名的运河城市。我国第一条有确切开凿年代的运河邗沟,北端入淮处就在末口(今江苏省淮安市淮安区)。元代运河最大的特点,是以最短的距离,直线纵贯当时最富饶的东部。淮安基本上处在元代以后运河的中段,属于运河枢纽地位。

其次,自古以来,古老的淮河穿淮安城而过。淮河发源于河南省桐柏山,流经今安徽、江苏,至龟山经古洪泽洼地(大体为今洪泽湖区域),向东北至淮阴故城(今淮阴县码头镇附近)接纳泗水,继续向东北至云梯关(原属涟水县,现属盐城响水县)入黄海。

再次,有北方的黄河之水借由古老的泗水、汴水流淌进淮安境内的淮河。

泗河发源于蒙山腹地新泰南部太平顶西麓,原经鲁西南平原,循今山东南四湖、进入江苏省沛县东,又南至今徐州市,东南经今泗阳县至今淮阴县码头镇北入淮河。郦道元《水经注》

称，"淮、泗之会，所谓泗口也。"因泗水甚清，古泗口，又有淮口、清口之称谓。古泗口是沟通黄、淮，连接南北的水上要津。

汴河，古称汳水。《水经》载："汳水出阴沟于浚仪县（今开封城西北）北。"汴河大致从今河南省开封城西北，向东南流经陈留、杞县东、宁陵县北、商丘、虞城县西南、安徽省砀山县、萧县，至今徐州市区东北汇入泗河。

一直以来，淮安地处黄河、淮河、运河交汇之地，是南粮北运的中转地和南北交通的要津。

隋统一后，开凿了以洛阳为中心，北起涿郡（今北京市），南达余杭（今杭州市）长达2700公里的南北大运河。炀帝元年（605年）三月，发河南诸郡男女百余万开通济渠。通济渠，为了避开徐州、吕梁二洪之险，撇开徐州间的汴、泗运河，在今河南杞县以西与汴河分出一支折向东南，经河南商丘、永城、安徽宿县、灵璧，江苏省的泗洪，至盱眙对岸进淮河。这个河道，即隋运河，又称汴河，亦称南汴河。汴水入淮之口，称淮口，也称汴口，一直到唐宋，都是中原到东南地区的交通要道。而在此时成为汴河故道的汴、泗运河并未完全中断，因为，鲁、徐、淮、海一带，"水陆肥沃"，是漕粮主要筹集地，仍有舟楫通行要求。

淮安作为要津，既可以向西溯淮河而上至盱眙，向北走南汴一线，即沿安徽北部、河南东部以通达洛阳，也可以向北溯泗水而上至今徐州市区，沿古汴水（北汴）上溯，达黄河进洛阳。

南宋建炎二年（1128年），东京（今开封市）的守将杜充人为扒开黄河大堤抵御金兵，使黄河改道由泗水入淮河、济水分流入海。南宋绍熙五年（1194年），黄河主流冲决河南阳武故堤，夺（北）汴水和徐州以南的泗水，到清口，又夺淮河下游河道入黄海。汴水、泗水下游，淮河下游便成为黄河南下入海的河道。从此，浑浊的黄河水代替了汴水、泗水的清水，给淮河带来无尽的苦难。直到咸丰五年（1855年）黄河从河南铜瓦厢改道由山东利津入海。

黄河多沙，容易淤积、决口和改道，加之南宋与金人的军事对峙，运道疏于治理，南汴河逐渐淤废。

元朝定都大都（北京），漕运目的地随之转移到北京。元朝在山东境内开挖从济州到任城的济州河和任城到临清市的会通河,形成今日京杭运河的基本框架。运河在清口转向北上,经山东直达北京,不再绕行河南,航道缩短近1000公里。

明初永乐十八年(1420年)迁都北京,"南粮北调"的漕运地位日益重要,清口的水运交通咽喉地位日益突出,成为治黄保运的重点。

清口有大小清口之分,泗水南下入淮原在桃源(今泗阳县)三义口分成南北两支:北支为大清河,向东北经渔沟折向东南于杨庄东北入淮,此入淮口被称为大清口;南支为小清河,向东南在码头镇附近入淮,其入淮口被称为小清口。南宋黄河夺泗、夺淮后先从大清口入淮,至嘉靖三年(1523年)三义口淤堵,黄河改由小清口入淮。

明永乐十三年(1415年)平江伯陈瑄循沙河故道,开清江浦(后称里运河),自淮安(今淮安市楚州区)城西管家湖至淮阴鸭陈口(今码头新庄附近)入淮河,并建新庄闸,因称新庄运口。同时,依次建福兴、清江、移风、板闸四座节制闸(今唯存清江闸)。嘉靖六年(1527年)黄河直汇新庄闸,泥沙灌入里运河;三十年(1551年)黄、淮大溢,新庄运口沙淤闸闭。为此,将运口南移,漕船由三里沟出清口达黄河。由于黄河与运河水位落差太大,为防止黄河倒灌运河,因而在运口增建惠济闸。此后,运口因水情不断变化,变成运河治理的一道难关。

万历六年(1578年)潘季驯以工部尚书、都察院右都御使的身份总理河道、兼管漕运,其治理的重点是清口附近的黄、淮、运河。他创立"束水攻沙"和"蓄清刷黄"的治理方略。保证了京杭大运河的全线畅通,在水利史上树起一座丰碑。

清口治水关乎漕运、民生安危。康熙六次亲临清口,乾隆四次亲临清口,亲赴堤坝、河滩、运口、航闸等地查勘督办,许多险工险段留下了他们的足迹。

经过康、乾两朝精心的治理,清口一带黄、淮、运水患得到有效的控制,呈现出"黄流清汇安澜庆,楚舫吴艘利涉歌"(乾隆《御制诗二集》卷六十八《惠济祠》)的崭新局面。多处工段刊立的御诗碑,都不吝称颂康、乾二帝清口治水的丰功伟绩。

　　嘉道年间黄河屡决,河工败坏,北方运道屡阻。船至淮安多舍舟登陆,淮安南船北马地位形成,直到黄河北徙,海运、铁路兴起,运河漕运功能衰退,淮安随之衰落。

　　因为淮安成为南粮北运的中转地和南北交通的要津,也是治黄保运的战略要地,淮河、汴河、泗口、淮口、清口等,是当时从朝廷到民间关注的话题,也是历代众多文人雅士往返南北的必经地,也故自然成为诗人歌咏的对象。

　　正因如此,唐代的李白、自居易、刘禹锡、韦应物、温庭筠、刘长卿,宋代的梅尧臣、苏轼、王安石、杨万里、文天祥,元代的陈基,明代的李东阳、张致中,清代的顾炎武、袁枚,包括康熙、乾隆皇帝等都经过此处,留下了吟咏淮安的大量诗篇,此篇主要择取自古至今一些外籍过淮人士诗篇于此,并加以注评。

早渡淮

杨 广

平淮既森森,晓雾复霏霏。

淮甸未分色,洪淲共晨晖。

晴霞转孤屿,锦帆出长坼。

潮鱼时跃浪,沙禽鸣欲飞。

会待高秋晓,愁因逝水归。

作者简介

　　杨广(569—618),即隋炀帝,隋文帝杨坚次子。开皇二十年(600年)册立为皇太子。仁寿四年(604年)七月正式即位。为隋朝第二位皇帝。即位后迁都洛阳,并以洛阳为中心,开凿北通涿郡(今北京),南达余杭(今杭州)的大运河,发动征高丽战争等,后又组织大规模的南巡等。滥用民力,穷奢极欲,导致大规模农民起义,导致隋朝崩溃覆亡。大业十四年(618年)四月十一日,在江都(今扬州市)为其部下宇文化及等缢死。《全隋诗》录存其诗四十余首。

题 解

　　据《隋书·炀帝纪》:隋大业元年三月,"发河南诸郡男女百余万开通济渠,自西苑引谷、洛水达于河,自板渚引河通于淮。"通济渠行经路线,即在今河南杞县以西与汴河分出一支折向东南,经河南商丘、永城,安徽宿县、灵璧,江苏省的泗洪,至盱眙对岸进淮河。由淮河东行近二百里,即到达邗沟北端楚州末口,盘坝以入邗沟,南达扬州。《早渡淮》诗为行进于泗州到楚州末口的淮河中所作。

注 释

(1) 平淮:早潮涨平潮时的淮河。森森:形容寒冷幽暗。

(2) 霏霏:指雨雪烟云盛密貌,泛指浓密盛多。诗歌第一联写涨平潮时的淮河本身已经呈现寒冷幽暗的状貌,而早上浓烈的雾气更加重了这里的寒冷幽暗。

(3) 淮甸(diàn):淮河流域。

(4) 泱漭(yāng mǎng):昏暗不明貌。诗歌第二联写淮河流域各种事物没有分出不同颜色层次,它们在晨光中,共同显出昏暗的样子。

(5) 孤屿:孤立的岛屿。

(6) 圻(qí):古同"垠",边际。诗歌第三联写晴朗的朝霞映照出了孤岛,有大船从遥远的天际驶来。

(7) "潮鱼时跃浪"二句,意思是,水中的鱼不时地迎浪跃起,沙滩上的鸟鸣叫着正要高飞。

(8) "会待高秋晓"两句,意思是,也许等到了秋高气爽的晚上,一切愁苦都随这逝水一起归去。

评 析

《早渡淮》为杨广游扬州时经淮河所作。这是一首典型的写景抒情诗,前两联写出淮河早晨寒冷幽暗,雾气浓厚,难辨景物色彩的凄凉森冷的景象。三四两联则写了霞光升起后淮河景象的变化,在晴霞映照下,河中岛屿逐一呈现,挂着锦帆的大船从天际驶来,这时候的鱼儿不时跃出浪尖,岸上鸟儿的鸣叫声传入耳鼓。随着天色的晴朗,淮河上的可见度在增加,而且,一切具有了动态之感,充满生机,整个基调由凄凉变得充满活力。最后一联则是抒情,经历了景色的变化,诗人心情由沉重变得开朗,表达了欲忘却愁苦的想法。

该诗描摹了淮河不同的意境,早晨时晨雾轻笼,幽暗冷森,透出一种静态之美,霞光耀目时,是岛立、帆走、鱼跃、鸟飞,生机勃勃,展现出了淮河的多种风韵,同时也写出了自己情绪随着淮河景色的变化而逐渐明朗的轨迹。

早发淮口望盱眙

骆宾王

养蒙分四渎，习坎奠三荆。

徙帝留余地，封王表旧城。

岸昏涵蜃气，潮满应鸡声。

洲迥连沙净，川虚积溜明。

一朝从捧檄，千里倦悬旌。

背流桐柏远，逗浦木兰轻。

小山迷隐路，大块切劳生。

惟有贞心在，独映寒潭清。

作者简介

骆宾王(约 638—684)，字观光，婺州义乌(今浙江义乌)人，唐代诗人，与王勃、杨炯、卢照邻合称"初唐四杰"。历武功、长安主簿、侍御史，调露二年(680 年)，任临海丞，不得志，辞官。骆宾王于武则天光宅元年(684 年)，为起兵扬州反武则天的徐敬业作《代李敬业讨武曌檄》，敬业败，亡命不知所之，或云被杀，或云为僧。有《骆宾王文集》。

题　解

隋到唐宋期间,四渎之一的淮河,贯通南北,衔接东西,是著名的黄金水道。汴水入淮之口,既称淮口,也称汴口,就在今盱眙城对岸。凡经淮河水路往返于南北经过盱眙的人,都会对盱眙、淮河、淮口留下深刻印象,文人雅士为这里留下的美丽的诗句,则成为了珍贵的文化遗产。骆宾王此诗就是在随徐敬业起兵的征程中,途经盱眙而作。

注　释

(1)养蒙:教养童蒙,这里指教养童蒙的读本。四渎:我国古代对江、淮、河、济四条独流入海的大河的称呼。《尔雅·释水》:"江、河、淮、济为四渎。四渎者,发源注海者也。"《风俗通义·山泽》引《尚书大传》《礼三正记》等典籍也有类似说明。渎:水沟,水渠。故"养蒙分四渎",意思是古老的教养童蒙的书中有关于四条河流的区分,由此也揭示出古淮安所处淮河水域的事实。

(2)习坎奠三荆:《易经》第二十九卦:坎上坎下,坎为水。《象》曰:习坎,重险也。水流而不盈。行险而不失其信。也即根据《易经》,习坎为水、为重险。三荆:即三楚。指先秦时期楚国的疆域,全盛时的最大辖地大致包括现在的湖北、湖南、上海(松江)、江苏、浙江、山东半岛、江西、贵州、广东部分地方、重庆、河南中南部、安徽南部。苏轼《荆州》诗之三:"楚地阔无边,苍茫万顷连。"故"习坎奠三荆",意思是《易经》中有对于楚地形貌范围的描述,由此也揭示出古淮安属于楚地的史实。这一联起到引起下联的作用。

(3)徙帝留余地:秦末项梁、刘邦等起义军拥立楚怀王熊槐之孙熊心为王,仍号楚怀王,都于盱眙,后又迁都彭城(今江苏徐州)。消灭了秦军主力后,项羽尊熊心为"义帝",随后自行分封天下诸侯,刘邦被封为汉王,项羽则自立为"西楚霸王"。项羽欲还都彭城,也即将义帝都城彭城据为己有,便借口"古之帝者,地方千里,必居上游",迫义帝迁都于长沙郡郴县,而暗中令人将义帝弑杀。此即为"徙帝"。"徙帝留余地"的意思是盱眙是项梁、刘邦等拥立熊心为王定都的地方。熊心迁都彭城、又被迫迁徙至郴县后,就空留下盱眙这个地方了。

(4)封王表旧城:这句讲述的是汉代特地封盱眙侯刘蒙之的儿子刘宫为广陵王以使封国不至于灭绝的故事。《汉书·江都易王刘非传》载:"平帝时新都侯王莽秉政,兴灭继绝,立建弟盱眙侯子宫为广陵王,奉易王后。莽篡,国绝。"这段记载说的是:江都易王刘非(前168年—前128年)死后,其子刘建(？—前121年)继承王位,后因谋反自杀,封国被除去。120年后,汉平帝(公元1年—公元6年在位)时,新都侯王莽执政,对已灭亡的诸侯国重新封王,以继承封国避免灭绝。因此立刘建的弟弟盱眙侯刘蒙之的儿子刘宫为广陵王,继易王的封国。后来王莽篡汉,建立新朝,封国再被灭绝。诗歌第二联讲述了发生在盱眙的历史史实,也说明盱眙是保存着厚重历史的古城。

(5)蜃气:一种大气光学现象。光线经过不同密度的空气层后发生折射,使远处景物显现在半空中或地面上的奇异幻象。

(6)潮满:潮平。诗歌第三联写早晨淮河岸边,雾气氤氲,折射出奇妙幻影,随着淮河早潮涨平,会传来雄鸡报晓的声音。

(7)洲:水中的陆地。迥:远。

(8)积溜:滞积的水流。诗歌第四联写水中的陆地远远看去覆盖着纯净的沙土,河川之上,滞积的水流,如镜子般明净。

三、四联描写的是淮河拂晓时迷蒙、静谧又充满生机的景象。

(9)捧檄(xí):东汉人毛义有孝名,张奉去拜访他,刚好府檄至,要毛义去任守令,毛义拿到檄,表现出高兴的样子,张奉因此看不起他。后来毛义母死,毛义终于不再出去做官,张奉才知道他不过是为亲屈,感叹自己知他不深。(见《后汉书·刘平等传序》)后以"捧檄"作为为母出仕的典故。

(10)悬旌:挂在空中随风飘荡的旌旗,指进军。第五联是写诗人自己,所以出仕是为了家人,其实自己内心是厌倦这种行军生涯的。

(11)桐柏:是淮河的发源地。淮河源出于河南桐柏山,流经今安徽、江苏,至龟山经古洪泽洼地(大体为今洪泽湖区域),向东北至淮阴故城(今淮阴码头镇附近)接纳泗水,继续向东北至今盐城响水县西南境注入黄海。"背流桐柏远"一句反映自己在淮河上行走的方向,越来越靠近盱眙,而离桐柏很远。

(12)木兰:南朝梁任昉《述异记》卷下:"木兰洲在浔阳江中,多木兰树。昔吴王阖闾植木兰于此,用构宫殿也。七里洲中,有鲁班刻木兰为舟,舟至今在洲中。诗家云木兰舟,出于此。"后"木兰"常用为船的美称,并非实指木兰木所制。"逗浦木兰轻"是写自己所乘之舟在淮河上轻快游走的状态。

(13)大块:大自然。《庄子·齐物论》:"夫大块噫气,其名为风。"成玄英疏:"大块者,造物之名,亦自然之称也。"劳生:指辛苦劳累的生活。

诗歌第七联写自己劳顿的生活,行走小山上,因为看不见路而迷失了方向,大自然赋予自己形体,却让自己如此劳顿。诗句为宣泄自己仕途上的艰辛。

(14)"惟有贞心在"一联为抒情,表明自己有坚贞不移的心地,与寒潭互相映照。

评　析

　　诗歌前两句写盱眙的地理环境,通过传统典籍的钩沉,实证盱眙在历史上就是在淮河岸边,属于楚地。也因此渲染出盱眙历史之悠久而古老。第二联通过回忆,追溯了西汉时期在盱眙大地上发生的波澜壮阔的历史事件和人物,由此见出盱眙深厚的文化积淀。三四联笔调一转,回到现实,以清新优美的词语写出诗人眼前淮河的静谧图景。也许是诗人看到此地的宁静,忽然有种对自己漂泊生涯的反思。故第五六联由写景转入写人。第五联明确写出了自己身在仕途,被迫长途行军的厌倦和不满。第六联写出当下自己水路行程之忙碌状态。虽第六联情绪表达隐晦不明显,但结合第五联中的"倦",和第七联中的"劳生",故能体会,此联的心境也并非轻松欣悦。第七联延续上两联的心境,直抒胸臆,对自己过于劳顿的生活表达不满。最后一联则在情绪低落到一定程度之后,重新自己调整情绪,希望以淮河为镜,见证自己能继续保持一颗坚贞洁净之心。在此,情绪又起到先抑后扬效果。诗歌引经论典,谈古论今,思路开阔畅达,描写出了盱眙独特的地理人文环境。同时,在对盱眙、淮河的历史追溯和现实描写中,穿插着对自己人生状况和心境的描写。在对行旅劳顿仕途生活的幽怨不满中又闪烁着一种自我嘉许、不甘沦落的精神。

淮阴书怀寄王宋城

李　白

沙墩至梁苑，二十五长亭。

大舶夹双橹，中流鹅鹳鸣。

云天扫空碧，川岳涵余清。

飞凫从西来，适与佳兴并。

眷言王乔舄，婉恋故人情。

复此亲懿会，而增交道荣。

沿回且不定，飘忽怅徂征。

暝投淮阴宿，欣得漂母迎。

斗酒烹黄鸡，一餐感素诚。

予为楚壮士，不是鲁诸生。

有德必报之，千金耻为轻。

缅书羁孤意，远寄棹歌声。

作者简介

李白（701—762），字太白，号青莲居士，祖籍陇西成纪，其先代于隋朝末年流寓西域，李白据说就诞生在中亚碎叶。天宝元年（742

年)由道士吴筠推荐,被召入京,供奉翰林。不久,因权贵谗言,于天宝三、四年间(744 或 745 年),被排挤出京。安史之乱后,他参加永王李璘的幕府,永王李璘在与肃宗争夺帝位的斗争中失败,李白受到牵连,被流放夜郎,行至四川奉节白帝城,遇赦得还。61 岁时死于当涂(今安徽马鞍山)。李白是屈原之后最具个性特色的伟大的浪漫主义诗人。曾得到大诗人贺知章赏识,被称为"谪仙人"。有"诗仙"之美誉,与杜甫并称"李杜"。其诗善于从民间文艺和神话传说中吸取营养和素材,情感充沛,想象丰富,语言流转自然,音律和谐多变,形成特有的豪放飘逸风格,达到盛唐诗歌艺术的巅峰。存世诗文千余篇,有《李太白集》30 卷。

题 解

王宋城:《全唐诗》注一作王宗成。书怀:即书写情怀、抒发感想。这首诗是唐代伟大诗人李白在淮阴创作的一首寄给友人的抒发自己感想的诗歌。

注 释

(1) 沙墩至梁苑,二十五长亭:梁苑:西汉梁国都城睢阳(今河南省商丘市)城内有梁苑(今书梁园),为梁孝王刘武营造的规模宏大的皇家园林。梁苑集离宫、亭台、山水、奇花异草、珍禽异兽、陵园为一体,是供帝王游猎、出猎、娱乐等多功能的苑囿。亭:秦汉时期在乡村大约每十里设一亭,并有亭长。"沙墩至梁苑"两句意为:从沙墩到梁苑,有二百五十里路,路上有二十五个长亭。

(2) 大舶夹双橹,中流鹅鹳鸣:舶:航海大船;也指一般的船。中流:水流的中央,渡程中间。鹳:一种水鸟,羽毛灰白色或黑色,嘴长而直,形似白鹤,生活在江、湖、池沼的近旁,捕食鱼虾等。"大舶夹双橹"两句意为:乘坐的大船两边有大橹,仿佛夹住大船令其前行,船行至河中游,能听到鹅鹳的鸣叫。

（3）空碧:指澄碧的天空。余清:余留的清凉之气。"云天扫空碧"两句意为:飞云掠过碧蓝的天空,山川处处呈现清幽状态。

（4）凫(fú):水鸟,俗称"野鸭"。似鸭,雄的头部绿色,背部黑褐色,雌的全身黑褐色,常群游湖泊中,能飞。佳兴:雅兴。"飞凫从西来"两句意为:飞翔的野鸭从西边来,看到如此美景,不禁满怀佳兴。

（5）眷言:回顾貌。言:词尾。舄(xì):鞋。据《钵池山志》载:王子乔在钵池山炼丹后登仙而去。相传王子乔常自县到京师,而又不见车骑,临至必有双凫飞来,人举网得之,则为乔所穿之舄(鞋)。婉恋:爱慕难舍。"眷言王乔舄"两句意为:非常留恋仙人王子乔的黄鹤,依依不舍的是故人的深情。

（6）亲懿(yì):至亲。交道:接触,往来。"复此亲懿会"两句意为:再次与你这个至亲见面,更增加不少接触、往来的机会和荣幸。

（7）飘忽:漂移、起伏。徂(cú)征:远行。"沿回且不定"两句意为:河流或向前或回流变化不定,船儿在水上漂移、起伏,想到这艰难的旅途,真令人惆怅。

（8）暝:本义是天色昏暗,后来引申为日落、黄昏。"暝投淮阴宿"两句意味:黄昏时分来淮阴投宿,得到漂母般老妇人的热情接待,内心无比欣悦。

（9）素诚:一向蓄于内心的情意。"斗酒烹黄鸡"两句意为:漂母烹好黄鸡抱来一罐美酒,这美美的一餐让自己感念终生。

（10）楚壮士:指韩信。韩信受漂母一饭之恩,后以千金相报。鲁诸生:李白有《嘲鲁诸生》诗:"鲁叟谈五经,白发死章句,问以经济策,茫如坠烟雾。""予为楚壮士"两句意为:自己受人款待,会像韩信一样,懂得回报,而不会像鲁诸生那样不达世情。

（11）"有德必报之"两句意为：受人恩德应该回报，而且要有报之千金为轻之羞愧心。

（12）缅：遥远。"缅书羁孤意"两句意为：因为缅怀老兄，故在遥远之地借书信一篇，把这孤寂的旅愁，强欢的歌声，连同这咿咿呀呀的摇橹声一起远寄给你。

评　析

这首诗描写了李白沿运河行至淮阴，沿途所看到的美景，及油然而生的轻快愉悦心情，同时也传递了旅途的劳顿及对友人的怀念之情。

诗歌前四联描写运河之旅沿途所看到的景象，首联写运河大堤通京的陆路上有很多长亭，第二联写通京的水路中有大船航行，其实也就揭示了淮安所处的交通要道地位。因为淮阴既处在连接京城的驿站大道上，也处于水路交通枢纽的重要地位。三、四联则写极目所见，一路的总体氛围，是碧空白云，山川清幽，飞鸟自在，不由得让人佳兴勃发。抒发出一种沿运地理形胜激发出的情绪愉悦心境畅快之感。

"眷言王乔舄"两联，一方面由上联"飞凫"触发，另一方面也是因为接近淮阴，诗人不由联想起王子乔乘鹤升仙的相关故事，由王子乔的一去不返又激发起自己对至亲友人的想念，并因即将到来的见面机会感到愉悦欣喜。

"沿回且不定"至"一餐感素诚"，写水路艰难，旅途受阻，只得晚宿淮阴，所幸的是，在淮阴得到了像漂母一样古道热肠的老妇人的真诚款待，喝着她抱来的美酒，吃着她烹好的黄鸡，这美美的一餐让自己获得一种意外的满足，令人感念终生。最后三联借用一饭千金等典故表达自己有恩当报的态度和对淮阴人的感谢。全诗思维活跃，结构跳跃,时空自由转移,古今随意切换。体现了李白惯有的写作特色。特别是漂母、王子乔等典故的运用,既写出了淮阴淳朴的民风和传统,也表达了对远方友人的深厚的友谊。同时诗歌也记录下了李白和淮阴的不解之缘。

经漂母墓

刘长卿

昔贤怀一饭，兹事已千秋。

古墓樵人识，前朝楚水流。

渚萍行客荐，山木杜鹃愁。

春草茫茫绿，王孙旧此游。[①]

作者简介

刘长卿（709—780），字文房，唐代诗人，宣城（今安徽宣州）人，一作河间（今属河北）人。唐玄宗天宝年间进士。肃宗至德中官监察御史，曾为苏州长洲县尉，官终随州（今属湖北）刺史。其诗风格简淡，以五七言近体为主，尤工五言，自称"五言长城"。有《刘随州集》。

题　解

漂母墓：为秦汉古墓，位于淮阴区码头镇泰山村。今墓基直径尚有 50 米，高 20 米。《史记·淮阴侯列传》："信钓于城下，诸母漂，有一母见信饥，饭信，竟漂数十日。信喜，谓漂母曰：'吾必有以重报

---

① 有小注："今见王孙春草，绿色茫茫，更忆王孙其人，旧曾游此。"

母。'母怒曰：'大丈夫不能自食，吾哀王孙而进食，岂忘报乎！'"后信为楚王，不忘漂母之恩，"召所从食漂母，赐千金。"漂母死，信哀之，传令部属取土圆坟，成土冢。北魏郦道元《水经注》："（漂母冢）周回数百步，高十余丈"。《续纂淮关统志》卷十二"古迹"载："漂母墓，旧志云：在淮阴县北。按：张华注《淮阴侯传》曰：漂母冢在泗口南。唐崔国辅《漂母岸》诗云：'泗水入淮处，南边古岸存。'又云：'茫茫水中渚，上有一孤墩。'与张华'泗口南岸'之说相符。《清河志》云：漂母冢，即今泰山墩。盖因墩近韩城而臆断之也。其说未可为据。"

漂母墓为往来行旅重要凭吊之处。该诗为经刘长卿某年经过漂母墓时有感所作。

注　释

（1）昔贤：过去有德有才之士，这里主要指韩信。怀：心里存有。一饭：漂母饭信之事。兹事：指漂母饭信，韩信报恩的故事。"昔贤怀一饭"两句意思是，漂母一饭，韩信感怀于心，终图一报，此乃人间大义所存，故历经千年，人们仍在传扬这件事情。

（2）古墓：漂母墓。樵人：砍柴之人。前朝：指汉高祖所建立之汉代。楚水：即淮阴境内的河水，因为淮阴古代为楚地。"古墓樵人识"一联意思是，漂母墓虽已荒圮，但樵人犹能辨识，而汉家帝业，惟余楚水空流耳。也即感叹帝王功业如梦，未若德业垂远。

（3）渚：水中的小块陆地。萍：一年生草本植物，浮生水面，叶子扁平，表面绿色，背面紫红色，叶下生须根，开白花。荐：进献，祭献。"渚萍行客荐"意思是，行客采渚上之萍草，以申对漂母的诚敬。

（4）山木：山中的树木。杜鹃：杜鹃鸟。据《史书·蜀王本纪》载，春秋时代，望帝称王于蜀，相思于大臣鳖灵的妻子，望帝以其功高，禅位于鳖灵。后望帝修道，处西山而隐，化为杜鹃鸟，至春则啼，呼唤佳人,乃至血出。中国的文人墨客,多把杜鹃当作一种悲鸟,一种悲愁的象征物。"山木杜鹃愁"意思是,杜鹃停歇在山木上,唱不尽对漂母逝去的挽歌。

(5)"春草茫茫绿"一联:此联有小注:"今见王孙春草,绿色茫茫,更忆王孙其人,旧曾游此。"王孙:泛指贵族子弟。《楚辞·招隐士》:"王孙游兮不归,春草生兮萋萋。"这篇是淮南王刘安门客淮南小山所写,表达渴望王孙(隐士)回归之意。王夫之通释:"王孙,隐士也。秦汉以上,士皆王侯之裔,故称王孙。"王维《山中送别》:"山中相送罢,日暮掩柴扉。春草明年绿,王孙归不归?"化用《楚辞·招隐士》典故,表达希望远行友人及时归来的愿望。结合本联小注,此联也是化用前人典故,旨在传递一种遐思,以追忆曾经游历此地写下诗篇之人。

评 析

诗歌首联写漂母韩信事迹,重在彰显漂母的高风亮节,和韩信知恩图报的行为,并赞二人大义感人,得以千古流传。颔联写漂母遗迹当下状态,朝代如水,墓亦烟迷,勉强辨清,由此感慨世事沧桑多变,同时也有以功业之消逝无形衬托漂母德业之难忘之意。颈联借物咏怀,通过客犹荐苹,鸟唱挽歌,写出后人对于漂母德行的高歌。尾联化用典故以抒情,春草还生,王孙旧游,曾有多少人来此在追忆漂母饭信故事,但这只能是一个不复重现的故事了。

诗人经漂母墓而咏漂母事。赞漂母之能识贤,叹今贤之无人识。古今对照,情景交融。吊古伤今之意自在言外。

淮上喜会梁州故人

韦应物

江汉曾为客,相逢每醉还。

浮云一别后,流水十年间。

欢笑情如旧,萧疏鬓已斑。

何因不归去? 淮上有秋山。

作者简介

韦应物(737—792),唐代诗人。长安(今陕西西安)人。十五岁时因为长得出众,以三卫郎身份担任皇家侍卫,豪纵不羁,横行乡里。安史之乱起,改弦易辙,发奋读书。二十七岁左右,进入仕途。终于在政声和诗名两方面,声名大振。先后为滁州和江州刺史、左司郎中、苏州刺史,故世称韦江州、韦左司或韦苏州。与王维、孟浩然、柳宗元并称"王孟韦柳"。善于写景和描写隐逸生活,清丽闲淡中时露幽愤之情,是中唐艺术成就较高的诗人。传世作品有《韦苏州集》。

题 解

淮上:即今江苏淮安一带,因处于淮水之滨,故称。梁州:三国时期设置,治所在陕西汉中,隋大业三年(607 年)废。唐乾元元年

(758 年)复为梁州。此诗写作者在淮水边重逢阔别十年的梁州老朋友的情景。

注 释

（1）江汉，一指长江和汉江。汉江为长江最大的支流，常与长江、淮河、黄河并列，合称"江淮河汉"。一指江汉平原，即由长江与汉江冲积而成的平原。汉江流经梁州。

（2）流水：喻岁月如流，又暗合江汉。

（3）萧疏：稀疏。斑：头发花白。

评 析

诗题曰"喜会"故人，诗中表现的却是"此日相逢思旧日，一杯成喜亦成悲"（韦应物《燕李录事》）那样一种悲喜交集的感情。

诗歌首联概括了十年前与友人在江汉梁州一带相逢交往的乐事，那时他们经常欢聚痛饮，扶醉而归。那段往事，充满甜蜜。颔联一跌，直接抒发十年阔别的伤感，离别后如浮云飘流不定，岁月如流水一晃过了十年。漫长的时间，复杂的人事，这里只用了十个字，便把这一切表现出来了。这两句用的是流水对，自然流畅，洗练概括，意境空灵。"浮云""流水"不是写实，都是虚拟的景物，借以抒发诗人的主观感情，颇见这首诗的熔裁功夫。颈联的出句又回到诗题，写今日相见欢笑感情如旧，仿佛回到十年前的快乐时光。对句忽又急转直下，感慨人已苍老鬓发斑斑。十年间经历的世事悲情溢于言表。一喜一悲，笔法跌宕；一正一反，交互成文。末联以反转作结。为何我不与故人同归去？因为淮上有秀美的秋山。这个结尾给人留下了回味的余地。全诗结构细密，情意曲折，韵致悠远。

入泗口

李 绅

洪河一派清淮接，蔓草芦花万里秋。

烟树苍茫分楚泽，海云明灭见扬州。

望深江汉连天远，思起乡关满眼愁。

惆怅路歧真此处，夕阳西没水东流。

作者简介

李绅(772—846)，字公垂，祖籍亳州谯县(今安徽亳县)，后迁家无锡(今属江苏)。唐朝诗人。元和元年(806)进士。历官中书舍人、御史中丞、户部侍郎。武宗时，召拜中书侍郎同平章事，后为淮南节度使。是中唐元和时期元白诗派的重要诗人之一。与元稹、白居易交游颇密，并共同倡导写作新乐府。《全唐诗》录其《追昔游诗》三卷，《杂诗》一卷。其中《悯农》诗二首较有名。

题 解

泗口，即泗水入淮处，在淮阴故城北，即今江苏省淮安市淮阴区码头镇和杨庄一带。郦道元《水经注》称，"淮、泗之会，所谓泗口也。"自古以来，泗口就是沟通黄、淮，连接南北的水上要津。《禹贡》篇记载:"浮于淮泗,达于河。"古泗口,因泗水清澈,又称清口;因是泗水入淮处,又称淮口。该诗为诗人经过泗口时所作。

注 释

(1) 洪河:指淮河泗水交界处的水域。清淮:清指泗水,淮指淮水。

(2) 蔓草,指爬蔓的草。蔓即蔓生植物的枝茎。芦花:芦苇的花。

(3) 楚泽:因此地为楚地,故称此地水域为楚泽。

(4) 江汉,一指长江和汉江。汉江为长江最大的支流,常与长江、淮河、黄河并列,合称"江淮河汉"。一指江汉平原,即由长江与汉江冲积而成的平原。

评 析

诗歌前五句主要描写泗口一带的景色和地理位置。"洪河一派清淮接"句写泗水淮水相连,浩浩渺渺的样子。"蔓草芦花万里秋"句写清淮相接的泗口两岸,长满了蔓草芦花,呈现出万里秋色。"烟树苍茫分楚泽"句写苍茫中烟霭笼罩之树木划分出淮安之水泽范围。"海云明灭见扬州",意思是站在泗口远远望去,那海云明灭处仿佛能见到扬州。这句反映了泗口在唐代是通向淮扬的交通要道。"望深江汉连天远"句,意思是泗水终究要流向长江和汉水,站在泗口遥望江汉方向,那可是在与天相连的遥远的地方。

后三句主要抒情,"思起乡关满眼愁",意思是泗口是南来北去的交通要道,是远游之人的暂息地,诗人在这里,稍作停留时,因特别思念家乡,而满眼生愁。

最后,"惆怅路歧真此处,夕阳西没水东流"一联,写出惆怅的两个原因,一是因为路歧,泗口作为南北东西交通要津,是路歧处,人们总要从此处选择一个方向出发去向远方,故而生出许多惆怅。一是极目所见是夕阳西没水东流,这不断逝去的水流,很容易会联想到人生的迅速流逝,故而也会令人惆怅。

该诗写出了泗水入淮地的独有的特点和自己在此逗留时的独特的情绪。此地的特点有几个,一是清淮相接处水面辽阔浩浩汤汤;二是秋天里,蔓草芦花漫天遍野;三是此地是东接扬州,南接江汉的交通要道;四是这里是友人行旅的中转站,暂息地。

同时诗人也表达了自己的特有的情绪,作为一个外乡人,来到这里,一方面为此地阔大浩渺的景象而惊叹,另一方面也表达了身处此地的有些茫然的独特情绪,包括作为外乡,因远离故土而生出的思恋乡关的愁绪;漂泊在外,行走于路歧处而生的怅惘之情;看到"夕阳西下水东流"时生出人生几何的感慨,等等。

该诗不论写景还是抒情,都意境阔大,正如毛晋所说的"一洗唐人小赋柔靡风气"。

楚州开元寺北院,枸杞临井,繁茂可观, 群贤赋诗,因以继和

刘禹锡

僧房药树依寒井,井有香泉树有灵。

翠黛叶生笼石甃,殷红子熟照铜瓶。

枝繁本是仙人杖,根老新成瑞犬形。

上品功能甘露味,远知一勺可延龄。

作者简介

刘禹锡(772—842),字梦得,河南洛阳人,贞元九年(793 年)进士,官至检校礼部尚书兼太子宾客,世称刘宾客。唐代中晚期著名诗人、哲学家、文学家,有"诗豪"之称。政治上主张革新,是王叔文派政治革新活动的中心人物之一。其诗通俗清新,晚年与白居易唱和甚多,并称"刘白"。有《刘宾客集》。

题　解

唐宝历二年(826 年),两位大诗人刘禹锡与白居易在扬子江畔不期而遇,他们一起沿运河北上去游赏楚州古城,受到楚州刺史郭使君的热情接待。郭使君亲自安排了淮安文坛的一次文人聚会,地点

即楚州城开元寺。唐代楚州城开元寺北院中有一口古井,因井壁长有一株千年枸杞,叫枸杞井。枸杞树葱郁茂密,特别是到了枸杞成熟时节,枝头上的小红果远望一片红,煞是好看。井水甘洌,相传饮之能令人高寿,因称为甘泉。这口井因此名声远扬,吸引了当地及别处文人雅士,在此聚会品茶、吟诗作对。从题目可知,这次聚会也是群贤俱至,争相赋诗,彼此唱和。《淮安府志》第二十二卷录白居易《和郭使君题枸杞井》:"山阳太守①政严明,吏静人安无犬惊。不知灵药根成狗,怪得时闻吠夜声。"刘禹锡也文思涌动,写下了这首《楚州开元寺北院,枸杞临井,繁茂可观,群贤赋诗,因以继和》。

注　释

(1) 僧房:指开元寺。药树:指枸杞树,因枸杞可入药,故称。

(2) 香泉:指井水,因其来自泉水并有香味,故曰香泉。

(3) 翠黛:指枸杞叶的深绿色彩。翠:绿色。黛(dài):青黑色的颜料。石甃(zhòu):石垒的井壁。甃:砖瓦砌的井壁。

(4) 仙人杖:因枸杞枝干的形状像仙人杖,故称。晋·葛洪《抱朴子·仙药》:"仙人杖,或云西王母杖,或名天精,或名却老,或名地骨,或名枸杞也。"后来宋人苏颂解释说:"仙人杖有三物同名:一种是菜类,一种是枯死竹笋之色黑者,枸杞亦名仙人杖是也。此仙人杖乃作菜茹者。"(转引自《本草纲目》)

(5) 瑞犬形:指枸杞的根长得像充满祥瑞之气的小狗。此说有典故来源,《续仙传》云:"朱孺子见溪侧二花犬,逐入于枸杞丛下。掘之得根,形如二犬。烹而食之,忽觉身轻。"《浩然斋日钞》云:"宋徽宗

---

① 白居易诗中称郭使君为"山阳太守",山阳是楚州的治所,太守是山阳郡的最高行政长官。也即郭使君既是楚州最高行政长官,也是楚州治所山阳郡的最高长官之意。

时,顺州筑城,得枸杞于土中,其状如獒状,驰献阙下,乃仙家所谓千岁枸杞,其形如犬者。"獒,即猛犬。此诗化用典故,而成瑞犬。

（6）延龄：延长寿命。

评　析

　　这首诗重点写枸杞。枸杞曾被《神农本草经》列为上品,而且全身都是宝。正如明朝李时珍《本草纲目》言枸杞:"枸杞子甘平而润,性滋而补……能补肾、润肺、生精、益气,此乃平补之药。""久服,坚筋骨,轻身不老,耐寒暑……补精气诸不足,易颜色,变白,明目安神,令人长寿。"

　　诗歌首联先写了药树（枸杞）生长的环境和特性,在僧房之中,依寒井而立,因井水为香泉之水,枸杞许是因根部汲取着香泉而有了灵气。如此,既点了枸杞在开元寺北院、临井繁茂之题,也以灵字开启下文。接下来颔联正面描写枸杞,描写了枸杞树笼罩井壁的墨绿色的叶子、成熟后足以美化照亮铜瓶的殷红的果子。颈联用比喻、典故、拟人等各种手法,描写枸杞像仙人杖似的繁枝、像瑞犬样的老根,如此,枸杞的叶、果、枝、根得到形象生动的全面描述。尾联侧重写枸杞的口感和功能,口味尝如甘露。小小一勺即有益寿延年之效。尾联"甘露""延龄",呼应首联的"灵"字,这就充分写出了此棵枸杞树的非同一般,由此我们也更加理解了题目中的群贤赋诗之意。

　　正因为刘禹锡与白居易的诗歌的生动描写,枸杞井和枸杞井诗后来广为传颂。从两位诗人淮安聚会算起,已经过去一千多年,这期间淮安饱受洪水、战火的洗礼,当年的开元寺以及枸杞井早已湮灭。我们也只能通过前人留下的诗歌去感受枸杞井曾经的形象了。

淮阴阻风寄呈楚州韦中丞

许 浑

垂钓京江欲白头,江鱼堪钓却西游。

刘伶台下稻花晚,韩信祠前枫叶秋。

淮月尚明先倚槛,海云初起又维舟。

河桥有酒无人醉,独上高城望庾楼。

作者简介

许浑(约 791—约 858),字用晦,祖籍安州安陆(今湖北安陆),寓居润州(今江苏镇江)。唐文宗大和六年(832 年)进士及第,先后任当涂、太平令,因病免。大中三年入为监察御史,因病乞归,后复出仕,任润州司马。历虞部员外郎,转睦、郢二州刺史。晚年归润州丁卯桥村舍闲居,自编诗集,曰《丁卯集》。其诗皆近体,五七律尤多,句法圆熟工稳,声调平仄自成一格,即所谓"丁卯体"。诗多写"水",故有"许浑千首湿,杜甫一生愁"之语。

题 解

淮阴与楚州相距约 60 里,其间为淮河山阳湾,水流迅急,有风波覆舟之险。往来南北之人每遇汛期或大风,舟船即不敢行驶,往往停泊以待。楚州韦中丞：当指唐会昌末任楚州刺史的韦瓘①，因曾任过中丞，故作者这样称呼他。根据诗题，当是诗人坐船经过淮阴时，因风受阻，想念起在不远处楚州的好友，有感而作。

注 释

（1）垂钓：垂竿钓鱼的简称。京江：长江流经江苏镇江市北的一段，因镇江古名京口而得名。

（2）刘伶台：在楚州城东北七里，相传为刘伶隐居处。

（3）韩信祠：为纪念韩信而修建的供舍，在淮阴故城。

（4）倚槛：即倚栏。倚靠着栏杆。

（5）维舟：系船停泊。

（6）庾楼：一名庾公楼，在江西九江。传说为晋庾亮镇江州时所建。这里应该代指诗人所见江边高楼。

评 析

诗歌首联回顾自己过去经历，曾经在自己家乡过着垂钓江边的生活，也打算终老于此，这里的生活的确宁静闲适、优裕富足，但却偏偏踏上西游为官的道路。转折之中，包含着人生的悖论与无奈。次联描述诗人眼前所见的淮安一些名胜古迹风景，即刘伶台下稻花已经过了花期，快要结实，韩信祠前的枫叶也已经经秋霜变红。由此传

① 韦瓘：京兆万年（今陕西西安）人。（一说桂林人）字茂弘，生于唐德宗贞元五年（789年），卒年不详。韦瓘十九岁应进士举，二十一岁状元及第。官授左拾遗，元和十五年（820年）提为右补阙，充任史馆修撰，迁司勋郎中，中书舍人，当时卷入"牛李党争"，与李德裕友善。李德裕任宰相，极少在家待客，唯韦瓘与其往来无间。后李德裕罢相，韦瓘于大和八年（834年）被贬康州，后移明州长史。至会昌末年，任楚州刺史。大中二年（848年）任桂林观察使，不久授太子宾客，分司东都，到任后病故。

递出诗人所在的地点与时间。地点是有着名人故迹的淮阴，时间是秋天。第三联交代自己在淮阴的缘由，一是因为淮月明亮值得倚栏欣赏。根据题目，诗人是因风受阻被动留淮，但在"淮月尚明先倚槛"句中又有诗人主动或顺势留淮之意。承接上联，许是因为诗人意外发现淮阴有许多值得欣赏之处之故。二是因为海云初起，意味着山雨欲来，诗人不得不暂时留宿。第四联则是自我形象与心境的描述。有酒不醉，一者是因为不喝，一者是因为太清醒，故这句反映出诗人因为行程受阻，心情并不宁静。独上高楼，则更是见出诗人独在异乡，寂寥的心绪。诗歌总体思路跳跃，既有对自己经历的曲折勾勒，又有对于阻风地的简单述描；既有历史陈迹的观照，又有寂寥情绪的表达。用语自然晓畅，句法圆熟工稳，情绪在顺势而为中，又颇有苍凉悲慨之致。

赠少年

温庭筠

江海相逢客恨多，秋风叶下洞庭波。

酒酣夜别淮阴市，月照高楼一曲歌。

作者简介

温庭筠（约812—约866），字飞卿，太原祁（今天山西省祁县）人，唐词人、诗人。恃才不羁，取憎于时，故屡举进士不第，终生不得志，官终国子监助教。精通音律，工诗，与李商隐齐名，时称"温李"。其诗辞藻华丽，浓艳精致，内容多写闺情，少数作品对现实有所反映。其词艺术成就在晚唐诸词人之上，刻意求精，注重词的文采和声情。与韦庄齐名，并称"温韦"。被尊为"花间词派"之鼻祖。后人辑有《温飞卿集》及《金奁集》。

题 解

《赠少年》是唐代诗人温庭筠创作的一首七绝。诗人在淮阴与一少年相逢又相别，有感而发，写作此诗。

注 释

(1) 江海：泛指外乡，即浪游的地方。

(2) 叶下：指秋风吹得树叶纷纷落下。"秋风叶下洞庭波"句化用了《楚辞》"袅袅兮秋风，洞庭波兮木叶下"诗句，描写了南方萧索的秋色。

(3) 酒酣：指酒喝得尽兴，畅快。淮阴市：与少年相逢又话别的地点。

评 析

此诗描写秋风萧瑟的时节，诗人在淮阴与一少年相逢又相别的场面，表达了无限的离恨别情，抒发了深沉的豪情壮怀。

"江海相逢客恨多"句意为，诗人与一少年江海相遇，本当使人高兴，但由于彼此皆为客游他乡，故共有沦落江湖、政治失意之感，也即苦恨颇多。

"秋风叶下洞庭波"句，正面化用《楚辞》描写南方萧索秋色的诗句，以渲染客恨。诗人与少年相遇，彼此情意相投，瞬息又要分别，故《楚辞》诗句虽非实指，却能烘托此刻心境。

"酒酣夜别淮阴市"，表面点出话别地点"淮阴市"，但又是在暗用淮阴侯韩信的故事。韩信年少未得志时，曾乞食漂母，受辱胯下，贻笑于淮阴一市。后来征战沙场，成为西汉百万军中的统帅。温庭筠也是才华出众，素有大志，但终不为世用，只落得身世飘零，颇似少年韩信。故"酒酣夜别淮阴市"句，既有借古人之酒杯浇胸中的块垒，也有以韩信的襟抱激励自己，向昨天的耻辱与失意告别之意。

最后"月照高楼一曲歌"一句，诗人跳出抑郁不满心境，表达了一种豪放不羁的情怀。与其沉溺客恨，不如在高楼对明月，和少年知音放歌一曲,共勉壮志。故《唐诗绝句类选》评：少年豪侠之气可掬。

这首诗最大的特点是善于用典而不着痕迹。如"秋风叶下洞庭波""酒酣夜别淮阴市"皆如此。诗句将典故自然地与写景叙事融为一体,含蓄隽永,意味深长。

温庭筠多纤丽藻饰之作,此篇却有峻拔爽朗之格,令人耳目一新。

清河泛舟

薛　能

都人层立似山丘，坐啸将军拥棹游。

绕廓烟波浮泗水，一船丝竹载凉州。

城中睹望皆丹舸，旗里惊飞尽白鸥。

儒将不须夸郤縠，未闻诗句解风流。

作者简介

薛能（817？—880？），晚唐著名诗人。字太拙，汾州人（今山西汾阳一带）。唐会昌六年进士，官至工部尚书。一生仕宦他乡，游历众多地方。为政严察，癖于诗，日赋一章，诗多寄送赠答、游历登临之作。晚唐一些著名诗人多有诗与其唱和。有集十卷并《繁城集》一卷传世。

题　解

古泗水由山东流经徐州至淮阴北泗口入淮，以水清，又称清水、清河。清河口为交通要道、军事重镇，向来有重兵把守、将军驻节。该诗即写一位儒雅将军的船队在清河出游时的盛况。

注 释

(1) 坐啸：闲坐吟啸。后汉成缙任南阳太守，用岑晊(字公孝)为功曹，公事都交给岑晊办理，民间传言："南阳太守岑公孝，弘农成缙但坐啸。"后因用以指做官而不亲自办事。这里也指儒将。棹(zhào)：本意船桨。

(2) 凉州：指古《凉州词》，古代的乐曲名称。

(3) 丹艧(huò)：油漆成红色的小船。

(4) 郄縠(qiè hú)：《左传·僖公二十七年》："(晋文公)作三军，谋元帅。赵衰曰：'郄縠可。臣亟闻其言矣，说《礼》《乐》而敦《诗》《书》……君其试之！'乃使郄縠将中军，郄溱佐之。"后世诗文常用"郄縠"比喻儒将。

评 析

诗歌第一联交代事由，即观众人山人海，层层叠叠犹如山丘，正在观看一位将军率领船队在清河中巡游。显然，首联渲染出了儒将所率领的这次出游场面之恢宏盛大。第二联不仅正面描摹泗口处的环境氛围，即泗口处城廓四面环泗水，泗水边上皆城廓，此刻皆笼罩在烟霭之中，呈现一派迷蒙景象，而且还用绕城而过的船上所奏响的古《凉州词》，营造出这里朦胧而又洪荒苍凉的氛围。第三联着重渲染船队浩荡前行的壮观情景，当船队在水中绕城而过时，人在城里放眼望去，满目皆是红色的船只，船只经过处，惊起了一群群白鸥，它们在绕着船上的旗帜翻飞。最后一联则为抒情写意。诗人写道：说到儒将不必去夸古代的郄縠，没有听说过，仅靠吟诵诗赋就能称得上是风流。言下之意，清河道中率船队而行的将军才值得夸耀，是真正的风流潇洒。该诗通过渲染观众之盛,船之众,惊飞的鸟之多,渲染一个儒将所率船队出游之壮观情景,折射出当时清河作为水上交通要道、军人驻节的繁盛历史。

盱眙山寺

林　逋

下傍盱眙县，山崖露寺门。

疏钟过淮口，一径入云根。

竹老生虚籁，池清见古源。

高僧拂经榻，茶话到黄昏。

作者简介

林逋（967—1028），字君复，钱塘人，北宋诗人，后人称为和靖先生。幼时刻苦好学，通晓经史百家。书载性孤高自好，喜恬淡，勿趋荣利。后隐居杭州西湖孤山，常驾小舟遍游西湖诸寺庙，与高僧诗友相往还。终身不仕、不娶，与梅花、仙鹤作伴，所谓"梅妻鹤子"是也。其诗风格淡远。后人辑有《林和靖先生诗集》四卷。

题　解

盱眙：参见"外籍诗人过淮"篇中常建的《泊舟盱眙》题解。山寺：宋代盱眙的山寺主要有上龟山寺、五塔寺等。

注　释

（1）傍：靠；临近。盱眙县：这里指盱眙县衙。这句大意，因为山寺与县衙靠的很近，在县衙的上面，故云"下傍盱眙县"是也。

（2）疏钟：（山寺传出的）稀疏的钟声。淮口：隋炀帝所开通济渠，为了避开徐州、吕梁二洪之险，采取走安徽宿州直接入淮的线路，即在今河南杞县以西与汴河分出一支折向东南，经河南商丘、永城，安徽宿县、灵璧，江苏省的泗洪，至盱眙对岸进淮河。这支撇开徐州间的汴、泗运河径直入淮的河道，即隋运河，又称汴河，亦称南汴河。汴水入淮之口，称淮口，也称汴口。"疏钟过淮口"句意思是，盱眙山寺离淮口不远。故在淮口可听见山寺钟声。

（3）一径：通向山寺的一条小路。云根：深山云起之处。"一径入云根"句以通向山顶的一条小路消失在云深之处，揭示出山寺很高。

（4）虚籁：空寂无声。《文选·谢庄〈月赋〉》："声林虚籁，沦池灭波。"吕延济注："谓风止林籁虚而不鸣。"

（5）古源：指盱眙第一山玻璃古泉。

评　析

诗歌第一联写盱眙山寺的地理位置，靠近县衙，建在山崖之上。"下傍盱眙县"句突出山寺所在位置之核心显要，"山崖露寺门"句突出山寺地理位置之独特隐蔽神圣。

第二联写到达山寺的方式与路径，在淮口下船即可听见山寺钟声，沿着一条小路到云深之处即是山寺。"疏钟"凸显了山寺中修行得道、明心见性特征，"云根"写出山寺之居处之高深幽远、静寂参禅的特点。

　　第三联"竹老生虚籁,池清见古源"写山寺周边竹茂池清的环境,茂密的树林,因为许多老竹,越发衬托出环境之虚无空寂。玻璃古泉流淌至此集聚而成的池水清澈见底。两句描摹出山寺周围环境的空幽,古雅。

　　最后一联"高僧拂经榻,茶话到黄昏"写高僧状态。他们坐在经榻之上,论经参禅,不知不觉间就到了黄昏。写出了寺中人无俗世间功利的既虔诚又充满意趣的生活。

　　诗歌题为山寺,重点写了山寺的独特位置、不俗环境、周边景物、参禅高僧,从而营造出崖上山寺的空寂闲远,不同凡俗。由于每一联都突出空灵幽寂一面,整个诗歌显得禅意十足,韵味无穷。

淮阴

梅尧臣

青环瘦铁缆,系在淮阴城。

水胫多长短,林枝有直横。

山夔一足走,妖鸟九头鸣。

韩信祠堂古,谁将胯下平。

作者简介

梅尧臣(1002—1060),字圣俞,宣城(今安徽宣城)人。北宋诗人。于皇祐三年(1051年)始得宋仁宗召试,赐同进士出身,为太常博士。以欧阳修荐,授国子监直讲,累迁至尚书都官员外郎。故世称"梅直讲""梅都官"。梅尧臣少即能诗,与苏舜钦齐名,时号"苏梅",又与欧阳修并称"欧梅"。于诗主张写实,反对西昆体,所作力求平淡、含蓄,被称为宋诗的"开山祖师"。曾参与编撰《新唐书》,并为《孙子兵法》作注。另有《宛陵先生集》及《毛诗小传》等。

题 解

该诗以淮阴为题,旨在写出诗人对于淮安地理环境与人文历史的了解,并即景怀古,表达出对淮安名人韩信的敬仰。

注 释

（1）青环：青色玉环。

（2）水胫：指淮安的水道。胫：小腿，指从膝盖到脚跟的一段。

（3）山䰩：神话传说中的山中独足怪兽。妖鸟九头：传说中有九个头的怪鸟。其羽赤而形似鸭，鸣时九头皆鸣。后以九头鸟比喻奸诈狡滑的人。

评 析

诗歌第一联大意是沿着运河而来的船只在淮安靠岸时，需将细细铁缆绳系在铁环上。主要交代了自己是坐船到达淮阴。第二联大意是淮安有很多长短不一的水道。河岸上长着枝干或横或直的树木。这主要写淮安水系之丰富，和岸上林木之繁茂。第三联大意是据说这里有一足的山䰩怪兽和会鸣叫的九头妖鸟。这主要以传说写出一种妖氛。第四联大意是说用以祭祀韩信的祠堂自古就有，天下还有多少人能像韩信一样，受过胯下之辱后，能最终洗雪耻辱的呢。

该诗前三联既如实写出运河淮安当时交通繁茂的景象，也写出了一个外地人到淮安后因为环境陌生而对淮安世事不太平的在意。结联则怀古抒情，表达出诗人对于淮安名人韩信的致敬。虽然诗歌短小，但体现出他对于淮安山水人文的大致整体了解。

淮中晚泊犊头

苏舜钦

春阴垂野草青青，时有幽花一树明。

晚泊孤舟古祠下，满川风雨看潮生。

作者简介

苏舜钦（1008—1048），字子美，祖籍梓州铜山（今四川中江），自其曾祖时迁居开封。北宋诗人。景佑元年（1035 年）进士。曾任县令、集贤殿校理、监进奏院等职。支持范仲淹改革，后为人弹劾，以"监守自盗罪"削职为民，闲居苏州沧浪亭。诗与梅尧臣齐名，风格豪健，甚为欧阳修所重。有《苏学士文集》。

题　解

淮：淮河。犊头：即犊头镇，为宋代淮河边上的一个小镇，位于盱眙以北的龟山镇和洪泽镇之间，为往来舟楫必经之所。光绪《清河县志》等书写作"渎头"。

宋仁宗庆历四年（1044 年）秋冬之际，诗人被政敌所构陷，削职为民，逐出京都。他由水路南行，于次年四月抵达苏州。这首诗是其旅途中泊舟淮上的犊头镇时所作。

注　释

（1）春阴：春天的阴云。垂野：笼罩原野。
（2）幽花：幽静偏暗之处的花。
（3）古祠：古旧的祠堂。
（4）满川：满河。

评　析

诗题为"晚泊犊头"，前两句却写日间行船，后两句才是停船过夜的情景。前二句写行船过程中所见之景，春天的阴云垂落在旷野，田野里到处绿草青青。阴暗的天气、单调的景色中，不时有一树野花闪现出来，红的，黄的，白的，那散发出幽香的花树，因此格外地明亮美丽。在春天沉沉的暗绿的背景上，突出描绘了耀眼而幽独的花树，富有象征意义，既是赞花，也是对像花一样的富有个性和生命力之物的赞美。后二句写黄昏停船后所见之景，诗人将一叶孤舟停靠在古旧的祠堂下，静观满河风雨中的潮水涨起。这里，不仅是在满川风雨中独看涨潮的即景描写，也寄寓着诗人在官场风雨中镇定自若、处之泰然的心态表达。当然，在平和心境的暗示中，又实际上显露了内心深处的愤激不平。全诗明与暗对比强烈，如阴云野草与幽花明树对比。动与静对照亦强烈，日间船行水上，人在动态之中，岸边的野草幽花是静止的；夜里船泊犊头，人是静止的了，风雨潮水却是动荡不息的。正是在这种明暗、动静的对比中，诗人制造了与外界事物的距离感，从而展示了一种不同流俗、超然物外的心境和风度。

望淮口

王安石

白烟弥漫接天涯，黯黯长空一道斜。

有似钱塘江上望，晚潮初落见平沙。

作者简介

　　王安石（1021—1086），字介甫，晚号半山，又有王荆公、临川先生等称号，抚州临川人，北宋杰出的政治家、改革家、文学家，唐宋古文八大家之一。庆历二年（1042 年）进士，治平四年（1067 年）神宗初即位，诏王安石知江宁府，旋召为翰林学士。熙宁二年（1069 年）提为参知政事，次年拜相，实行新法，遭到旧党反对。熙宁九年（1076）罢相后隐居江宁（今江苏南京市），病死于江宁钟山，谥号"文"，又称王文公。诗歌道劲清新，词虽不多而风格高峻，有《王文公文集》《临川先生文集》等。

题　解

　　此淮口在今淮阴区境内，为黄河夺泗水入淮水之口。又称泗口、清口。

　　淮河发源于河南省桐柏山，流经今安徽、江苏，至龟山经古洪泽洼地(大体为今洪泽湖区域),向东北至淮阴故城(今淮阴县码头镇附近)接纳泗水,继续向东北至云梯关(原属涟水县,现属盐城响水县)入黄海。淮河本来河槽宽深、出路畅通,南宋建炎二年(1128年),东京(今开封市)的守将杜充人为扒开黄河大堤抵御金兵,使黄河改道由泗水入淮河、济水分流入海。金明昌十一年(1194年),黄河主流夺淮。从此,浑浊的黄河水代替了汴水、泗水的清水,给淮河带来无尽的苦难。

注 释

(1) 弥漫:布满,笼罩。天涯:极高极远处。

(2) 黯黯:同暗暗,指光线昏暗;颜色发黑。

(3) 有似:类似;如同。钱塘江:是浙江省最大河流,流经今安徽省南部和浙江省,流域面积55058平方公里,钱塘江潮被誉为"天下第一潮",是世界一大自然奇观,它是天体引力和地球自转的离心作用,加上杭州湾喇叭口的特殊地形所造成的特大涌潮。

(4) 平沙:指广阔的沙原。

评 析

诗歌首两句写淮口涨潮时波浪滔天,冲击天际的壮观景色,意思是黄河夺泗水入淮水之口波浪腾起,产生的白色的水雾,直达遥远的天边。甚至,白色的烟雾直冲云霄,在暗暗的天空留下一道斜斜的痕迹。后两句写傍晚时分潮水初落时岸上沙原的情景。意思是当坐船在淮水中行驶,所见景色,就如同在钱塘江上行驶所见到的景象,当晚潮初落时,则能看到广阔的沙原。一动一静,既写出淮口处河中与岸上的鲜明对比,也能体会出诗人心境之跌宕起伏。同时诗歌将淮口与钱塘江作比,钱塘江之潮自古无双举世皆知,由此反映出诗人独特的感知,衬托出这里的浪潮之惊人,记录下了淮口曾有的壮观奇景。

淮上早发

苏 轼

淡月倾云晓角哀,小风吹水碧鳞开。

此生定向江湖老,默数淮中十往来。

作者简介

苏轼(1036—1101),字子瞻,号东坡居士,眉州眉山(在今四川)人。北宋诗人。神宗时,为杭州通判,知密州、徐州。元丰二年,因写诗被指为"谤讪"朝政,被捕入狱,后贬黄州,再徙常州。哲宗时,起为翰林学士。元佑八年,复行新法,又被贬至南方的惠州、琼州等地。徽宗即位,遇赦北还,卒于常州。苏轼一生仕途坎坷,学识渊博,天资极高,散文、诗词、书画皆精。散文汪洋恣肆,明白畅达,与欧阳修并称欧苏,为唐宋八大家之一;诗清新豪健,善用夸张、比喻,与黄庭坚一起奠定了宋诗体别,世称"苏黄";词以豪放闻名于世,与辛弃疾并称"苏辛"。有《苏东坡全集》和《东坡乐府》等。

题 解

宋哲宗元佑七年(1092 年)三月,苏轼自颍州改知扬州,途经淮河,并于早晨出发离开这里时作了这首小诗。

注　释

（1）淡月倾云：淡淡的月光洒向片片浮云。晓角：城里驻军吹的报晓的号角声。角：古代军中的一种乐器。

（2）碧鳞开：微风吹皱水面，碧绿的水波鱼麟般地漾开。鳞：比喻水的波纹似鱼鳞。

（3）此生定向江湖老：意思是说一生定要在江湖中度过。

（4）默数：暗自计数。淮中十往来："十往来"是确数，苏轼熙宁四年自汴京赴杭州通判任，熙宁七年由杭州赴密州，元丰二年四月赴湖州，八月赴御史台狱，元丰七年由常州至南都，元丰八年回常州，同年九月赴登州，元佑四年赴杭州知州任，元佑六年回京，再加上这次过淮，往返经淮河共有十次，所以说"淮中十往来"。

评　析

诗歌第一联为写景，首句交代了出发的时间是清晓时分，所见景色是天光未曙，残月浅淡，微云始起，所听到的是城中驻军晓角哀鸣。一个哀字给整个淮上的自然景致和氛围笼上一层淡淡的哀伤，心境是萧然的，格调是低沉的。如果说第一句是远观仰视所得之景，第二句则是近观俯视所得之景，只见微风吹拂着淮水，荡起无数碧鳞般的波纹。在第一句到第二句的过渡间，不仅是视线的转移，也是时间的流逝，此刻天光已经大亮，故眼前景物才碧绿清澈，而一个开字，不仅是景色的亮开，更是心境的豁然开朗。第二联由写景而转向抒情，随着光线变亮，心境变佳，诗人一边欣赏风景，一边默默回顾人生：此前已九次往来此地，既有初入仕途时，也有作为罪人时。升迁贬谪，浮沉不定，如梦如幻。今日第十次路过这熟悉的淮上，多少酸甜苦辣往事，悄悄涌上心头。也许苦楚太多，诗人忽然下定归老江湖的决心,因为,只有这山水清景才是自己真正所要追求的。

　　苏东坡一生仕途坎坷,屡被贬谪,即使在较为顺利的元佑时期,也在朝中不得志,数遭外放。如今的苏轼对人生已有更深刻的认识,他从早年的一味进取,转为趋向佛老。"人生如梦、归老江湖"是他晚年的主导思想。该诗中的"此生定向江湖老",正是这思想的体现。

　　总之,该诗短短四句,描绘了人生旅途上一个小小的风景和即时的感受,实际上又包含着他人生中较长时期丰富的人生体验。纪晓岚曾评曰:"语浅而意深。"

泗州东城晚望

秦　观

渺渺孤城白水环，舳舻人语夕霏间。

林梢一抹青如画，应是淮流转处山。

作者简介

秦观(1049—1100)，字少游，又字太虚，号淮海居士，高邮(今属江苏)人，北宋词人。元丰八年(1085年)进士。官至太学博士、国史馆编修。因元佑年间(1086—1094年)党争，屡遭贬谪。早年游学于苏轼门下，文辞为苏轼所赏识。与黄庭坚、晁补之、张耒并称"苏门四学士"。一生坎坷，所写诗词，寄托身世，感人至深。有诗、词、文赋和书法多方面的艺术才能，尤以婉约之词驰名于世。著有《淮海集》40卷。

题　解

泗州，是一个存在于北周到清朝之间的历史地名。唐代，泗州隶属河南道，治所临淮县(今盱眙县城淮河对岸)。北宋为淮南东路泗州,州治泗州城。据《泗州志》云:"泗州在州境极南,面长淮对盱山,^①城肇于宋,旧有东西两城,皆土筑,明初始更砖石为之,合为一城,汴河径其中。"明清时期泗州城屡遭洪水淹没,康熙时(公元1680年)陷入洪泽湖,泗洲城消失。

按秦观诗题《泗州东城晚望》,诗人当是傍晚时分站在东城上,临淮水,面盱山,水光山色,南舟北楫,尽入望中,故有感而作此诗。

欧阳修二十九岁支持范仲淹改革,赴贬经泗州,应泗州张知州之请,写了一篇《先春亭记》,记载张知州"乃筑州署之东城上,为先春亭,以临淮水,而望西山"^②。即张知州是在东城建筑了州的官署,取名叫"先春亭"。先春亭依傍淮水,面对西山。按秦观诗题《泗州东城晚望》,诗人当是傍晚时分站在东城上,同样是临淮水,面西山,水光山色,南舟北楫,尽入望中,故有感而作此诗。

注 释

(1) 渺渺:幽远貌;悠远貌。白水:指淮河。

(2) 舳舻(zhú lú):指船。舳:船尾;舻:船头。夕霏:黄昏时的云气烟雾。南朝宋谢灵运《石壁精舍还湖中》:"林壑敛暝色,云霞收夕霏。"

(3) 林梢:林木的尖端或末端。

(4) 淮流:淮水。山:指泗州南山,亦称都梁山、第一山、西山。

---

① 即泗州南山,亦称都梁山、第一山。胡仔《苕溪渔隐丛话》后集卷三十五:"淮北之地平夷,自京师至汴口,并无山。惟隔淮方有南山,米元章名其山为第一山,有诗云:'京洛风尘千里还,船头出没翠屏间;莫能衡霍撞星斗,且是东南第一山。'此诗刻在南山石崖上,石崖之侧,有东坡《行香子》词,后题云:'与泗守游南山作。'"

② 西山即泗州南山,亦称都梁山、第一山。米芾有诗《瑞岩庵清晓》云:"西山月落楚天低,不放红尘点翠微。鹤唳一声松露滴,水晶寒湿道人衣。"瑞岩庵在第一山翠屏峰山腰。可见米芾将南山(第一山)称作西山。

评 析

　　诗歌大意是：傍晚时分，孤零零屹立的泗州城似乎被烟霭笼罩般显得幽远，波光粼粼的淮河像一条蜿蜒的白带，绕过泗州城，静静地流向远方；黄昏迷蒙的轻雾下，船儿静静地停泊着，船上人语依稀；稍远处是一片丛林，而林梢的尽头，浮现着一抹黛影，青淡如画，那应该是淮河转弯处的山峦。

　　诗歌前两句着重写泗州城的水中景象，"渺渺"二字，既扣住了题目中"晚望"二字，又与后一句的"夕霏"呼应，晕染出泗州城傍晚时分城池的幽暗氛围与淮水的悠长渺远。诗人在这联中构造了水中的两幅景致。一幅是淮水如带同孤城屹立构成的动和静、纵和横对比又相衬的侧重自然和视觉的画面。一幅是淮河上的行船远远飘来若断若续的人语的侧重人和听觉的画面。

　　三四两句着重写山。在前一句中，诗人不从"山"字落笔，而是写出林后天际的一抹青色，暗示了远处的山峦。在这里，树林不过是陪衬，山峦才是主体。诗的最后一句既回答了前一句的暗示，又自成一幅渺渺白水绕青山的画面，至于此山本身如何，则不加申说，留待读者去想象。

　　诗歌通过描述了夕阳西下之后的景色，表现了诗人向往一种朦胧而不虚幻、恬淡而不寂寞的境界。

　　秦观以词名世，因其词有"山抹微云"一句，被称为"山抹微云"先生。秦观词中常见有凄迷的景色和缠绵的愁绪，故被称之为词风婉约。他的诗风和词风颇为接近，所以前人有"诗如词""诗似小词"的评语。不过此诗情调较为明丽清新。

第一山怀古

米 芾

京洛风尘千里还,船头出汴翠屏间。

莫论衡霍撞星斗,且是东南第一山。

作者简介

米芾(1051—1107),北宋书画家。初名黻,后改芾,字元章,号襄阳漫士、海岳外史等。世居太原,迁居湖北襄阳,后定居润州(今江苏镇江)。徽宗召为书画学博士,曾官礼部员外郎,人称米南宫。能诗文,擅书画,精鉴别,书法为"宋四家"之一,绘画创"米派山水"。他曾多次往来淮上,逗留盱眙山水间。绍圣元符间,知涟水军两年多,有惠政,任满归,囊橐萧然。主要作品有《多景楼诗》《虹县诗》《研山铭》《拜中岳命帖》等。

题 解

第一山,原名南山,因盛产都梁香草,故又名都梁,这也成了古县盱眙的别称。第一山在汴河口南岸,与汴河口相距仅二里。怀古:追念古代的人和事,多用为歌咏古迹的诗题。北宋哲宗绍圣四年(1097年),书画家米芾赴任涟水知军,由国都汴京(今开封)经汴水南下就任,一路平川。入淮时忽见奇秀的南山,诗兴勃发,写下该诗,并大书"第一山"三个大字。从此南山易名"第一山"。

注 释

(1)京洛风尘千里还:北宋哲宗绍圣四年(1097年),书画家米芾赴任涟水知军,由国都汴京(今开封)经汴水南下就任,故曰"京洛风尘千里还"。京洛:本为专用名词,意为"京城洛阳",因洛阳从夏代开始频繁作为都城,历十三代都会。后世则用"京洛"泛指国都。

(2)船头出汴翠屏间:第一山在汴河口南岸,与汴河口相距仅二里。故船出了汴河口,即能看到苍翠欲滴的盱眙第一山。出汴:即出汴河口入淮河。翠屏:指苍翠欲滴的盱眙第一山。

(3)莫论衡霍撞星斗:暂且不要去说安徽西部的衡山、霍山仿佛高耸入云,能碰到天上的星星。衡霍:指今安徽西部的衡山、霍山。星斗:泛指天上的星星。

(4)且是东南第一山:盱眙的都梁山才真正是天下的第一山。

评 析

该诗第一句化用了李白"千里江陵一日还"的典故,以夸张的手法写出船行之迅速。第二句实写都梁山的地理位置和树木葱郁的形态。第三四句用了对比手法和议论,表达了诗人通过水路一路走来,出了汴水,一眼看到一座虽比不上衡山、霍山高耸摩云,但也是巍然耸立的东南第一山的兴奋愉悦之情。短短一首诗歌,不仅用典,且发议论,体现了宋诗以学问为诗、以议论为诗的特征。

望楚州新城

杨万里

已近山阳望渐宽，湖光百里见千村。

人家四面皆临水，柳树双垂便是门。

全盛向来元孔道，杂耕今是一雄藩。

金汤再茸真长策，此外犹须仔细论。

作者简介

　　杨万里（1127—1206），字廷秀，号诚斋。南宋诗人。吉州吉水（今属江西）人。绍兴二十四年进士，曾任秘书监、宝谟阁学士等。主张抗金。诗与尤袤、范成大、陆游齐名，称"中兴四大家""南宋四大家"。其诗以构思新巧、语言通俗晓畅而自成一家，时称杨诚斋体。有《诚斋集》。杨万里写过多首关于淮安的诗歌，如《过淮阴庙》《淮白赞》《至洪泽》《过磨盘得风挂帆》《望楚州新城》等。

题　解

　　楚州新城，指南宋初年重修过的楚州城，周二十里，金使路经此地，曾称之为"银铸城"，可见其规模气势。

注　释

（1）全盛向来元孔道：意思是北宋时期，楚州原是大道，为南北咽喉之地。元：淮安府志为"皆"，依《杨万里选集》取"元"。孔道：四通八达之大道。

（2）杂耕：指韩世忠屯兵山阳，久驻屯田的士兵杂于百姓之间。雄藩：边疆地方势力较大的藩镇。

（3）金汤：是"金城汤池"的略语，指金属造的城，沸水流淌的护城河。形容城池险固。葺：原指用茅草覆盖房子，后泛指修理房屋。

（4）此外犹须仔细论：除了上述所讲的，楚州还有很多事情值得细细讲论。

评　析

该诗第一联为远景，写乘舟运河上，靠近楚州时，极目望去，视野开阔，河面渐宽。百里之间，湖光粼粼，一路走来，经过了上千个村落。通过具体描绘知道，淮安可由水路而达，且接近淮安时水路开阔。

第二联为近景，渲染楚州河水之盛，这里很多人家住的地方四面皆水，且掩映在繁茂柳树之中。有的柳枝垂下，仿佛构成了一道门。

第三联是对淮安进行历史的描述，意思是北宋时期，楚州原是大道，为南北咽喉之地，这里当初有兵士和农人杂居耕种，如今已经由一个杂耕之地变为一个藩镇。

最后一联中"金汤再葺真长策"句意思是，城池本身很坚固，再次修葺一下的确会是长久之计。淮安历来是兵家必争之地，百姓因此经常受扰，所以加固城池，抵御外敌，不失为良策。这句为议论，并点题，说明修葺新城很有必要。"此外犹须仔细论"句则留给人遐想，意思是淮安还有很多值得道说的地方。

　　显然，面对楚州新城，诗人留下了深刻的印象，这里水多，柳树多，是交通要道，且城池坚固，特别是最后一句"此外犹须仔细论"，见出诗人对于楚州很感兴趣，颇为称赏。

小清口

文天祥

乍见惊胡妇，相嗟遇楚兵。

北来鸿雁密，南去骆驼轻。

芳草中原路，斜阳故国情。

明朝五十里，错认武陵行。

作者简介

　　文天祥(1236—1283)，字宋瑞，一字履善，号文山，江西吉州庐陵人。南宋末政治家、文学家，爱国诗人，抗元名臣、民族英雄。南宋宝佑四年(1256年)状元及第，官至右丞相，封信国公。南宋祥兴元年(1278年)十二月，在五坡岭(今广东海丰北)被元军俘虏，后被解至元大都(今北京)，元世祖以高官厚禄劝降，文天祥宁死不降。至元十九年(1282年)十二月初九，在大都柴市从容就义。与陆秀夫、张世杰并称为"宋末三杰"。南宋王朝将亡之时，文天祥在患难之中写诗记录自己的经历并编辑成诗集，题名"指南录"，堪称诗史。遗著有《文山先生全集》。

题　解

　　清口即泗水入淮之口。清口有大小清口之分，泗水南下入淮原在桃源(今宿迁泗阳县)三义口分成南北两支:北支为大清河,向东北经渔沟折向东南于杨庄东北入淮,此入淮口被称为大清口;南支为小清河,向东南在码头镇附近入淮,其入淮口被称为小清口。南宋黄河夺泗、夺淮后先从大清口入淮,至嘉靖三年(1523 年)三义口淤堵,黄河改由小清口入淮。

小清口在南宋年间即为聚落、重镇。天历元年(1328 年)至乾隆二十五年(1760 年),数度为清河县城,后湮废。南宋祥兴元年(1278 年)十二月,文天祥落入元兵手中,次年(元至元十六年)四月二十二日被押送大都。九月初一到达淮安军,结束了五个月的水程。九月初三,文天祥由小清口去了西北五十里的桃源县(今宿迁泗阳县),在桃源留下了五首五言律诗,这是其一。

注 释

(1) 胡妇:中国古代对北方各族妇女的泛称。

(2) 楚兵:指居于旧楚地小清口的元朝士兵。

(3) 武陵:即陶渊明《桃花源记》中所记桃花源所在地。武陵隶属于湖南省常德市,位于湖南省西北部。而文天祥所到的桃源县在今宿迁泗阳县。"明朝五十里"两句,意思是:明天早晨要往泗阳桃源方向行五十里的路,乍听桃源,误以为是陶渊明所谓的武陵桃花源,其实不是。

评 析

诗歌首联写在清口乍一见到从北方来的女子吃了一惊,朋友见面会感叹在此地各自遇到过元朝的士兵。此联寓意元军已经占据了宋朝很多地方了。两句中一个惊,一个嗟,表达了国家破亡、自己无法面对,不愿承认现实的一种心态。第二联大意是很多北方的鸿雁在往南飞,南去的骆驼轻而捷。这里借物写人,以鸿雁、骆驼为喻,批判了元人野蛮无耻的侵略行为,他们正由北而来,骑着骆驼南下,一路迅速占领汉人土地。第三联意思是通向中原的路上芳草萋萋,落日斜阳中不禁升腾起怀念故国之情。"故国情"二字,可以说是毫不掩饰,直抒胸臆,表达了自己对故国的深切怀念。最后一联,以典故暗示现实之残酷,误把泗阳桃源当成陶渊明所谓的武陵桃花源,这不仅是把此地误当成彼地的错误,其实也是把现实世界误当成理想世界的错误。也就是说诗人本想自欺欺人,流连理想的世界,但是终归还是清醒地认识到了现实,如今已经国家破亡,到处已经是元军的天下了。

在现实中,文天祥作为抗元名臣,民族英雄,不畏强权,宁死不屈,特别是不受高官诱惑,宁愿选择赴义,其英雄事迹感天动地,广为流传。作为爱国诗人,文天祥很多诗歌表现了炽热的爱国情怀和崇高的民族气节。

这首诗不论是现实的揭示,还是情感的抒发,句句围绕国家已经失陷的事实,字里行间表达的是怀念故国,不愿相信国已不国的情绪。爱国之情溢于言表。此外,这首诗在表达爱国之情的同时,也更多地流露出一种无奈和辛酸。

淮阴杂兴四首(其二)

陈 基

落木萧萧雁度河,西风袅袅水增波。

甘罗营里秋声急,韩信城头月色多。

淮市有鱼聊可食,楚山无桂不须歌。

古今无限关心事,付与当年春梦婆。

作者简介

陈基(1314—1370),字敬初,台州临海(今属浙江)人,寓居吴中凤凰山河阳里(今属张家港市)。元至正年中,游京师,被荐为经延检讨,尝为人草谏章,几获罪,避归吴中。元末大乱,被据于吴地的张士诚召为江浙右司员外郎,参其军事。张士诚称王,授内史之职,后迁学士。军旅倥偬,飞书走檄,多出其手。朱元璋平吴,召之参与《元史》的纂修工作,书成后赐金而还。有《夷白斋稿》。

题 解

杂兴:有感而发,随事吟咏的诗篇。按题,这组诗是在淮阴随事吟咏的诗篇。

注　释

（1）落木萧萧：杜甫《登高》诗云："无边落木萧萧下，不尽长江滚滚来。"

（2）西风袅袅：屈原《湘夫人》中有"袅袅兮秋风，洞庭波兮木叶下"。

（3）甘罗营：甘罗（约公元前247年—？），战国时期秦国名臣甘茂之孙，著名的神童政治家。自幼聪明过人，初拜入秦国丞相吕不韦门下，任其少庶子。十二岁时出使赵国，使计让秦国得到十几座城池，甘罗因功得到秦始皇赐任上卿（相当于丞相）、封赏田地、房宅。其后事迹史籍无载。甘罗城因甘罗而命名。《续篡淮关统志》卷十二"古迹"云："甘罗城，《山阳旧志》云：在淮阴县治北。今属清河界，去河口马头司里许。相传为秦甘罗筑……当甘罗用事时，淮阴尚属楚地，何缘筑城？宋徐仲车《登淮阴古城》序云：'以《传》考之，所谓甘罗城者，非也。谓之淮阴故城，可也。'其言必有所据，以旧说相沿，故仍存之。"甘罗营：指甘罗在淮阴筑城屯兵处。

（4）韩信城：《续篡淮关统志》卷十二"古迹"云："韩信城，《山阳旧志》云：'与淮阴故城相近'。《寰宇记》曰：'信封侯时筑'。按：信由楚王降封淮阴侯，称病未就国，何由筑城？况汉去今数千年，河、淮迁徙，遗址尽湮，又何从实指其所耶？"

（5）春梦婆：苏轼贬官经昌化，遇一老妇，谓："内翰昔日富贵，一场春梦。"后人因呼此妇为春梦婆。这里也意味着过去很多理想的破灭。

评　析

诗歌首联化用杜甫和屈原的诗歌，营造了作为楚地的淮阴秋天时节,落叶纷纷,大雁南渡,西风劲吹,湖水波涌的萧瑟景象。第二联一句写淮阴的秋声,当初在甘罗营,曾经传来急切的鼓点声、马蹄声、厮杀声。一句写淮阴的秋色,即辅佐汉营的韩信所筑之城头月色非常皎洁。"淮市有鱼聊可食"两句:写出淮安人的生活状态,实际也是自己当下的状态,吃鱼,赏桂,这是淮安有特色的风俗民情,同时一个聊字,又显出一种心境的萧瑟,这大约是作者政治失意带来的情绪。

"古今无限关心事"两句:抒情并点题,揭示出自己很多理想破灭后心境的萧然。

从结构上来看,前三联构成三个场景,远景、中景、近景,最后一联抒发感慨并点题。从前两联和后两联的关系看,诗歌前两联侧重写古,其中第一联通过典故写淮阴的地理位置及环境氛围,第二联写淮安历史与历史中人。诗歌三、四联主要写今,写出淮安的生活也是自己当下的状态,同时揭示出自己当下萧瑟的心境。

不过,诗歌前两联虽侧重写古,却也涉及当下,三、四联侧重写今,但也照应古事。整首诗,历史与现实,自然与人事,交融叠合,情韵悠长。而且作者刻意用首联渲染出萧瑟之境后,特意选出甘罗和韩信,但甘罗城作为孤城一去不返,韩信作为一代大将军,反因功勋所累。由此,咀嚼最后一联诗人的感慨,便能体味出一种历史无情、人生无奈的诸多情绪。

淮安览古

姚广孝

襟吴带楚客多游,壮丽东南第一州。

屏列江山随地转,练铺淮水际天浮。

城头鼓动惊乌鹊,坝口帆开起白鸥。

胯下英雄今不见,淡烟斜日使人愁。

作者简介

姚广孝(1335—1418),明长州(今江苏苏州)人。幼名天僖,十四岁出家为僧,法名道衍,字斯道,又字独闇,号独庵老人。明朝政治家、佛学家、文学家,靖难之役的主要策划者。洪武中从燕王(即明成祖朱棣)到北平,为心腹谋士。成祖即位后,赐名广孝,授太子少师。被称为"黑衣宰相"。参与编修《永乐大典》《太祖实录》。工诗文,有《姚少师集》等。

题　解

这是诗人姚广孝在淮安游览古迹,抒发幽情之作。

注　释

（1）襟吴带楚：襟、带：衣襟和腰带，比喻贴近之处。吴、楚：吴国和楚国。"襟吴带楚"在这句中意思是楚州人文、地理处在吴文化和楚文化的交界处，楚州在春秋战国时期也曾先后属吴、越、楚等诸侯国。

（2）壮丽东南第一州：白居易《赠楚州郭使君》诗云："淮水东南第一州，山转雉堞月当楼。"姚广孝此句即由白居易诗句而来。

（3）屏列江山：江山像屏风一样排列着。

（4）练铺淮水：淮水像白练一样铺展开。

（5）城头鼓动：城墙上定时有战鼓擂响。城头：城墙上。

（6）坝口：在楚州区城北，时有"仁、义、礼"等坝，为往来舟船盘坝入淮河、运河处。

（7）胯下英雄：指韩信，年少时曾受过胯下之辱。

评　析

诗歌第一联写楚州的人文、地理处在吴文化和楚文化的交界处，且其城池壮丽，堪称东南第一州。不仅揭示了淮安独特的地理位置，而且对其繁盛状况作了极高的定性定位。第二联具体描摹淮安的山水地理形态。一座座山像画屏一样列着，随着道路的蜿蜒而一幅幅展开。淮水像白练一样铺展开来延伸到天边。突出淮安的山多水长，渲染其壮阔之姿，美丽之态。第三联强调城市之宁静。城墙上定时有战鼓擂响，惊起了乌鹊；坝口当帆开时会惊起白鸥。以静衬动，渲染出城市的一种宁静祥和的氛围。最后一联为怀古抒情。历史上曾经出现过韩信这样的英雄，现在已经不可能再有了，唯剩下淡烟斜日，令人生出无限惆怅之情。诗人的情绪经历了由高昂到低落的过程，也许是为了古代英雄，也许是为了这座城市，也许是因为自己。

　　诗歌以第一联抒情总括全篇，境界扩大，突出历史地位之高，接下来由第二联的山水，到第三联的城市，再到第四联的历史人物，依次写来，交代了淮安的历史、地理、自然、城市、人文。特别最后一联，以怀古伤今作结，照应题目，并意味悠长。

夜泊淮安西湖嘴

邱　浚

十里朱旗两岸舟，夜深歌舞几曾休。

扬州千载繁华景，移在西湖嘴上头。

作者简介

　　邱浚（1421—1495），字仲深，广东琼山人。明代中期著名的思想家、史学家、政治家、经济学家和文学家。景泰五年（1454 年）进士。历事景泰、天顺、成化、弘治四朝，先后出任翰林院编修、侍讲学士、翰林院学士、国子监祭酒、礼部尚书、文渊阁大学士等职。学问渊博，被明孝宗御赐为"理学名臣"，被史学界誉为"有明一代文臣之宗"。长期从事编纂工作，曾参与修《英宗实录》《宪宗实录》《续通鉴纲目》等书。善为南曲，剧作《五伦全备记》在当时颇有影响。其诗法度严谨，风格典雅，有《邱文庄集》。

题　解

　　西湖嘴：也称管家湖嘴，在淮安河下镇。明清时期是繁华的商业街区。该诗前有小序云："唐时'扬一益二'是天下繁华地，扬州为最，其地阓阛人烟之盛，视淮阴反若不及焉，有感书此。"参见"名湖"

篇中顾达《西湖烟艇》诗的题解。这首诗是诗人一次夜泊西湖嘴时有感所作。

注　释

（1）朱旗：酒旗，古代酒店悬挂于路边用以招揽生意的锦旗。

（2）休：停止。

评　析

该诗首两句正面描写湖嘴的繁华景象。十里运河，两岸酒旗招摇，运舟相连，直至深夜，仍笙歌燕舞，不会停歇。后两句，写因为西湖嘴的繁华胜景与扬州作比不相上下，诗人在这里似乎看到了扬州的千载繁华之景，恍惚间，也将西湖嘴当作了扬州。

西湖嘴，也称管家湖嘴，在淮安河下镇。明永乐十三年（1415年），督理漕运的平江伯陈瑄凿清江浦引湖水通漕，使运道改变经过山阳城西。以致漕艘贾舶连樯，云集湖嘴，回空载重百货山列。继之纲盐集顿，盐商纷纷投足，从而人文蔚起，甲第相望，园亭林立，成就了河下明清两代历三百余年之繁华兴盛。

当年盐业盛时，河下诸商均以华侈相尚，莫不璧衣锦绮，食厌珍错。其第宅、园亭、花石之胜，斗巧炫奇可比洛下。街衢巷陌之间，锦绣幕天，笙歌聒耳，游赏几无虚日。其间风雅之士倡文社，执牛耳，招集四方名士联吟谈艺，坛坫之盛，甲于大江南北。

此诗真实反映了湖嘴作为盐业集散中心，豪商云集之处的繁华胜景。

题寄寄亭

李东阳

寄寄亭中寄此身，此身真作寄中人。

离心落雁同千里，倦眼开花又一春。

楚地山川南北会，汉槎风月往来频。

他年石上看名姓，都是东曹奉使臣。

作者简介

李东阳（1447—1516），字宾之，号西涯，茶陵（今湖南茶陵县）人。明朝中叶重臣、文学家、书法家，茶陵诗派的核心人物。寄籍京师（今北京市）。李东阳八岁时以神童入顺天府学，天顺八年（1464年）进士，授编修，累迁侍讲学士，充东宫讲官。弘治八年（1495年）以礼部侍郎兼文渊阁大学士，直内阁，预机务。立朝五十年，柄国十八载，清节不渝。官至吏部尚书、华盖殿大学士。谥文正。文章典雅流丽，工篆隶书。有《怀麓堂集》《怀麓堂诗话》《燕对录》。

题　解

明永乐初建常盈仓，户部设监仓分司于清江浦，监理常盈仓的仓储收放。监仓分司位于今人民南路河道总督署遗址，有正堂三间，后堂三间,厢房东西共六间,茶房三间,仪门三间,大门三间,牌楼一座,后又添设宾馆、书堂、园亭、内宅多间。成化中,户部主事邵珪"得隙地于公署之南偏中,为高丘,杂植桃柳,引水环之,而结亭其上",名"寄寄亭"。后有"寄寄亭名天下,以匏庵之书,西涯之诗,篁墩之文尔也"之说,也即寄寄亭所以名闻天下,是因为有匏庵(吴宽)的题字,西涯(李东阳)的这首诗《题寄寄亭》,和篁墩(程敏政)的文章《寄寄亭记》。

注　释

（1）寄:寄居,指在外地或在别人家居住。

（2）离心:通常指异心,叛离的心志。

（3）倦眼:倦于阅视的或疲倦的眼睛。

（4）槎(chá):木筏。

（5）石上名姓:历任户部分司在题名石上镌刻的姓名。

（6）东曹:汉代至三国时期丞相幕府官员的称属。丞相、太尉自辟掾吏分曹治事,正职称东曹掾,副职称东曹属,皆比二百石。曹:古代指分科办事的官署。这里的东曹借指户部差吏。奉使臣:奉命出使的大臣。

评　析

诗歌首联紧扣题目,揭示题意。一连出现几个寄字,强调了寄居的意思,也就强调了亭子与人的特性。寄寄亭主要是让人客居之亭,而人也因此就真的做了客居之人。反复对于寄居的强调,自然流露对于在此奉差的人的同情。第二联着重描述亭中之人,前一句写出不同的人因为奉相同的差故而有了相同的命运,后一句写出奉差人在相同的差事中的倦态与无奈。第三联揭示寄寄亭所在淮安的地理位置,这里属于楚地,是南北交汇中转之地,南北之人乘船往来皆要从此经过。楚地、汉槎,透露出这里自古就是历史名城,交通枢纽,战略要地。最后一联则进一步描述寄寄亭中人的身份,大多是户部派遣来此奉差,日后会镌刻于史的人。

寄寄亭现已不存,该诗实为诗史,不仅记录了寄寄亭的历史存在,也记录了一段户部分司差人在此督查仓储的史实。当然,诗歌是个人抒情之作,故诗人颇有借题发挥之意,言语中既突显了应差之人在淮的寄居命运,也传递出了对他们此种处境的同情。

望清口

张致中

黄河九折从天注，冯夷憨舞潜蛟怒。

斗大孤城落日黄，野云低抹迷荒戍。

白苹风急雁西飞，遥望归帆隔浦微。

村落几家烟火寂，东南民力剩渔矶。

作者简介

张致中(1597—1641)，明诗文家。字性符，号眉尹，山阳(今江苏省淮安市)人。崇祯二年(1629 年)入复社，八年拔贡，廷试授县尹。平生精于小学，辨体审音，厘正谬误，为学者崇仰。好古诗文，蕴酿醇厚。平生著述甚丰，主要有《理学扆守录》《经济源流》《张氏宗政》《学志草》《学山草》《虽遥阁随钞》《眉尹文集》《符山堂诗》等。

题　解

清口即泗水入淮之口。清口有大小清口之分，泗水南下入淮原在桃源(今泗阳县)三义口分成南北两支：北支为大清河，向东北经渔沟折向东南于杨庄东北入淮，此入淮口被称为大清口；南支为小清河，向东南在码头镇附近入淮，其入淮口被称为小清口。南宋黄河夺泗、夺淮后先从大清口入淮,至嘉靖三年(1523 年)三义口淤堵,黄河改由小清口入淮。

　　黄河夺淮以后,清口遂为黄、淮、运合流处,由于黄河泥沙淤高决溢,影响漕运,明清两朝,"治河、导淮、济运三策,群萃于清口一隅"(吴海京《资治通鉴续纪》卷二百五十三"康熙元年")。清口成为运河全线治黄保运最为关键的区段。该诗反映的是当时黄河淤高决溢之后,清口一派萧条冷寂的景象。

注　释

　　(1)黄河:发源于中国青海省巴颜喀拉山脉,流经青海、四川、甘肃、宁夏、内蒙古、陕西、山西、河南、山东 9 个省区,最后于山东省东营市垦利县注入渤海,全长 5464 公里,是中国第二长河,仅次于长江,也是世界第五长河流。九折:无数次曲折迂回。

　　(2)冯(píng)夷:中国古代神话中的黄河水神。也作"冰夷"。《抱朴子·释鬼篇》说其因过河时淹死,后被天帝任命为河伯管理河川。潜蛟:隐栖在池塘与河川的蛟龙。蛟是中国古代汉族民间传说中能发动洪水的海龙,又名蛟龙。

　　(3)荒戍:荒废的营垒。

　　(4)白苹:亦称四叶菜、田字草,蕨类植物,多年生浅水草木,常见于水田、池塘、沟渠中。宋代石孝友有"飒飒白苹风正急,断肠人独立"之句。

　　(5)浦:水边或河流入海的地区。微:少。

　　(6)民力:民众的人力、物力、财力。渔矶:可供垂钓的水边岩石。

评　析

　　诗歌首联主要写清口处黄河奔流而来的汹涌之势,第一句为实写,黄河奔泻而下时怒涛滚滚,如同从天而注。第二句为比拟,想象是传说中的河神在跳舞,蛟龙在动怒,故搅动了一河之水。第二联着力描写的是清口边城市和营垒的荒芜景象,前一句写城市,由于黄河淤高决溢之后,居民多撤走,孤城在黄昏落日之下更显得萧条冷寂。后一句写营垒,因为无城可守,守城的军人不复需要,废弃的营垒上唯见野云低低地飘浮在上空。两句句意相近,目的是渲染城市被洪水洗劫后的荒凉。第三联写清口处水上岸边所见到的风物,疾风劲吹下的白萍,西飞的大雁,遥远的归帆,这些风物营造出清口处萧瑟冷清的氛围。最后一联着眼于居民,写出了由于大水淹没村落,这里已经人迹稀少,烟火冷寂。诗歌通过扫描清口处的水中,岸边,城市、风物、居民现状,呈现出黄河夺淮之后一幅凄凉景象。

清江浦

方尚祖

高台纵目思悠悠，排注当年胜迹留。

树绕淮阴堤外路，风连清口驿前舟。

晴烟暖簇人家集，刍挽均输上国筹。

最是襟喉南北处，关梁日夜驶洪流。

作者简介

方尚祖，生卒年不详，莆田人，举人。天启二年任淮安府东河船政同知，管理东河船政，驻扎清江浦，督造漕船。明天启《淮安府志》二十四卷，由其编纂。

题　解

在北宋雍熙年间，负责漕运的转运使刘蟠，为了避淮水之险，开凿了沙河，之后沙河淤废，漕船到达淮安的时候，必须过坝渡淮，非常危险和麻烦。明永乐十三年（1415 年）春，平江伯陈瑄重新开凿了沙河，并将其命名为清江浦。从此，导湖水入淮，以通舟船，从根本上免除了过坝及风浪之患。同时还建造了移风、清江、福兴、新庄四闸。明清两代，清江浦因居黄淮运交汇处，又有淮安常盈仓、清江督造船厂等设立于此,而成为运河重镇。参阅第一篇"名城名镇"中范冕的《吟清江》题解。

注　释

(1) 排注:指大闸排水注水的功能。胜迹:指清江闸。

(2) 堤外路:清江浦北侧,有黄淮堤防。故云"堤外路"。

(3) 清口驿:驿指驿站,供信使换用车马和饮食歇宿的房舍。清口驿建于明洪武初年,在旧清河县城东五里,清乾隆二十六年(1761年),县治迁至清江浦,清口驿迁至王家营,遗址位于今废黄河南大桥东约800米处黄河花园小区内。

(4) 簇:丛集;聚集。

(5) 刍挽:有飞刍挽粮之典故,典出《汉书》卷六十四上《严朱吾丘主父徐严终王贾列传上·主父偃》,指迅速运送粮草。均输:汉朝官府利用各地贡输收入为底本,进行贩运贸易的一种经济措施。筹:筹划,计策。

(6) 襟喉:衣领和咽喉,比喻要害之地,此指清江浦为南船北马,辕辑交替之地。

(7) 关梁为汉语词语,有关口和桥梁、关键之意。

评　析

诗歌第一联揭示出清江浦自宋代而来作为重要水利工程的悠久历史。站在高楼上放眼望去,思绪万千,因为极目所见,清江浦遗留着很多工程遗迹。第二联描写运河堤岸柳树繁茂的自然风景和人们舍舟登岸交通运输繁忙的情景。运河大堤上种着柳树,它们与堤上路一样伸向远方。南船北马舍舟登陆处,一路有好风将舟船送到了清口驿前。第三联第一句写普通居民生活状态,晴天里有烟雾聚集,那里正是人家聚集的地方。一句写这里的政治经济战略位置,利用运河运送粮草,进行贩运贸易,已经成为国策。第四联点题,是实写,也是抒情,这里是南船北马、辕辑交替的关键之地。这里交通繁忙,关口和桥梁,日日夜夜车马如同洪流,源源不断。

短短一首诗歌,既有历史回顾,也有现实描写,诗人的笔触,从岸上之柳到水中之舟,从人家炊烟,到国家刍挽,从水路的南来北往到陆路的车马洪流,都有所涉及,同时,辅之以胜迹、绕、连、晴、暖等等美好明朗词汇,从而描述出清江浦当年的繁荣景象。

晚经淮阴

爱新觉罗·玄烨(康熙皇帝)

淮水笼烟夜色横,栖鸦不定树头鸣。

红灯十里帆樯满,风送前舟奏乐声。

作者简介

爱新觉罗·玄烨(1654—1722),即康熙帝,清朝第四位皇帝、清定都北京后第二位皇帝。康熙帝为顺治帝第三子,母孝康章皇后佟佳氏。康熙帝八岁登基,十四岁亲政。少年时就挫败了权臣鳌拜,成年后先后取得平定三藩、收复台湾(郑氏台湾)、亲征噶尔丹驱逐沙俄侵略军的政绩。康熙六十一年十一月十三日(1722 年 12 月 20 日)卒于北京畅春园清溪书屋,终年六十九岁。在位六十一年零十个月,是中国历史上在位时间最长的皇帝。

题 解

该诗作于 1684 年,为康熙皇帝第一次南巡经过淮阴时所写。

注 释

(1) 淮水笼烟夜色横:天色已晚,夜幕降临,淮水之上似乎笼罩上了一层薄薄的烟霭。

（2）栖鸦不定树头鸣：两岸的树梢上栖息着一些乌鸦，它们尚未安定下来，时而飞上飞下发出阵阵叫声。

（3）红灯十里帆樯满：沿路十里，河岸上灯火辉煌，河面上挤满船只。帆樯：船上挂帆的杆子，借指船只。

（4）风送前舟奏乐声：微风吹过，传来第一只船上奏乐的声音。

评　析

该诗首两句是实写淮水上的自然环境氛围，淮水笼烟，栖鸦鸣树，一派夜色深沉，又万物自由谐和的景象。后两句是写人事。因为是龙舟来此，故两岸上估计早就布置了迎驾的灯火，而淮水上，皇帝的龙舟队伍阵势显赫，挤满水面，第一只船上的仪仗乐队奏乐不息，随风吹送。诗歌真实地记录了康熙来淮阴时的非凡阵仗和淮安城镇的繁华景象。

明清时期，黄河夺淮入海，淮阴境内的小清口之西段和王家营段的黄河、洪泽湖高家堰大堤皆多处决口。康熙皇帝先后六次来到淮阴察看水情，敲定治水大计。倾全国之力，用精兵强将，筑堤建坝、开河造闸，治绩非常明显。该诗真实地记述了当时暂时治住水患，龙舟晚经淮阴时歌舞升平的繁华景象。

黄淮并急三城索土堵门有感

王 灿

万里源长流万派，一方独汇此狂澜。

浊黄清泗蛟龙怒，汤地兼天星斗寒。

不惜千金排黑浪，却教三户借泥丸。

刍荛纵有绸缪计，无子空杵巧妇难①。

作者简介

王灿，字射九，清山阳人，康熙中邑廪生，巡按雷臣孙。高才博学，足迹半天下，游历之所皆有诗，尤善乐府。所著有《问津堂集》《滇行草》《庚戌集》《耕晦杂草》。《山阳县志·文苑》有传。

题 解

三城：淮城的形成，与邗沟的开凿密切相关。东晋时建成的淮城旧城距离末口有五里，后来元末明初时建的新城则紧靠末口。嘉靖三十九年(1560年)漕运都御史章焕奏准建造联城，由旧城东北隅接新城东南隅，由旧城西北隅接新城西南隅，联贯了新旧二城，此即

---

① 有小注："时河工缺料。"

联城,俗称夹城。联城的建造,使淮安的旧城、新城、联城连为一体,这种三城并列的格局在我国建城史上是不多的,在世界建城史上亦属罕见。三城周总长约 17 里,面积约 4 平方公里。淮城内的街道坊巷布局是中国封建时代城市街道坊巷布局的标准格式,道路笔直,左右对称。明清时期,漕运总督署在老城的正中心,淮安府衙在漕运总督署北,山阳县衙在漕运总督署南,还有漕运总兵署、淮扬道署、刑部漕运理刑署等多座官署,城内形成棋盘式的街道布局。明清时期,淮安常有黄淮泛滥之患。该诗主要写当水患之时,当权者欲索泥土堵三城之门,诗人的所见所感所思。

注 释

(1) 万派:很多支流。

(2) 浊黄清泗:黄河浑浊故曰浊黄,泗水清澈故曰清泗。蛟龙怒:根据当时相关传说,黄河夺淮,波涛汹涌,导致高家堰的决堤,疑为龙怒所致。

(3) 汤地:被水淹没之地。兼天:连天。星斗寒:天上的星星发出寒光。

(4) 三户:典出《史记·项羽本纪》"楚虽三户,亡秦必楚"。这句名言有两重意思。一者,亡秦大业虽成于天下民众,但真正起决定性作用的当首推三个楚人——陈胜、项羽、刘邦。二者,亡秦的决定性战役就是在三户水(今河北临漳西)一带展开,楚将项羽率军战胜秦军主力,并接受其投降。从此,秦亡便成了不可逆转之势。

(5) 刍荛(chú ráo):割草打柴的人。绸缪:事前准备。

(6) 无子空枰:围棋中有术语空枰开局,也就是棋盘上没有棋子。

评 析

诗歌首联写黄河长流万里,通过很多支流的泄流,一路相对平静,但唯独在这地方,巨澜滔天,狂怒无比。写出了由于淮安地处黄淮交汇处,当黄河泛滥时,需夺淮入海,导致黄河夺泗入淮的清口处浊浪滔天的独特形势。次联写浑浊的黄河冲入清澈的泗水,一路奔涌而来,冲决堤坝,疑为传说中的蛟龙在动怒。放眼望去,被水淹没之地,一片白茫茫,直连天边。看不到房屋、人群,只有星星发出寒光。这联借蛟龙的传说,渲染清口处激浪滔天形势,看似夸张,实际是历史的真实写照,真实反映了这里浊浪的势不可遏,不仅冲毁高家堰部分堤岸,也给淮安人民带来了巨大灾难的实际情况。第三联写在淮安三城告急的情况下,当权者浪费万金,却无计可施,欲以泥土堵门,对于这等腐败与愚蠢行为,诗人的批判意味不言而喻。第四联写由于事先没有更好地筹划,临到灾难将临时,河工缺料,整个三城徒然陷入危急的状况。诗歌虽大量用典,但诗意并不曲折,而是较为直接地反映了黄淮泛滥三城告急的史实,其中,既表达了对淮安人民的同情,也充满了对当权者的嘲讽与批评。

附:背景资料补充

《续纂淮关统志》卷三川原"黄河":"河自昆仑蜿蜒而来,万有余里,从高注下,水流峻激。故所至崩溃,中土屡蒙其害。……故黄河北流,则由直沽以入北海;南流则自延津、封邱而下,达徐、邳,乱洸、沂,奔流于清口,与长淮交会。而淮水入海故道皆变而为浊流,亦由来久矣。……至永乐九年,尚书宋礼浚会通河,筑坝遏汶水西南流,至南旺中分,北达卫水,南出济宁而运道通,遂罢海运,专命平江伯陈瑄大疏江南运河。由是粮艘南自仪征、瓜洲二江口入运河,出河口,由黄河入会通河，过临清，渐达于京。而自清口以至邳、宿几三百里，为南北咽喉之地。板闸居其南，舟航漕贾实攸赖焉。但河舍故道而来汇于淮，二渎相持过郡，溜急波狂，其势汹涌，最为险要。乾隆三十九年，秋水盛涨，即有老坝口之漫溢，板闸适当其冲，关署、民居，悉遭淹浸。……而清、黄交会之处，往往清水势弱，黄水势胜，清不足以敌黄，每多黄水倒灌之患，啮堤冲闸，在在堪虞。其所以上厪宸衷者，已非一日。康熙三十八年，圣祖南巡，阅视河工，首见及此。特命开挑陶庄引河，俾黄水远避清口，以除倒灌，诚至计也。缘当日施工未得其宜，屡挑屡塞，后遂以为功不易，就置而弗论。仰蒙我皇上圣神默运，洞灼机宜，以陶庄引河不开，终无救清口倒灌黄流之善策。乃命督臣高晋、河臣萨载，悉心相视，测量得实，复经睿虑周详，参酌指示，乘时兴工，五阅月而河成。放流之后，新河顺轨循行，直抵周家庄，始会清东下清口，较昔远五里。其旧河口，则筑拦黄坝以御之。复于陶庄积土外添筑新堤，以防外滩漫水。又于新河头下唇添坝一道，为重门保障。并以河神默佑，迅速功成。爰即新口石坝，特建崇祠、御制碑，勒石垂远，以昭明贶。从此淮、黄两不相竞，永无倒灌之虞。而堤岸巩固，黎庶乂安，将千百世下，咸享安澜之福矣。"[1]

---

[1]《续纂淮关统志》卷三，(明)马麟修，(清)杜琳等重修，李如枚等续修《续修淮关统志·淮关小志》(荀德麟等点校)，方志出版社 2006 年，第 51—52 页。

图书在版编目(CIP)数据

淮安人文风物诗歌选评注/周薇著. —上海:上海三联书店,
2019.12
ISBN 978-7-5426-6841-7

Ⅰ.①淮… Ⅱ.①周… Ⅲ.①诗集-中国-当代②诗歌评
论-中国-当代 Ⅳ.①I227②I207.22

中国版本图书馆 CIP 数据核字(2019)第 249286 号

淮安人文风物诗歌选评注

著　　者 / 周　薇

责任编辑 / 冯　征
装帧设计 / 一本好书
监　　制 / 姚　军
责任校对 / 王有钧

出版发行 / 上海三联书店
　　　　　(200030)中国上海市漕溪北路331号A座6楼
邮购电话 / 021-22895540
印　　刷 / 上海惠敦印务科技有限公司

版　　次 / 2019 年 12 月第 1 版
印　　次 / 2019 年 12 月第 1 次印刷
开　　本 / 890×1240　1/32
字　　数 / 280 千字
印　　张 / 11.125
书　　号 / ISBN 978-7-5426-6841-7/I·1556
定　　价 / 68.00 元

敬启读者,如发现本书有印装质量问题,请与印刷厂联系 021-63779028